暖　窗　集

王东华　著

中央音乐学院出版社
CENTRAL CONSERVATORY OF MUSIC PRESS
·北京·

图书在版编目（CIP）数据

暖窗集／王东华著. —北京：中央音乐学院出版社，2020.9
（2025.2 重印）
ISBN 978 - 7 - 5696 - 0082 - 7

Ⅰ.①暖…　Ⅱ.①王…　Ⅲ.①随笔—作品集—中国—当代
Ⅳ.①I267.1

中国版本图书馆 CIP 数据核字（2020）第 134916 号

NUAN CHUANG JI
暖窗集

王东华著

出版发行：中央音乐学院出版社
经　　销：新华书店
开　　本：A5　　印张：9.5　　字数：228 千字
印　　刷：三河市金兆印刷装订有限公司
版　　次：2020 年 9 月第 1 版　　印次：2025 年 2 月第 3 次印刷
书　　号：ISBN 978 - 7 - 5696 - 0082 - 7
定　　价：88.00 元

中央音乐学院出版社　北京市西城区鲍家街 43 号　邮编：100031
发行部：（010）66418248　　66415711（传真）

目 录

第二辑 / 109

第三辑 / 211

题　记

在汉语里，"知识分子"作为身份认定，意思非常模糊，因为它和作家、学者、医生、教师、公务员、企业家，甚至工人、农民等等明确的职业身份都可能会重叠，无法并列。如果填表，在职业这一栏里，是不能填"知识分子"的。王朔对中国的知识分子看不顺眼，认为多数，包括钱钟书也不过是些"知道分子"。其实我觉得真要"知"的是"大道至简"的"道"，那也了不得。余英时不喜欢"知识分子"这个称呼，愿意用"知识人"代替。看来，他反感的不是"知识"，而是"分子"。

知识分子的标准是什么？职业？学历？学术成就或者社会知名度？不知道。

不过我知道，无论按什么标准，我都不是知识分子。我如果是，中国的知识分子也未免太多了些。

自己的身份明确与"知识"挂钩，是 1968 年作为"知识青年"到草原插队。其实，刚刚高中毕业，有什么"知识"？真有知识还用得着去接受"再教育"？称作"无知青年"也许更恰当。同去的几位老初一的学弟，按年龄，称"青年"都勉强，何来知识？队里有一老乡一律称呼我们为"臭知识分子"，虽然有些开玩笑。其实我们和他一样，在"身份"这一栏都要填成"社员"。

与"知识分子"相近的还有一个比较模糊的词语：读书人。

在皇权时代，读书人是一种身份的象征，很受尊重的。"万般皆下品，唯有读书高。"因为"士农工商"，要想成为"士"，就要读书，就要科举。"朝为田舍郎，暮登天子堂"，读书就是登天的梯子。不过一旦登天不成，沦落到孔乙己的地步，"读书高"也就仅仅是自我感觉了。

没有了科举，读书人的"含金量"少了许多，其意义似乎只相当于"学生"，很一般了。

如果把"读书人"旧有的光环去掉，意义等同于"读者"，我愿意称自己是个读书人。毕竟从上小学到退休，除了在草原插队的九年，身份只有两种：学生和教师——其实牧区九年有六年是当民办教师——这两种身份都要和书本打交道，都要读书。

"书山有路勤为径，学海无涯苦作舟。"上学和教书的几十年，我读书从来没有下过"头悬梁，锥刺股"那样的苦功夫，多数时间，觉得读书还是一件快乐的事，不觉得苦。这当然也是我一事无成，没有挤进知识分子行列的重要原因。

可是，让我真正感到读书的快乐，还是退休以后的十年。

退休后读书的快乐，不仅因为时间充裕，能静下心来，更重要的是，不为考试，不为备课，不搞研究，无功利目的，纯为喜好、消遣。读什么书，自己有完全的选择权。喜欢，就读，或者重读；不喜欢，就放下。

这十年的阅读，虽谈不上有什么收获，但也还有些感悟。

一是读什么书？窃以为就算消遣，也还是要多读经典，在经典中选自己感兴趣的。经典的标准是什么？我以为至少应该具备两个条件：一是要有细度、重读的价值；二是已经过长时间的历史沉淀。经典读多了，也就比较容易躲开那些不值得读的书。作家马原说，他只读死去的作家的书，话虽有些绝对，但意思是清楚的。我虽不以死、活为标准，但确实很少读出生年月晚于我的作者的书。毕竟，现在早已不是无书可读的年代了。

二是怎么读？消遣类的读书往往会失之于浅。我的感悟是，养成动笔的习惯，写一写读后的感想和联想，应该是个好办法。不是搞研究，也不是写书评，就是写写随笔。我觉得采用此法读书，不仅能让自己的阅读沉得下气来，而且有一种互动的乐趣。

五柳先生"好读书，不求甚解；每有会意，便欣然忘食。……常著文章自娱，颇示己志。"大概是无功利读书的最高境界。虽不能至，心向往之。

古人有"十年寒窗"之说，我退休后的十年读书生活，无论从字面意思还是象征意义看，都与"寒"无关。我兼作卧室的书房阳光充足，很温暖。所以，我把自己由读后随笔编成的这本小册子，题名《暖窗集》。

自己明白，这些随手写下来的文字没有什么高明的见解，可也觉得总还会有启发别人思索的点滴之处。当然，主要还是敝帚自珍罢。

2018 年 6 月 25 日

第一辑

关于读书——鲁迅的真实意思

前几天，关心"国学大师"的评选，在网上搜看了一些相关资料，鲁迅又成了话题。其实，鲁迅希望他死后人们"忘掉"他，结果是事与愿违，过不了多长时间，人们总会拿他说事儿。说好的、说坏的、说黑的、说白的，争个不休。这一次是关于他有没有资格当选国学大师。反对的论者们有一条理由：鲁迅对传统文化采取的是彻底批判和否定的态度，老先生居然建议青年只读外国书，少读或者干脆不读中国书。白纸黑字，铁证如山。

这需要翻一翻历史的旧账。

事情是这样的：

1925 年 1 月间，《京报副刊》刊出启事，征求"青年爱读书"和"青年必读书"各十部的书目。2 月 10 日，鲁迅对后一项做了答复。在"青年必读书"一栏内填写了十四个字：

从来没有留心过，所以现在说不出。

在"附注"一栏里做了如下说明：

我看中国书时，总觉得就沉静下去，与实人生离开；读外国书——但除了印度——时，往往就与人生接触，想做点事。

中国书虽有劝人入世的话，也多是僵尸的乐观；外国书即使是颓唐和厌世的，但却是活人的颓唐和厌世。

我以为要少——或者竟不——看中国书，多看外国书。

少看中国书，其结果不过不能作文而已。

但现在的青年最要紧的是"行"，不是"言"。只要是活人，不能作文算什么大不了的事。

《京报》是邵飘萍创办的一份具有进步色彩的报纸，其副刊由孙伏园编辑，在当时的进步青年中有很大的影响。《京报副刊》搞这样一个活动，目的肯定是要学者、专家、教授们对青年们的阅读作指导。可是"青年必读书"这样一个题目也实在是太大了，已不是一般的阅读，而是带有人生指导意义的意味了。

当时许多学者都开出了自己的书单，多是传统典籍，还有不少大部头。鲁迅说，他怀疑开书单的人也未必都看过。

报纸是当时最大众的媒体，面对的并不是专门从事国学研究的大学生，而是更多的普通青年读者。就是今天，谁又能开出一张面对所有青年的十部"必读书"书单？或者，你又能说在专业和职业之外，哪一部书是所有青年人"必读"的？《论语》？《庄子》？《史记》？《红楼梦》？《资本论》？

1925 年，"五四"新文化运动已经趋缓，复古思潮又开始涌动。许多"五四"高潮时的新文化倡导者，躲进了书斋，成了旧文化的研究者，甚至倡导者。对此，鲁迅内心是失望而且悲凉的。这是他的"彷徨"时期。"寂寞新文苑，平安旧战场。两间余一卒，荷戟独彷徨。"鲁迅不希望刚刚接触到新思想的青年们钻进故纸堆，回到他说的"黑屋子"里。鲁迅的这一番用意，现在的专家学者们，只要多少了解一点儿当时的背景，不难理解。所以，不应该盲目得出鲁迅彻底否定传统文化的结论。

至于鲁迅提倡读外国书，建议不读或少读中国书，这也要从时代具体的背景上来看。他老先生不会糊涂到认为只要是外国人写的书就好，只要是中国人写的书就不好的地步，不然他自己也就不必写书了。在当时，所谓中国书，主要是"经史子集"，特别是儒家经典；所谓外国书，主要是新文化运动的倡导者们翻译的具有民主思想和科学精神的西方进步书籍。请问，"五四"提倡的"科学"和"民主"错了没有？如果没错，那鲁迅先生的观点有何错之？任何观点的提出，都不能脱离时代的背景去看。

今天，我们应该有资格甚至有必要提倡青年们读一些中国古代典籍，因为，我们已经从西方进步思想中（首先就包括马克思主义）得到了很多的恩惠，有能力用客观科学的眼光看待历史典籍，汲取并发扬优秀的传统文化。然而，在中国日益开放，世界迈向全球化的时代，还是要多读外国书，做到"古为今用，洋为中用"，不能钻进故纸堆里。

事实上，鲁迅并不一概地反对读古书，他自己不但读，而且还整理了《嵇康集》，写出了《中国小说史略》这样的国学著作。只是他希望青年们要全面深刻地理解中国历史典籍的内涵，看出历史的真相。同时，他主张，学是为了行，行动更重要。

鲁迅更不会反对青年研究中国古代典籍。

在《鲁迅全集》里就保存有鲁迅写给他的好友许寿裳之子，在大学中文系学习的徐世瑛的一份书单。里面都是大部头的中国书：《唐诗纪事》《唐才子传》《全上古三代秦汉六朝文》《全汉三国晋南北朝诗》《历代名人年谱》《少室山房笔丛》《四库全书简明目录》《世说新语》《雅语堂丛书》《抱朴子外篇》《论衡》《今世说》等。可以说，这份书单对当今大学生来就，也是要下功夫来读的。

在我看来，历史上一个人的著作一旦变成经典，他的话语往往会面临两种"危险"：一是脱离开具体写作环境，甚至整篇文章的背景和语境的断章取义，会导致曲解。二则是小题大做，把只言片语的意义扩大化、绝对化。（语文老师分析课文让作者都莫名其妙，原因相近。）

例如名句"读书破万卷，下笔如有神"，出自杜甫的《奉赠韦左丞丈二十二韵》，诗的前半段是：

纨绔不饿死，儒冠多误身。丈人试静听，贱子请具陈。甫昔少年日，早充观国宾。读书破万卷，下笔如有神。赋料扬雄敌，诗看子健亲。李邕求识面，王翰愿卜邻。自谓颇挺出，立登要路津。

只要读懂了就不难看出，在原诗的语境中，"读书"两句完全是叙述性的，"读书"与"下笔"是并无因果关系的两件事。结果几乎所有的人引用这两句诗时，都说成了是杜甫对自己创作经验的总结。

再如，《论语》是语录体，由孔子的门人集录孔子的言行而写成。当时，孔门弟子只是觉得重要，或者觉得有意思也就记了下来，肯定不会想到这本书竟会成为影响中国几千年的一部经典。至于孔子当时为什么说这些话，针对什么说这样的话，后人则无法知道了。《论语》成为儒家第一经典后，孔子的许多只言片语就被后人绝对化和神圣化了。

孔子说："唯女子与小人为难养也，近之则不孙，远之则怨"（《论语·阳货》）。曾经这段文字被定为孔子鄙视妇女和体力劳动者的证据。

殊不知，这句话是单独出现的，与上下文毫不相关，不像是对学生讲社会学，倒像是在发牢骚。当然，我们已无法知道孔子遇到了什么事情。我胡乱猜想：也许孔子丢了大司寇，不当公务员了，改为教书为生，家里的生活水平大为下降，太太和用人都有些不高兴。夫子自知理亏，笑脸相迎，"近之"，结果人家更不给好脸看，"不孙（逊）"；夫子干脆不理他们，"远之"，太太和用人们更来气了，"怨"。孔子在家里受了气，出来当着学生的面发牢骚，被记了下来。结果是流传两千多年，并给后来那些儒者当成了鄙视妇女的理论根据。

当然，这只是本人的"胡乱猜想"。可是，为什么在并不算短的《论语》里对妇女表示鄙视的话只有这一句？另外，如果孔子真的整理过《诗经》，《诗经》中为什么会保留下那么多歌唱爱情的诗歌，这些诗里的女性并无"难养"的痕迹？

鲁迅说："还有一样最能引读者入于迷途的，是'摘句'。它往往是衣裳上撕下来的一块绣花，经摘取者一吹嘘或附会，说是怎样超然物外，与尘浊无干，读者没有见过全体，便也被他弄得迷离恍惚。"[《"题未定"草（六至九）》]

上举两例，虽还算不上"迷离恍惚"，但却也存在歧义。

看来，读中国书，弄明白也不容易。

至于鲁迅当选国学大师够不够格，我以为先把"国学"的含义搞清楚再说。

2006 年 6 月 7 日

周作人谈中小学教育

对于周作人，先入为主，我一向无好感。总觉得做了汉奸的人，不足挂齿；人品低下，文品也好不到哪儿去。其实，也不过是人云亦云，对其人、其文，没有多少了解。

周作人著作等身，据说译著上千万字，我读过的就是手边有的几本，其中有《鲁迅的故家》，两册岳麓书社印的小品文，包括《自己的园地》《雨天的书》《泽泻集》《苦茶随笔》《苦竹杂记》和《风雨谈》六种。

初读周作人作品，有两个印象：一是平和。字里行间透着温文尔雅，于闲聊轻谈中得到一种享受。二是博学。话题几乎是天上地下无所不包，喜欢引用，所引内容，古今中外多不胜数，绝大多数本人不仅没读过，连书名和作者也不知道。可是，平心而论，还是不太喜欢，觉得还是他哥哥那种烈酒般的风格更对口味。

退休后，偶尔还会把周作人的几本书取出来翻翻，渐渐地，印象有些改变。似乎明白了，当年此公执京派文坛之牛耳，俞平伯、废名这样的才子甘愿执弟子礼，许多文化人为他的"附逆"痛心疾首，不是没有缘由的。他的汉奸罪行自不可原谅，但他在中国文化史上留下的印迹，有些还是值得我们思考的。

枕上闲翻《苦竹杂记》，里面有一篇《谈中小学》，读后真有些吃惊。七十多年前写的这篇短文，几乎可以不加修改地登在今天的报刊上，内容、观点都不陈旧。

周作人说，"现在（按：20 世纪 30 年代）中小学生的生活是很不幸的一种生活"，其不幸，甚至超过私塾。周作人认为，过去的私塾虽然教法不当，而且有体罚学生的陋习，但是各地的私塾"完全没有统一的办法，都是由各家长的规矩各塾师的教法随便决定，有极严的，也有很宽的"。所以只要不遇上过于严苛的父兄或塾师，上私塾"并不一定就落了监牢"。（读《红楼梦》里关于贾府家塾的描写，读鲁迅关于三味书屋生活的描写，可知周作人的话是有道理的。）到了新式学堂，则一律严。体罚自然取消了，可是课业负担却更重了：

一天八点十点的功课，晚上做各种宿题几十道，写大字几张小字几百，抄读本，作日记，我也背不清楚，各科先生都认定自己的功课最重要，也不管小孩是几岁，身体如何，晚上要睡几个钟头，睡前有若干刻钟可以做多少事。我常听见人诉说他家小孩的苦和忙于中小学功课与训练，眼看着他们吃受不下去。

这情形和现在的情形是不是大体一样？不同的是，过去还只是学校严，现在还要加上家长的严。所以，孩子出了校门，就算老师不给你留作业，父母也饶不了你。

有趣的是，周作人当年并没有把学生课业负担重的原因归结为

"应试教育"，而是做了如下分析：

> 我只觉得现在的中小学校太把学生看得高，以为他们是三头六臂至少也是四只眼睛的，将来要旋转乾坤，须得才兼文武，学贯天人，用黎山老母训练英雄的方法来……

细想一下，周作人的见解也许更深刻一些。你看，现在高校已经扩招，而且取消了包分配，至少在城市里，大多数的孩子并不缺少上大学的机会，可是高考指挥棒并没有失效，学生的课业负担也并没有减轻。其原因无论是学校还是家长，都认为自己的孩子必须"成才"，成为"栋梁"。我们的教育目标是"成才"，而不是"成人"。成才的标准是"出人头地"。"不能输在起跑线上"的意思是，人生就是战场，战斗的主要方式就是考试。

下面一段也很有意思：

> 我想这种教育似乎是从便宜坊的填鸭学来的，不过鸭是填好了就预备烤了吃的，不必管他填了之后对于鸭的将来生活影响如何，人当然有点不同吧，填似可不必，也恐怕禁不起填。

我猜想，这很可能是"填鸭式"教学这一提法的最早出处。

2010 年 4 月 12 日

汪曾祺，真可惜！

如果一定要在汪曾祺的小说中选出最喜欢的一篇，我想，我很可能会选《岁寒三友》。为什么？写小人物，却折射出了大时代，写出了人生的温暖和艰难。我觉得，《受戒》很美，可有些桃源气；《大淖记事》也很美，总觉得还不够凝重。

《岁寒三友》里写到一个画家，靳彝甫。

靳彝甫藏有三块田黄石章，大名士季匋民想买，靳彝甫不肯割爱。

买卖不成，季匋民倒也没有不高兴。他又提出想看看靳彝甫家藏的画稿。靳彝甫祖父的，父亲的，靳彝甫本人的，他也想看看。他看得很入神，拍着画案说："令祖，令尊，都被埋没了啊！吾乡故多才俊之士，而皆困居于蓬牖之中，声名不出于里巷，悲哉！悲哉！"

在汪曾祺的小说中，这样直露的感叹，并不多见，哪怕是出自人物之口。我总觉得，多少有一些弦外之音。

首先，我想到了汪曾祺的父亲。

我父亲是我所知道的一个最聪明的人。

（《自报家门》）

这位不过中学毕业的父亲，"不仅金石书画皆通，而且是一个擅长单杠的体操运动员，一名足球健将。他还练过中国的武术。""他学过很多乐器。笙、箫、管、笛、琵琶、古琴都会。他胡琴拉得很好。""还懂医术。"作为画家：

他的画，照我来看是很有功力的。可惜局促在一个小县城里，未能浪游万里，多睹大家真迹。又未曾学诗，题诗多用成句，只成"一方名士"，声名传的不远。真可惜！

（《自报家门》）

《岁寒三友》里的"悲哉！"在这里找到了出处。可是，我觉得这还不是弦外之音的全部。

我想知道这种声音究竟来自何处，于是就在汪曾祺的全部作品中寻找。首先仔细阅读他关于家族、关于自己的回忆性文章。

汪曾祺没有写过完整的自传，但晚年关于家族和自己的生活经历写过不少散文，甚至出版过一本题为《逝水》的回忆性散文集。

在对这些材料认真阅读和梳理后，我发现，汪曾祺的"回忆"带有很强的选择性。他有意地、坚决地躲闪着一些东西，从而留下许多耐人寻味的空白。

最让我关注的，恰恰是他和父亲的关系。

汪曾祺三岁丧母。以后的两位继母虽然与他关系都不错，但对于他来说，家庭的温暖主要来自父亲。他不仅继承了父亲的聪明和多才多艺，甚至在生活态度和处世方式上也深受父亲影响。他说："父亲很喜欢我。"他和父亲的关系，甚至是"多年父子如兄弟"。

1939 年夏，汪曾祺离开故乡，由上海转道香港、越南至昆明，考入西南联大。1944 年肄业。1945 年 1 月离开联大，在同学开办的一所私立学校任教。同年 8 月，日本投降，抗战结束，因路费无着落，继续滞留昆明，到 1946 年 7 月。至此，他离家已七年有余。

这七年间，他与老家是否有书信联系？他是否得到父亲经济上的支持？家里境况如何？有什么变故？不知道。我在汪曾祺的笔下找不到任何的相关信息。

1946 年 7 月，汪曾祺离开昆明，经越南、香港转赴上海，在上海住到 1948 年 3 月。这半年多，汪曾祺遭遇了人生的第一次心灵危机，他甚至想到自杀，被沈从文写信严斥"没出息！"汪曾祺的危机至少与找不到合适的工作，以及看不到事业的前途有关，不然，沈从文也不会提醒他"你至少还有一支笔！"

那么，汪曾祺为什么不回高邮老家？他不思念自己的故乡和父亲吗？显然不是。我们在他这一时期的创作中很容易读到他的思乡之情和对父亲的怀念。

1945 年，汪曾祺发表散文《花园》，此文后来在他的全集里排在散文卷的第一篇。这篇文章很细致地描绘了他故家的花园，诗一样温馨，其中有两处还写到他的父亲：

我为一只鸟哭过一次。那是一只麻雀或是癞花。……一放学，急急回来，带着书便去看我的鸟。笼子掉在地下，碎了，雀碗里还有半碗水，"我的鸟，我的鸟呐！"父亲正在给碧桃花接枝，听见我的声音，忙走过来，把笼子拿起来看看，说"你挂得太低了，鸟大概在大伯的玻璃猫肚子里了。"哇的一声，我哭了。父亲推着我的头回去，一面说"不害羞，这么大人了。"

有一年夏天，我已经像个大人了，天气郁闷，心上另外又有一点小事使我睡不着，半夜到园里去。一进门，我就停住了。我看见一个火星。咳嗽一声，招我前去，原来是我的父亲。他也正因为睡不着觉在园中徘徊。他让我抽一支烟，（我刚会抽烟）我搬了一张藤椅坐下，我们一直没有说话。那一次，我感觉我跟父亲靠得近极了。

文字不多，我们很容易感到那种父子之情。1947年，汪曾祺发表小说《鸡鸭人家》，这是他第一篇具有真正"汪氏风格"的作品。小说直接写到了他的父亲。其实，作为小说，并非必要。特别是开头一段关于父亲的抒情性文字，与全文有些游离。这只能理解为作者写作时内心对父爱不可遏止的表达。

那么，到了上海——距家乡只有几百里路，这与他从昆明到上海的路程相比，实在不算什么，他为什么不回去呢？我以为与他的处境有关：

第一，不愿回去。离家八九年，两手空空、衣食无着，"无颜见江东父老"，不好面对自己的父亲，特别是继母和弟妹。

第二，无法回去。交通断绝或没有路费。

还有第三，不便回去。家中发生了变故。

除此之外，还能有什么原因呢？

1948年3月，汪曾祺由上海转赴北京。1949年1月，北京解放。3月，汪曾祺参加解放军南下工作团到武汉。1950年7月离开武汉回到北京，在北京市文联工作，直到1957年。

这又是十年！

这十年，汪曾祺娶妻生子，有了自己的家庭，也有一份算得上体面的工作，如果回家，虽不是"衣锦还乡"，但也不算辱没先人。可是，他还是没有回去。

显然，"不愿回去"和"无法回去"是解释不了的。那只剩下一条："不便回去"。也就是，家里发生了重大变故。

什么变故？

汪家有上千亩的土地，有几处店铺。"地主"帽子是逃不掉的。田地会被分掉，店铺也会被没收。总之，政治和经济都一落千丈，败了。

我想，只能这样解释。

汪曾祺的父亲至少活到了解放后。

写在1996年的《彩云聚散》中有这样一段文字：

《云麾将军碑》一直在我父亲那里。我曾写信给父亲让他把《云麾将军碑》寄到北京来由我保存，父亲说他要捐献给政府，那还有什么说的呢。

这是《汪曾祺全集》里关于他父亲解放后情况的唯一文字。同年，汪曾祺写有《哀哀父母，生我劬劳》一文，里面有这样的话：

中国散文，包括写父母的悼念性的文章，自四十年代至七十年代有一个断裂，其特点是作假。这亦散文之一厄。

造成断裂的更深刻的、真正的原因是政治。不断地搞运动，使人心变了，变得粗硬寡情了。不知是谁，发明了一种东西，叫做"划清界限"，使亲子之情变得淡薄了，有时直如路人。更有甚者，变成仇敌，失去人性。

这样的话语，汪曾祺落笔时，我以为，心中是很凄凉的。我甚至认为，要求"划清界限"而内心又无法和不愿"划清界限"，也许就是阻挡汪曾祺重回高邮的最大障碍。这种"凄凉"，在小说《寂寞和温暖》里有很隐晦的表露。

那么，汪曾祺的父亲在他离开高邮的几十年里生活究竟怎样呢？

在《我的母亲》一文里，汪曾祺写到他的第二个继母时，有这样两句话：

我对任氏娘很尊敬。因为她陪伴我的父亲度过了漫长的很艰苦的沧桑岁月。

"漫长的很艰苦的沧桑岁月。"这样结论性的书面词语，在汪曾祺笔下很少见。作为人子，心中的苦涩跃然纸上。

这十年，汪曾祺的创作很少，更无一字涉及故家和父亲。

1957 年，汪曾祺遭批判，第二年划为右派，下放到张家口。之后，无论是"摘帽"还是回京，无论是参加样板戏的创作还是再受审查，几经沉浮，他都是身上烙有另类印记的人，直到党的十一届三中全会以后。

1980 年，他写了《岁寒三友》。靳彝甫的三块田黄石章，本是他父亲所藏，现在父亲的生活悄悄回到了他的创作。

1981 年，汪曾祺应高邮县人民政府邀请回乡访问。此时，距他离开家乡已四十三年，他已是六十一岁的老人。作为名满天下的大作家，他给汪家和高邮长了脸。"少小离家老大回，乡音未改鬓毛衰。"他的父亲可能已经去世，只见到了八十多岁的继母。故家可在？故家的花园可在？故家的店铺可在？这些汪曾祺都未提及。心中的千般感慨，万种思绪，都压在他心头，不让它从自己的笔端流出。

往事已矣。不过，他开始写自己的故家，写自己的父亲：

我很想念我的父亲，现在还常常做梦梦见他。我的那些梦本来和他不相干，我梦里的那些事，他不可能在场，不知怎么会掺和进来了。

（《我的父亲》）

父子也只能在梦里相见了。和父亲相比，汪曾祺走出高邮，终成"天下名士"，应该说是幸运的。可是，审视他一生的创作道路，又属不幸。

作为作家，他留下的作品，特别是小说，远说不上丰厚。晚年他也感叹：这么少，这些年我都干什么去了？

汪曾祺的小说创作开始于 40 年代中后期，一出手，就难得的成熟。沈从文说"他写得比我好"，并非全是出于对学生爱护的过誉。然而，此时正值时代变迁，人们关注的是"中原逐鹿"。他那些艺术上精美，内容上并不直接应和某种政治力量的作品，注定不会拥有太多的读者，也不会留下太多的历史印记。至于对西方现代派手法的吸收，更有悖时尚。如果早十年，文坛自会让他一片天地。

新中国初始，汪曾祺和他的老师沈从文一样，很知趣地停止了小说创作。60年代初，他写了三篇小说。与他的才气相比，只能看作试笔。

80年代后，他迎来了自己真正的创作高峰期，小说散文两不误，笔耕算得上勤奋。可毕竟已年过花甲，不服老不行。终于，他只能让关于汉武帝的长篇小说胎死腹中。读他的历史小说《金冬心》，我们完全可以预期长篇的精彩。

另外，几十年家庭和个人的磨难，也对他的创作热情造成了伤害。他是一个豁达的人，对各种不幸大都能采取"随遇而安"的态度。可是他不是木头，而是一个艺术感觉十分敏锐的人。所以，外界的伤害更容易刺入内心，他只是善于化解而已。

正因为如此，据林斤澜回忆，"文革"结束后两年，北京出版社要为北京的作家们每人出一本选集，其中也包括汪曾祺：

连忙找到这位一说，不想竟不感兴趣，不生欢喜。只好晓以大义，才默默计算计算，答称不够选一本的。再告诉这套丛书将陆续出书，可以排列后头，一边抓紧点再写几篇。也还是沉吟着；写什么呀，有什么好写的呀……这么个反应，当时未见第二人。

（《〈汪曾祺全集〉出版前言》林斤澜整理）

对此，汪曾祺自己的话可作解释：

中国的知识分子是善良的。曾被打成右派的那一代人，除了已经死掉的，大多数都还在努力地工作。他们的工作的动力，一是要证实自己的价值。人活着，总得做一点事。二是对生我养我的故国未免有情。但是，要恢复对在上者的信任，甚至轻信，恢复年轻时的天真的热情，恐怕是很难了。他们对世事看淡了，看透了，对现实多多少少是疏离的。受过伤的心总是有瘜的。人的心，是脆的。

这是没有办法的事。

（《随遇而安》）

作为画家、书法家，汪曾祺生前希望出一本书画集（完全够格），但最终未能如愿。自然，也没人为他办过书画展。

去世后，他的儿女把他多年积存的画稿翻出来整理：

慢慢地一张一张认真地看，我们才明白，我们失去的是一个什么样的父亲。

（《汪曾祺与书画》汪朝）

可是作为读者，我们永远也无法知道，这位当代再难以寻觅的大才子，都带走了些什么。

汪曾祺，真可惜!

2007 年 2 月 27 日

我所见过的一次"涅槃"

《汪曾祺全集》第八册中，有一篇《释迦牟尼》，附《释迦牟尼大事年表》。注云：为世界名人画传《释迦牟尼》集撰文。写在1991年。估计有两三万字，或许是汪氏文字中篇幅最长的一篇。

不明白汪曾祺为什么要写这样一篇文章。我记得他曾声明，自己基本是个"儒家"，而且更亲近"宋儒"。在他的其他文章中，小说、散文、戏剧，我没有感到有多少宗教气息。《受戒》写和尚，洋溢的恰恰是世间气，是生命的青春气息。

在回答香港女作家施叔青时，汪曾祺曾说：

比如说佛经的文体，它并不故作深奥，相反的，为了使听经的人能听懂，它形成独特的文体，主要以四个字为主体，我尝试用通俗佛经文体写了一篇小说《螺蛳姑娘》，其实各种文体都可以试试。

（《作为抒情诗的散文化小说》）

或许，他认为自己只是在写一个文学故事？

或许，他的目的只是为了尝试这种文体？

确实，《释迦牟尼》就是用"通俗佛经文体"写成的，有意多用四个字的句子：

斗横参斜，夜已半矣。脚铃手鼓，都已无声息。太子度此时歌舞已歇，出户至园，欲玩月色。时诸舞女，都已熟睡。于月光中，狼藉纵横。脂残粉退。云鬓散乱。舞衣柔皱，璎珞歪斜。或流涎水，或说梦话。或发鼾声，如胖男子。错齿咬牙，其声龌龊。太子因念，美女如花，只是假象。今此睡态，不堪入目。世间五欲，有何可恋？

汪曾祺说"比如说佛经的文体，它并不故作深奥"，是指面向大众的"佛经变文"。多数经文，则并不追求通俗。就我所读过的不多的几篇佛教经文，我以为这种文体大体有两个特点：一是有音乐性，便于吟诵。为什么采用四字体？据我看，与《诗经》有关。佛教于东汉时期传入中国，当时的文人诗还多用四言，译经者模仿的是《诗经》体四言，而不是当时民间乐府诗那样的五言。因为当时佛教面对的主要还是上层人士。这样一种译经格式被后人遵从。四字句读起来节奏更紧迫，也更古雅，有更强的历史感和神秘感。第二，白话与文言掺杂，汉语与音译梵文掺杂。

汪曾祺确实是大才子，挥笔写开，如天女散花，云霞绚烂。如《涅槃》中的一段文字：

二月十五日夜，佛陀以吉祥姿势，静卧于娑罗双树间床上，时鸟兽无声，树不鸣条，佛陀心如止水，极为安静。至午夜时，月色皎洁，流星过空，佛陀进入涅槃。时娑罗双树变为白色，狂风四起，山川震动，火从地出，清流沸滚，天人擂鼓打锣，诸弟子椎胸痛哭，百兽自山中奔出，群鸟在林间乱飞，同为三界导师涅槃致哀。

文字固然精美，内容恐怕都是来自佛教典籍自己编写的传说。

往好了说，是瑰丽无比的艺术想象；刻薄些说，其中的真话大概也就是"诸弟子椎胸痛哭"这一句。毕竟，佛教还承认，释迦牟尼生前还是肉身，成佛成祖，也无法留住肉身不死。

如果把佛教徒的去世称作"涅槃"，那么，我还确实见过一次"涅槃"。

20世纪80年代初，我还在内蒙古一所师专教书。有一年夏天，带学生到山西大同的云冈石窟参观。云冈我去过多次，所以，不愿挤在人多处，独自一人单找寂静处转悠。在较偏僻的一处平房外，我忽听到房内有僧人们的诵经声。也是游客心理，以为凡是景区内都应该允许参观，况且门外也没有限制游人进入之类的告示，就贸然推门走了进去。一进去，立刻呆住了：房间不大，十一二平方米的样子。正中间放着一张齐腰高的长案，案上仰面躺着一位老年僧人，闭着眼，嘴半张着。十几个僧人围在长案四周，低着头，双手合十，齐声诵经。我突然明白了：这是众僧在为一老年僧人"圆寂"诵经超度。脑海里顿时浮出两个字："涅槃"。

我连忙退了出来，但没有走远，站在窗外，想听清楚经文的内容。猛然间，门拉开了，冲出一个中年僧人来，他满脸是泪，跑到墙边，头顶着墙，虽竭力压抑，还是哭出了声来。他当然看见了我，可并不看我，只是摆摆手，祈求我离开。我转身离开。

显然，这个僧人明白：圆寂也好，涅槃也好，其实就是死。

1986年夏，我到普陀山参加一个研讨班，午饭后，到岛上最大的寺院普济禅寺游览，见大树下有一老年僧人正在用斋，就过去问好，攀谈。老僧人名"了空"，态度很温和，虽然话不多，也还愿意交谈。他说他 40 年代镇江师范毕业，二十四岁出家，先在镇江金山寺，后来到了普陀山。"文革"中被迫还俗回家，但一直还是单身，改革开放后，又回到普济寺。他为什么出家？我没有问，但估计不是生活所迫。他见我对佛教"还知道一点"，就回到禅房，取出两册他出钱刻印的佛经送给我，一册是《法华经》，另一册是《金刚经》。我连忙致谢。临走，了空突然对我说："你在北方，我给你带几百块钱，能不能帮我买几支真的野山参寄给我？"我连忙说，"我在内蒙中部工作，虽是北方，但当地不产野山参，熟人里也没有医药行业的，实在帮不上这个忙。"他默然，看样子很失望。

离开普陀山的时候，我没有去找了空法师告别。后来想起，心中有些歉然。

张中行说，乐生，怕死，来自人的天性，想抗拒，太难。佛教用"涅槃"说来抗拒，但就是僧人，不愿意死，想多活些日子的，还是绝大多数。

书归正传，我读汪曾祺所写《释迦牟尼》，感觉不到出世的空幻，感觉到的是文学之美带给人们的温暖。

2012 年 9 月 20 日

读汪曾祺的诗

《汪曾祺全集》是我很爱看的书，隔些日子，就会从书架上取下一册，翻看几篇。汪曾祺是语言大家，名篇佳作自不必说，片言只语，都很有味道，让人想起读《聊斋志异》的感觉。不过读多了，也还是觉得：在汪氏的全部文字中，有两类算不上太好。

一类是他给年轻作家们的著作写的序。汪曾祺是厚道人，没有大作家的架子，估计很好说话，求到头上，不愿驳人家的面子。勉强写，搜肠刮肚说些好话，也就未必感人。不像我读鲁迅给柔石、白莽、叶紫、萧军、萧红所作的序，不仅让人惊叹其持论公允，而且感情炽烈而深沉。这些作家都算不得大家，其作品也算不得名作，可鲁迅总是能发现他（它）独特的价值，一针见血地指出来。孙犁的这一类文字也有类似之处。

还有一类是旧体诗，这些诗都写在"文革"后作者复出之后。我以为：多数，难说好。就内容看，应酬和即兴之作为多。原因恐怕也是作者出名后，各种笔会、参观之类的社交活动多了起来，碍于情面，恐怕自己也有兴致，题诗、题字。汪曾祺的字很好，甚至算得上书法家，但他毕竟不是诗人。

汪曾祺确实是有些才子气和名士气的。自然，他有这个水平和资格。

前几天，因为要读《释迦牟尼》，把《汪曾祺全集》第八卷从书柜中取出。把他的诗作重读一遍，印象如旧。不过，觉得此公的白话诗中还是有些佳作的。

彩 旗

当风的彩旗，

像一片被缚住的波浪。

这是组诗《早春》中的一首。

一句话，难得的是精准地写出了"感觉"，比喻新颖却极形象。所谓诗歌，就是用主动的语言写出精准的感觉。这种用简短语言捕捉生活感受的小诗，在"五四"时期很风行，最早的作者是冰心，代表作是《繁星》和《春水》，故又称"冰心体"抑或《繁星》体"《春水》体"。溯源，影响则来自印度诗人泰戈尔。

坝 上

风梳着莜麦沙沙地响，

山药花翻滚着雪浪。

走半天看不到一个人，

这就是俺们的坝上。

这是组诗《旅途》中的一首，前两句极好。没有塞上生活感受，写不出这样的诗，也很难体会其中的好处。坝上苦寒，地域辽阔，适宜种植莜麦和马铃薯（当地人称山药）。莜麦秸秆瘦削而光滑，所以风吹过，虽起伏却毫不凌乱，确实像"梳"过，闪烁着如秀发般的光泽。那感觉是和风吹麦浪不一样的。莜麦秸秆含水少，风吹过，确实会发出"沙沙"的响声。"沙沙"，非常准确。那声音，听过之后你是不会忘记的。马铃薯开白花，开花时节，花朵和枝叶都很肥硕，风吹过，犹如"雪浪"，"翻滚"一词也极准确。

读此诗，如身临其境。我虽没有去过坝上，但内蒙古大青山之北的农业区，风光相同。

井

凉意从井里丝丝地冒上来。

这是组诗《夏天》中的一首。

夏天，站到井边，你就知道"丝丝"是一种自然的触感体验，所以"丝丝"一词不仅是形容更是体会与感觉。

雪后

大吊车停留在空中，

一动不动。

听不到指挥运料的哨音。

异常的安静。

这是组诗《秋冬》中的一首。

我很惊异，读诗时好像自己站在窗前看到了一幅图景。天阴着。

2010 年 9 月 8 日

汪曾祺的"思而不解"

中国画，以表现内容看，大体可以分为三类：人物、山水和花鸟。

汪曾祺晚年多写散文，以画相比，人物、山水、花鸟，都有。我更偏爱"花鸟"类。

读汪曾祺这一类散文，发现他常用一种手法，我给它取名叫"思而不解"，试举例说明。

从钓鱼台到甘家口商场的路上，路西，有一家的门头上种了很大的一丛枸杞，秋天结了很多枸杞子，通红通红的，礼花似的，喷泉似的垂挂下来，一个珊瑚珠穿成的华盖，好看极了。这丛枸杞可以拿到花会上去展览。这家怎么会想起在门头上种一丛枸杞？

（《人间草木·枸杞》）

豌豆可以入画。曾在山东见到钱舜举的册页，画的是豌豆，不能忘。钱舜举的画设色娇而不俗，用笔稍细而能潇洒。我很喜欢。见过一幅日本竹内栖凤的画，豌豆花，叶颜色较钱舜举尤为鲜丽，但不知道为什么在豌豆前面画了一条赭色的长蛇，非常逼真。是不是日本人觉得蛇也很美？

（《食豆饮水斋闲笔·豌豆》）

马齿苋南北皆有。我在北京的甘家口住过，离玉渊潭很近，玉渊潭马齿苋极多。北京人叫做马苋儿菜，吃的人很少。养鸟的人拔了喂画眉。据说画眉吃了能清火。画眉还会有"火"么？

（《故乡的野菜》）

下雨了。雨打在荷叶上啪啪地响。雨停了，荷叶面上的雨水水银似的摇晃。一阵大风，荷叶倾倒，雨水流泻下来。

荷叶的叶面为什么不沾水呢？

（《花·荷花》）

河北人把尖头绿蚂蚱叫"挂大扁儿"。西河大鼓里唱到："挂大扁儿甩子在那荞麦叶儿上"，这句唱词有很浓的季节感。为什么叫"挂大扁儿"呢？我怪喜欢"挂大扁儿"这个名字。

（《昆虫备忘录·蚂蚱》）

不难看出，文中的问句不是我们常说的设问、反问这些修辞手法，就是单纯的疑问。而且，删掉，完全不影响文章的表述。

古人云：知之为知之，不知为不知。不知道，你就别说，你偏要多这么一句，你问谁呢？

可是，有了这么一句，文章偏偏就有了味道！

如果有书呆子，以为汪曾祺真是遇到了困难，费劲巴力地查出来"荷叶为什么不沾水"的科学道理，写信给汪曾祺寄去，汪曾祺肯定会苦笑。

如果跑到甘家口那一家去问："你家为什么要种枸杞？"人家准会瞪眼："我想种！管得着吗？神经病！"

艺术家和科学家都有好奇心。不同的是，艺术家的好奇止于"情"，科学家则要探究出"理"来。看见月亮，艺术家宁肯满足于"明月几时有，把酒问青天，不知天上宫阙，今夕是何年？"的疑问；科学家就要想方设法用望远镜观察，最后登上月亮，告诉你：别说宫阙，连水都没有，只有环形山。扫兴！

思，是情；解，是理。艺术家只讲"情"，不讲"理"。多一问，就多了情趣。汪曾祺要的是，你看，生活和大自然是多么有趣，多么好玩儿！至于画眉有没有"火"，河北人为什么把尖头蚂蚱叫"挂大扁儿"，管他呢。

"思而不解"是我生造的词，来于"百思不得其解。"

汪曾祺的这一手法未见别人提到过，那么，就是我发现的了。

2007 年 3 月 3 日

汪曾祺的"霸悍"

我很喜欢看文人书信。宋人文集中，书信大都占有很大篇幅，苏轼、黄庭坚是个中高手。晚明以袁氏三兄弟为代表的所谓"性灵小品"，主要也是书信。现代作家全集中，鲁迅的书信搜集较全，也比较真实地保存了原貌；其他人就不好说了。我很遗憾没有买到《张中行作品集》的第八卷《散简集存》（也许虽编成，但未能出版），也很惋惜孙犁晚年把他写给"张同志"的情书付之一炬。

一般来说，在书信中，文人的性情更少遮掩。

手边有一本《黄裳自选集》。黄裳是著名散文家，一生出过四十多种著作，主要是散文。然而，虽是名家却不是大家，这本自选集中的文章，唯有关文坛掌故的还有些意思，比如《关于王昭君——故人书简·忆汪曾祺》。文章介绍了1962年汪曾祺写给他的一封长信，内容主要是讨论京剧剧本《王昭君》的有关问题。似乎剧本是为张君秋"量身定做"的。现在的《汪曾祺全集》中收有他的九个京剧剧本，但没有《王昭君》。不过从全集附录《汪曾祺年表》看，《王昭君》写完了，也演出了，主演是李世济。看来，我手边的这套北京师范大学出版社1998年版的《汪曾祺全集》实在说不上"全"。

汪曾祺的信中有一段话很有意思：

张君秋（此人似无什么"号"）有一条好嗓子，气力特别足（此人有得天独厚处，即非常能吃，吃饱了方能唱，常常是吃了两大碗打卤面，撂下碗来即"苦哇"——《玉堂春·起解》），但对于艺术的理解实在不怎么样。他近年来很喜欢演富于情节的李笠翁式的喜剧，戏里总有几个怪模怪样的小丑起哄。观众情绪哄起来之后，他出来亮亮地唱上两段（这种办法原来是容易讨俏的）。而我的剧本偏偏独少情节，两下里不大对路，能否凑在一处，并非没有问题。好在我是"公家人"，不是傍角儿的，不能完全依他。将来究竟怎么样，还未可预卜。

汪曾祺从塞上回京后进北京京剧团工作，剧团里名角很多，作为编剧，他自然会常和他们打交道。他对裘盛戎最有好感，不但以裘为主人公写了京剧剧本，还单独作文以示怀念。他写过一篇《马、谭、张、裘、赵——漫谈他们的演唱艺术》，写马连良、谭富英、张君秋、裘盛戎、赵燕侠的艺术风格，有见解，有趣味，全是内行话，也全是好话。

上面信中关于张君秋的言语，显然都是背后对朋友的"私房话"，虽然也只是涉及艺术见解，不涉道德人品，其中有些话却未必不会得罪人。再如，信中还写道，"周建人文章曾于《戏剧报》草草读过，以为是未检史实，蔽于陈见之论，是讨论昭君问题中的最无道理的一篇。"这样指名道姓的批评在汪曾祺公开发表的文字中是读不到的。黄裳的文章写在汪曾祺去世之后，如果汪曾祺活着，应该不会同意他公开吧？不过，对于读者，读这样的文字，对于了解汪曾祺的性格和艺术观点，还是有帮助的。

十多年前，朋友送给我一本《汪曾祺：文与画》，汪的女儿汪朝在后记中说：

> 父亲画了一幅画压在玻璃板下面，半本书大小的元书纸上画了一只长嘴大眼鸟，一脚蜷缩，白眼向天，旁边有八个字：八大山人无此霸悍。……这幅画是父亲宣泄情绪时画的，可惜没有保存下来。

据汪曾祺的儿子回忆，"文革"后，汪曾祺由于"文革"中被江青看中参加样板戏的创作，很长时间没能"落实政策"，非常愤懑。我想"长嘴大眼鸟"也许就是此时情绪的宣泄。可是，我们在《汪曾祺全集》中读不到任何"霸悍"类的文字。或许，只以书信形式存在过？

2013 年 4 月 26 日

少数人的木心

木心去世有些日子了。

我想，如果不是陈丹青、陈村等人的大力褒扬和操作，木心的著作也许不会在国内出版，木心也未必会回乌镇定居，最后的结果说不定就是客死在异国他乡。直到有一天，我们惊讶地发现，居然曾和这样一位大才子生活在同一时代。

最早读木心，是朋友借给我的一本木心散文集《哥伦比亚的倒影》，还有一本小册子，《关于木心》。当时，木心还活着，在美国。

木心是谁？

书的封面内折上有介绍。1927 年生，浙江人，上海美术专科学校毕业，1982 年移居美国。

太简单了些。毕业后的几十年干什么呢？难道是一座火山，几十年沉默，积聚着热和力，等待着机会爆发？可就是一座火山，也还有它的坐落地标，不至于沉默得没有任何动静。

书的扉页有照片，正面黑白戴礼帽的大头照。好相貌，可是不太像江南人。方脸，线条清晰，但很柔和；宽嘴巴，嘴角温柔，嘴唇薄厚适中，紧闭着，给人的感觉是聪明，但不刻薄；鼻子有些丰满，可是端正，最恰当的形容词是"宽厚"；最动人的是那双眼睛。我注意看过许多大画家的眼睛，自然是在画像和照片中：凡·高，那是蓝色的火焰，燃烧着疯狂和紧张；安格尔，水一样沉静，和他画的裸女一样美丽和纯洁；齐白石，孩子一样明亮，单纯而好奇；吴冠中，明亮里是坚定和执着；特别是陈丹青，那双眼睛明亮得让你无法躲避，无法躲避他的挑战性和叛逆性。木心的眼睛与他们都不同，沉静得像幽深的湖水，围绕着这两潭湖水，是山的年轮。

《哥伦比亚的倒影》不到二百页。刚读两篇，放下了。

有一种感觉：说浅了，有些不安；说重了，有些紧张。

就好像准备爬一座山，到了山脚下，抬头一看，和自己心里原先想的不一样，是一座完全陌生的山。才发现，自己无论在心理上还是物质上，都没有做好准备。爬不爬？犹豫了。

就好像推开一座园林的大门，忽然发现，与自己游历过的所有风景都不同，甚至想象不出园子里会有什么自己完全陌生，一时间还担心会不会有不喜欢的东西。进不进？犹豫了。

这样的阅读感受只有一次，就是读《庄子》。读了不到四分之一，犹豫了，觉得自己应该另找一个特殊的时间，用一种特殊的心态再读完。也许，那不是阅读，而是一种虔诚的拜谒。

为什么会这样？我心里究竟感到了什么？想不明白。

于是先读《关于木心》，才知道，有这样感受的不是我一人。

郭松棻说："纪德说一件好作品，像是给读者当头一锤，突然什么都不是了，也就是奇克果所讲的'内心的一个地震'，普鲁斯特的《追忆》即是这样地给纪德当头一锤。"

这是对强烈落差的夸张性比喻和描述。

或许，这种心理感受不仅会出现在文学阅读中，而是在任何艺术欣赏中都会出现。记得章怡和的《伶人往事》中有这样一段话：

小时候，父亲曾对我说："好的东西都令人不安，如读黑格尔，看歌剧，听贝多芬。"

我勉强地读了几页黑格尔和歌德，没觉得不安，连稍稍不安也没有。但我看台上的言慧珠，却能教我稍稍不安。

几年来，木心的书买了十多本，大都"翻"过，有的还不止翻过一遍。但是，"翻"的结果是自己明白了：木心的书不是"翻"的，而是要"读"的，要静下心来读，克服"不安"。中国现代作家的著作大都可以"翻"，唯有鲁迅必须要"读"。要命的是，静下心来读，就能品得出来吗？

我以为：木心很可能只属于少数人，现在，甚至将来。其实鲁迅也是。

木心说：

另外，公开一则我的写作秘诀——心目中有个"读者观念"，它比我高明十倍，我抱着敬畏之心来写给它看，唯恐失言失态失礼，它则百般挑剔，从来不表满意，与它朝夕相处四十年，习惯了。

（《鱼丽之宴·海峡传声》）

这里有极大的真诚、认真、谦恭，但也有极大的自尊、自信、自傲。

这样的作者实际上对读者是十分挑剔的，但也是会有一种敬畏之心的，既是"非诚勿扰"，也是俞伯牙摔琴的秘诀——"听众观念"。

陈丹青讲过，"大家都知道先生是比较难于相处的"，"先生如有不愿再交往之人自有'拒人于千里之外'的能耐，可以老死不相往来。"其实，木心与他尊重的鲁迅性格也很相近。细细想来，其实，鲁迅名满天下，他真正的"粉丝"并不多。

鲁迅、木心二人都有些魏晋狂士的气质，木心尤为甚。难得的是，木心的决绝是贯穿性的。

在人生道路上，鲁迅是无奈做了悲观而执拗的"过客"；木心则是从小立志选择做艺术的"殉道者"：

> 我愧言有什么特强的上进心，而敢言从不妄自菲薄。初读米开朗基罗传，周身战栗，就这样，就这样，就是这样了。我经历了多次各种"置之死地而后生"，一切崩溃殆尽的时候，我对自己说："在绝望中求永生。"常见人驱使自己的"少年""青年"归化于自己的"老年"。我的"老年""青年"却听命于我的"少年"。顺理可以成章，那么逆理更可以成章——少年时自己说过的一句话，足够我受用终生。

> （《鱼丽之宴·海峡传声》）

"路漫漫其修远兮，吾将上下而求索。"木心的路尤其艰难曲折。他的一生几乎就是为了实现少年时对自己的一个承诺。他用"老年"追随着少年。于是，奇迹出现了：我们读木心，惊艳而陌生，疑为天外来客，像是从民国甚至更古远，一步跨过了四十年。

　　有人说，读木心，需要准备。我以为，这是客气话。叫我看，读木心，需要资格。

　　木心终究是少数人的。阳春白雪，和者盖寡。怪不得歌者。

2012 年 4 月 29 日

"搏动的心，都是带血的"
——读木心小说《圆光》

《圆光》是《爱默生家的恶客》的第一篇。

《圆光》以"无论东方西方，美术中显性的神主、圣徒、高僧，头上必有圆光。"开篇，进而进行比较研究。研究的结果却是：这些"圆光"要么"都是假的，别别扭扭硬装上去的"，要么"精致豪奢。光彩夺目，叫人怎能静得下心来"。从"圆光"这个角度窥探见所有宗教的"破绽"。这样的视角真叫胆大和独特，是不是世界上的唯一？

《圆光》的主要情节有二，一是关于弘一法师的生活片段。

可以说，弘一是近代中国唯一广为人知的佛教高僧，是个有"圆光"的人。木心恰恰穿过"圆光"，看到了弘一的另一面。

李叔同出家前"乃翩翩浊世之佳公子"，"博涉文学、音乐、绘画、尤擅书法"，留学日本从事话剧运动，"反串茶花女"，这些人所共知，故而看破红尘尤其可贵可敬。然而木心却指出李的"快速看破红尘"，与回国带回的日本女子有关。"原配夫人闹得个烟尘陡乱"，李"调停乏术，万念俱灰"。所谓看破红尘，是不是当初在红尘中陷得太深？于是一旦"闭关"，誓不回头，坚定彻底。这和李叔同的学生丰子恺回忆:"李先生一生的特点是'认真'。他对于一件事,不做则已,要做就非做得彻底不可。"是一致的。

李叔同是书法大家,木心见到他写的一部《金刚般若波罗蜜经》,"书道根底之深,倒是另一回事,内心安谧的程度,真是超凡入圣。""说不出的欢喜赞叹,看得不敢再看了。"这是书法也围着"圆光"了。我也记得有回忆文章说,商务印书馆拟用"弘一"体字印书,请他写帖以备铸模,他答应了,但却声明,有些与佛家戒律有关的字(如"淫""奸"等)不能写。弘一修的是佛教要求最严的"律宗"。他对"戒律"不但做到了"戒行",而且要做到"戒思"进而"戒视",可见真是彻底。

然而,木心说,"平日多次在富家豪门的壁上,见到弘一法师所书的屏条。字,当然是写的一派静气。然而我有反感,以为出家人何必与此辈结墨缘,就算理解为大乘超度普救众生,我也觉得其中可能有讨好施主的因素在。借此而募化,总也不是清凉滋味——我发觉自己很为难,同情出家人的苦衷,比同情俗人的苦衷更不容易。"可见,出家难,彻底断绝俗缘更难。戒律再严,总还是要吃饭穿衣的,募化,总要看施主的脸色。

我又想起有人回忆,弘一刚出家,在杭州虎跑,不但要养活众多僧众,化缘任务极重,而且上门瞻仰尊容的信众络绎不绝,不堪其扰,最后不得不另寻落脚之处,最后圆寂福建泉州。还有人写道,一次弘一到北京看望朋友,活动极多,由此处到彼处,平日一直坚持步行,连马车都不肯坐的法师却端坐在人力车上招摇过市,这是不是也有"苦衷"？总之，细细看去，大师的"圆光"后面却还是有哪怕破碎的红尘世界。

最让人动心的是下面一段文字：

赵老伯是著名学者，大雅宏达，卓尔不群，自称居士，释儒圆通，境界也高得可以。某日相随出游，品茗闲谈，谈到了弘一法师示寂前不久，曾与他同上雁荡山，并立岩巅，天风浩然，都不言语。自然是澄心滤怀，一片空灵。而人的思绪往往有迹象流露在脸上，赵老伯发现弘一的眼中的微茫变化，不仅启问：

"似有所思？"

"有思。"弘一答。

"何所思？"

"人间事，家中事。"

赵老伯讲完这故事，便感慨道："你看，像弘一那样高超的道行，尚且到最后还不断尘念，何况我等凡夫俗子，营营扰扰。"

这也真难为了弘一。"出家人不打诳语"，说假话，犯了戒，算不得入了佛门；说真话，却是"还不断尘念"，还是红尘中人。

佛门，不过是隔着一座山门的红尘。

高僧，也只不过是穿了袈裟的高人。

光木心说："搏动的心，都是带血的。"用自己心中的"血"写出人物带血搏动的心，大概就是小说家公开的秘密。

2012 年 6 月 3 日

零金碎玉

——读木心《素履之往》札记

1

木心的书名都有些怪，《哥伦比亚的倒影》《温莎墓园日记》《我纷纷的情欲》尚好，《鱼丽之宴》《伪所罗门书》《巴珑》就很费解。

我手里的这本叫《素履之往》，不知有何典。翻看内容和插图照片，好像是在一条小路上散步产生的随想。

网上查，才知道：

《易·履》："初九：素履往，无咎。象曰：素履之往，独行愿也。"王弼注："履道恶华，故素乃无咎。"高亨注："素，白色无文彩。履，鞋也。'素履往'比喻人以朴素坦白之态度行事，此自无咎。"后用以比喻质朴无华、清白自守的处世态度。

读完，眼前划过一道闪电，有些心惊；惊其深，惊其好。

看来，就算静读木心，也未必了解，不过是看个热闹而已。

2

木心说，鲁迅是"文体家"，非文体家说不出这样的话来。

文体家的标准不是善作各种文体——如苏轼是散文大家，却当不得文体家——而是善于创造新文体，为后世立下"样式"。有样式，后世人照猫画虎，画出来的还是猫，不是虎。文与体毕竟难分。

中国古代，先秦诸子百家大都是文体家，尤以孔子、老子、庄子为上，其后有司马迁、柳宗元。唐以后无一人，直至鲁迅。鲁迅之后，张中行算半个，接着就是木心了。

3

总觉得诗意和哲理之类，是零碎的、断续的、明灭的。多有两万七千行的诗剧，峰峦重叠的逻辑著作，歌德、黑格尔写完了也不言累，予一念及此已累得茫无头绪。

（《自序》）

说的恐怕不仅是此书。木心的书简言之，多数就是"诗意和哲理之类"，皆短篇，短章，或类偈语、俳句；无长篇，更无"体系"。

学术界、批评界诟病鲁迅的恰恰也是"文学"无长篇。受此贬斥的还有钱钟书："散珠无串"。

体系固然好，不过，要看是"峰峦重叠"还是床上架床、虚张声势？

纯和真的诗意和哲理，或许就是无串之珠，零金碎玉。

4

古典建筑，外观上与天地山水尽可能协调，预计日晒雨淋风蚀尘染，将使表面形成更佳效果，直至变成废墟，犹有供人凭吊的魅力。

现代建筑的外观，纯求新感觉，几年后，七折八扣，愈旧愈难看。决绝的直，刚愎的横，与自然景色不和谐，总还得耸立在自然之内。论顽固，是自然最顽固，无视自然，要吃亏的。

（《庖鱼及宾》）

很少读到这样精彩的"比较建筑美学"。

再过百年，故宫角楼、北海白塔风采依旧，鸟巢、国家大剧院，特别是"大裤衩"，一定会丑得更像"巢"，像蛋，像裤衩。可以预见，后人一定会纳闷：先人为何会建造如此"刚愎"丑陋的东西？

十多年前，单位给我在城南分一套房——苏式"火柴盒"，初一见就不喜：在北京，居然能盖出这么难看的房子！新房，看上去有八十岁！佛曰：浮屠不三宿桑下，不欲久生恩爱。此房也住过些日子，三月不止，前年卖掉，毫不留恋。就视觉的舒适，远不如一株桑树。

其实，建筑如此，其他器物也一样。青铜鼎锈迹斑斑，内在的力量更加雄厚；你再看看家里用了三年的高压锅！明代的一把椅子，历经几百年风雨，怎么看怎么"适宜"；坐过十年的真皮沙发，白给你，你要么？

人也如此。男人如周恩来、鲁迅，越老越"好看"。女人也有。

5

青春真像一道道新鲜美味的佳肴，虽然也有差些的，那盘子总是好的。

（《翩翩不富·青春》）

似乎是读李零的文章，他，还有他的朋友，都是些有成就的人，说起往事，总觉得 20 世纪六七十年代最值得留恋。这样的人不少，爱说一句话："青春无悔"。我细想，觉得他们实际上留恋的是青春，不一定是那个时代。当然，也有人，确实盘子里满是佳肴，多数人却是因为盘子好，回味起来觉得盘子里的菜肴都好，如鲁迅《社戏》里写的"罗汉豆"。

多么凄凉的春天也还有一些绿色，一些惨白、瘦弱的花朵。

我当然也留恋我的盘子，可如要选择，我宁要现在。盘子虽已破旧，菜肴还不至于难于下咽。

6

撇开美学观点，仅就生理功能而言：眉淡眼小，鼻扁牙龅，臂低腿短，胸平肩削，颈细背弯，发疏毛疏……皆非良症。

（《翩翩不富·仅就功能言》）

我以为，美学观点很难撇开生理功能。80年代美学热，我昏头昏脑地颇下了些功夫。对于"美是什么"有一些私念：觉得美，总体来说，是有指向性的。指向生命，指向青春。我称之为"生命美学"，可惜自己才力不逮，无法构建这一美学"体系"。但还是觉得这一"理论"是可以解释许多美学现象的。例如，伤春、悲秋所蕴含的就是对生命和青春的留恋；残疾人在拼搏中产生的美感，恰恰是对生命和健康的追求。甚至，以死亡为主题的悲剧，折射的恰恰是对生命的讴歌。

7

唐朝那么多的文士，俊杰廉悍的柳宗元犹难为怀——他有现代性，这容易解。难解的倒是为什么柳宗元有现代性，为什么独独他有现代性。

（《舍车而徒·子厚颂》）

木心喜陶渊明，喜柳宗元，喜鲁迅，区区厚颜，引为同道。

他以为"这容易解"的，我也只是朦胧的感觉：柳宗元是唐代文人在精神上把儒释融合得最好的一人，入世，又不失自我。而由于缺少释家的滋润，杜甫、韩愈就多了些迂腐。王维晚年学释，丢了儒家的进取和刚劲，多了些退避。

王维的"独坐幽篁里，弹琴复长啸。深林人不知，明月来相照"，表述的是寂寞。柳宗元的"千山鸟飞尽，万径人踪灭。孤舟蓑笠翁，独钓寒江雪"，则更多是孤独感，这种孤独感是具有现代意味的。然而，为什么大唐文人只有他有这种现代性的孤独感，难解。

2012 年 6 月 1 日

短篇的分量

——读木心《温莎墓园日记》札记

1

很久没有这样的阅读感觉了：一本一二百页的短篇小说集，拿在手上，有精装辞书般的沉重感。读完了，还想读，不想放下。放下了，还在心里；过些日子，还会拿起。

第一次是三十八年前的事了。我从许淇老师那儿借到一本《白洋淀纪事》。那是一个基本无书可读的年代，谁也不知道这样的书会不会再版。许老师借给我时，显然已经有些后悔，叮嘱再三，限期三个月。我把书带到草原上，读完，有些发呆：十分简单的情节，平平常常的人物，明白质朴的语言，为什么会这样动人？读这样的书，心里软软的，犹如坐在湖边柳荫下，被凉爽、清新，略带泥土气的风吹拂着。

眼看三个月快到，书不能不还，于是点灯熬油开始抄其中的几篇，我记得有《碑》《嘱咐》和《红棉袄》。抄小说，这对我是第一次，也是最后一次。

现在，八卷本的《孙犁文集》竖在我的书柜里。每年，都会抽几天的时间，重新翻看其中一些篇章。我相信，将来的文学史，不管怎样评价"解放区文学"，以至整个"革命文学"，孙犁的作品，特别是中短篇，总会流传后世。因为真，因为善，更因为美。

第二次，二十七年前。偶尔在街边地摊上买到一本汪曾祺的《晚饭花集》，回家静静地读完，再读，无法"静"了。忽然想起一个传说：高尔基年轻时，有一次读梅里美的一个短篇，忽然发疯似的跑到屋外，把书页对着太阳照，想发现里面是不是藏着什么魔咒。汪曾祺在当代实在是个奇迹。自从成为汪曾祺的忠实读者之后，我几乎不再读其他作家的短篇小说，原因是：读不完一页，已经无法忍受作者语言的矫饰，或干瘪，或拙笨。

第三次，木心，《温莎墓园日记》。

2

《温莎墓园日记》，收短篇小说十七篇，不到九万字。

开篇就惊艳，是为《序》：

至今我还执着儿时看戏的经验，每到终场，那值台的便衣男子，一手拎过原来是道具的披彩高背椅，咚地摆定台口正中，另一手甩出长型木牌，斜竖在椅上——

"明日请早。"

他这几个动作，利落得近乎潇洒，他不要看戏，只等终场，好去洗澡喝酒赌博睡觉了——我仰望木牌，如梦而难醒，江南古镇的旧家子弟，不作兴夜夜上戏院，尤其是我自己年纪这么小。

首先就是一篇绝佳的叙事散文，夸张些说，又是一篇美学随笔。文章通篇都在说看戏，不缺少江南水乡旧时世俗生活的精细描摹，也不缺少时光如水的深沉喟叹，可到底说的还是"写小说"。这两者是怎么糅合起来的？读了两遍，只觉得洋洋洒洒，实在是"帅"，文字的脉络却把握不住。

可能，木心全文最想说的话是这一句：

在普遍受控制的单层面社会中，即使当演员，也总归身不由己，是故还是写写小说（其实属于叙事性散文），用"第一人称"聊慰"分身""化身"的欲望，宽解对天然"本身"的厌恶。

于是想起王小波的小说宣言：人只拥有一世是不够。

我很爱读"序""跋""后记"之类的文章。鲁迅是写此类文的高手，多杰作。如《呐喊·自序》《朝花夕拾·后记》《华盖集·题记》《三闲集·序言》，以及为叶紫、白莽（殷夫）、田军（萧军）、萧红等人的作品写的序。张爱玲、汪曾祺都是散文大家，可是所写序跋类都算不上出色。可见此类文章并不好写。

木心的这一篇《序》，和鲁迅的几篇放在一起，并不逊色。自然，另是一种风味。

3

小说家的创作当然在内容选择上受制于个人生活经历与时代背景，但大都还有自己的偏爱。这偏爱是血液中的，自觉不自觉地会融化为作品的主调。

我以为，鲁迅小说的主调是"人与人之间的隔膜"。他最出色的小说，《狂人日记》《祝福》《孔乙己》《药》《在酒楼上》《孤独者》《伤逝》《故乡》，甚至《故事新编》中的《出关》和《起死》，都是在写"隔膜"。阿Q与整个世界都是隔膜的。

孙犁小说的主旋律是：农村劳动妇女对生活的坚韧和自信。

汪曾祺最爱写的是：人世间的温暖。

木心的小说数量不多，音调却是多种多样的。我以为他演奏的最好的是：人的尊严。

4

最爱读的是写江南古镇大家生活的两篇：《夏明珠》和《寿衣》。两篇恰恰都是写尊严。

夏明珠的身份是富商"外室"。外貌美丽，举止潇洒，善解人意，"两江体专的高材生"，"一口流利的英语"。选择当"交际花"，自有不甘清贫、恋慕奢华的一面，虽不能说断无感情因素或供养兄弟的无奈。（文中"父亲"颇为"亲切"，像是个善于体贴人的中年男子；

夏"父母早亡，有三个兄弟，都是一无产业二无职业，却衣履光鲜，风度翩翩"。）

夏明珠丧夫落魄后，回到故乡，"几次托人来向我母亲恳求，希望归顺到我家，并说她为我父亲生下一女，至少这孩子姓我们的姓。"遭到"凛然回绝"，甚至"激怒了母亲，以致说出酷烈的话。"

然而，就是这样一个弱女子，面临敌人的侮辱时，"打了日本人一巴掌"，捍卫自己作为女人的尊严，进而"大骂日本侵略中国"，以死捍卫自己作为中国人的尊严。

《寿衣》中的陈妈"早年丧父母，孤女没兄弟，三次嫁人，克死二夫。……命无子息，劳碌终身。"很容易让人想起鲁迅笔下的祥林嫂。然而，《祝福》写的是"隔膜"，《寿衣》写的是"尊严"。陈妈这个只会唱"绕脚苦"的贫苦农妇，浑身都透着庄严的自尊。关键时候表现出的大义凛然、刚强与坚韧不让须眉男子，让人动容。陈妈的作为不仅是知恩图报，把她看作是个"义仆"则是简单化了。贫苦人自有贫苦人的人生原则，也许更光辉。

两篇小说的主人公都以死亡为结局，一惨烈，一从容。小说结尾都写到丧服，也都是为了尊严。

两篇小说中给我印象最深的人物是"母亲"。旧式大家庭的主妇，在《红楼梦》中是王熙凤，在《北京人》（曹禺）中是曾思懿，在《金锁记》（张爱玲）中是曹七巧，都不是善茬。木心笔下的"母亲"（包括散文《童年随之而去》中的"母亲"），却实实在在是正面角色。精明但不失宽厚，刚毅却绝不刻薄。小处放得下，大节毫不含糊。

知书明理，自有一副书香门第的大家气度和尊严。这个人物是很让人尊敬的，我以为是木心小说中最成功的人物形象。

5

《七日之粮》和《五更转曲》是两篇"历史小说"，写的是两场惨绝人寰的围城战争，一是在春秋，以撤围结束；二是在明末，以屠城告终。相同的是，写的都是尊严。《一车十八人》和《两个小人在打架》都是写男人的尊严。对照着读，很有意思。两个男人陷入相同的苦恼：妻子不忠。前一篇中的李山选择"自我了结"，同车十六人殉葬。这十六人无大罪，罪在嘴上无德，因伤害别人的尊严而赔上性命。尊严在作者心中的分量可知。后一篇中的赵世隆则选择逃避，最终也还维护了尊严。

《SOS》是写医生的职业尊严。用电影分镜头剧本形式。

《静静下午茶》写得很安静，紧张藏得很深，"姑妈"对"姑父"四十多年前那"三个小时"行踪的追询，也不过是出于做妻子的尊严。

2012 年 6 月 22 日

文采风流今尚存

——读木心《哥伦比亚的倒影》札记

1

第一次读木心是在 2007 年，读的是散文集《哥伦比亚的倒影》，当时木心还活着。

今天重读，居然已经过去五年，作者已成古人。可是，"细读"中，依然感到隐约的不安和紧张。

猛然想起一句杜诗：文采风流今尚存。不知再过几十年，或者一百年之后，还会有人读木心的这本小册子吗？

2

如果把一篇散文比作一支歌，那么，一本"散文集"就是歌者的一场个人演唱会。每位歌者都有自己的演唱方法，或高音、中音、低音，或美声、民族、流行、原生态。然而，木心却告诉我们，这些都不重要，或者说不是问题。他会根据歌曲的文学内容和音乐旋律任意选择适宜的音高和发声方法。或美声，抑或民族，需要的话，他会采用早已失传的，或者可以称作民族古典美声的唱法来引吭，唱出来就是《遗狂篇》和《上海赋》。侧耳细听，却也不缺少西洋美声和现代流行的风韵。

我不记得哪位散文家在文体上表现出如此的多样和自如。如有，或许是写《野草》时的鲁迅。上溯，柳宗元有些许味道。

3

《九月初九》以"人与自然之关系"这样一个角度，勾画千年中国文化的变迁脉络，并作"左顾右盼的横向文化关照"，是一篇中国美学文化简史，却又是一首诗。其中洋溢的回首千古的怅惘和漂泊海外的寂寞，散发着茉莉和玫瑰的香气。

有谁从《诗经》"不涉卉木虫鸟之类就启不了口作不了诗"到《聊斋》之类"将花木禽兽幻作妖化了仙，烟魅粉灵，直接与人通款曲共枕席，恩怨悉如世情"来描摹两千年的中国文学史？此一篇放在李泽厚的《美的历程》旁边，李氏也会承认"别具慧眼"吧？

4

《童年随之而去》明净如水，却是作者童年的挽歌。那一盏"雨过天晴云破处，者般颜色做将来"的越窑小盂，美丽、珍贵、易碎，比作贵家子弟的童年，少有的贴切。

《竹秀》，雅洁如竹，是青春的挽歌。少见有作家写爱情，却又藏得这么深，消解在诸多看似无关的话语中，"草色遥看近却无"。据说，有高明的厨师熬鸡汤，用一只鸡，要熬一天一夜，撇去所有油脂，只得一碗。端上来，清澈如山泉水。品之，极鲜美。

5

《同车人的啜泣》，小事情，小场面。

一对青年夫妻车站送别的对话。内容是婆媳不和、姑嫂不睦，男人夹在其中左右为难。上车后，男子啜泣，接着睡着。下车后，步态摇摆，摇着雨伞，吹着口哨。彻底的雨过天晴。有味道的是作者的一番议论：

是我的谬见，常以为人是一个容器，盛着快乐，盛着悲哀。但人不是容器，人是导管。快乐流过，悲哀流过，导管只是导管。各种快乐、悲哀流过，一直到死，导管才空了。疯子，就是导管的淤塞和破裂。

……

容易悲哀的人容易快乐，也就容易存活。管壁增厚的人，快乐也慢，悲哀也慢。淤塞的导管会破裂。真正构成世界的是像蓝衣黑伞人那样的许许多多畅通无阻的导管。

"导管"这个比喻实在是高明。我就是导管，没有破裂，但也不是畅通无阻，半淤塞。

木心的语言大多有些"涩"，此文中两个年轻人的对话则完全是口语，很传神。

6

《林肯中心的鼓声》整篇文章就像是一首由舒缓到激越，最后归为平静的鼓乐演奏。那一段关于鼓声的描写，将是"音乐文学"的经典。这样的文字应该会让所有写散文的人心生敬意，甚至惭愧。

就是下面一段，也可列为"接受美学"的范例：

我扑向窗口，猛开窗子，手里的笔掉下楼去，恨我开窗太迟，鼓声已经在圆号和低音提琴的抚慰中作激战后的娇憨的喘息，低音提琴为英雄拭汗，圆号捧上桂冠，鼓声也就息去——我心里发急，鼓掌呀！为什么不鼓掌，涌上去，把鼓手抬起来，抛向空中，摔死也活该，谁叫他击得这样好啊！

我自来爱读描摹音乐的诗文，《琵琶行》《箜篌引》，可惜太少。人们知道难，何况是描摹看似单调与原始的鼓声。俗人听鼓声，只听得出声音大，或者小。

苏轼说王维"诗中有画，画中有诗"。其实，诗歌，或者说文学，最高的艺术境界是音乐性。诗中有画不难，画中有诗，则是因为有音乐之美。

7

老老实实地承认：面对《哥伦比亚的倒影》和《明天不散步了》这两篇，我有些发蒙。

教书时遇到过这样的学生作文：全文不分段，"一逗到底"，结尾画一个句号。只能给不及格。

老年木心却要写这样的文章，一写就是两篇，每篇都长数千字。心中纳罕：形式自然要服从内容，而这样的形式果真是必要的吗？就算是"如歌的行板"，也会有休止符吧？

静下心来想：写这样的文章是需要"定力"的，犹如一位歌手，唱半个小时，不换气，至少是听众未察觉到他换气。读这样的文章也需要"定力"。我现在"定力"不佳，读了几次，静不下心来——找不到喘气的空当。

8

《上海赋》，木心说："本篇的最初一念是，想到'赋'这个文体已经废弃长久了。"

其实当代许多散文家都写过自以为是的"赋"，如杨朔《茶花赋》。

木心又说："古人作赋，开合雍容，华瞻精致得很，因为他们是当作大规模的'诗'来写的。"

《上海赋》是"赋"。读完此赋，就知道我读过的许多现代散文家所写的《××赋》，都不是"赋"。赋这个文体确实"已经废弃很久了"。《上海赋》承接的文学血脉是班固的《两都赋》，张衡的《二京赋》。

2012 年 7 月 2 日

穿越两千多年的对唱
——读木心《诗经演》

书架上一本厚书像是一直追逐我的目光，常常不期而遇。它是木心的《诗经演》。这本书我翻过几回，也不过是知道了：这是一本用《诗经》的语言和形式写成的诗集，一本真正的阳春白雪，不是给我这样浅薄的读者看的。

木心说："三百篇中的男和女，我个个都爱，该我回去，他和她向我走来就不可爱了。"（春阳《〈诗经演〉注后记》）"回去"自然不可能，《诗经演》却可以看作是木心向"他和她"的致敬；或者打个比方，是一位深情的歌者，与两千年前的恋人深情对唱。要想听懂这位歌者的声音，首先要听懂他恋人的原唱。也就是说，要想读懂《诗经演》，首先要读懂《诗经》。

对于《诗经》，我的兴趣远不如《楚辞》，《诗经》中有很多好诗，但依我看也有不少过于简单和枯燥的篇什，难说好。"国风"最精彩，大小雅中也不乏佳作，"颂"现在基本就剩下史料价值了。而屈原的《离骚》《九歌》和《九章》，包括作者存疑的《招魂》《渔父》和《卜居》，每篇都好。自然，最好的是《离骚》和《九歌》。

我手边只有一本余冠英编的《诗经选》，有注解，有今译，选了"诗三百"的一百多篇，约三分之一。于是我以这本书为基点，先听听木心恋人的原唱，再对照倾听木心的对唱，这样也读了一百多首，是《诗经演》的三分之一。肯定没读懂，可有些地方也还是让我有所触动。选几首，说几句感言。

繁霜（木心）

正月繁霜，我心忧伤。侯薪侯蒸，国之殆亡。今兹之政，胡然厉矣。满目阘茸，朝野鞠讻。佌佌有屋，蔎蔎有禄。哿哿俎侩，国之殆戮。何日挽子，脱此辐毂！

《繁霜》是《诗经演》的第十七篇，"演"《小雅·正月》。《正月》共十一章，是《诗经》中篇幅较长的篇什。此诗"忧国哀民，愤世嫉俗"（余冠英语），是作于东周初年的一首具有批判性的"政治抒情诗"，作者大约是一位不得志的下层知识分子。《繁霜》"演"过之后，也还是一首政治抒情诗。

我试着把它再"演"成白话诗：

桃红柳绿的正月，突然却天降繁霜①。

在这阴阳颠倒的年头，我怎能不忧伤？

大树已被伐尽，林中只剩下些柴草，

这样的国家，是不是将要走向灭亡？

现在的政局，为什么如此暴虐？

走在街上，满眼是凡俗低劣的庸人，

在朝在野，都是一片穷极的乱象。

那些卑鄙的小人，都分上了房子，

那些丑陋的伪君子，却享有俸禄。

我拉着你的手一起祈祷，什么时候

能脱离这车轮一样箍死的世道？

注①：东周历法的正月，相当于后来阴历的四月。

《诗经演》写在 20 世纪 90 年代，木心在美国。

将骐（木心）

将骐子兮，逾我里，折我树杞。逾我墙，折我树桑。逾我园，折我树檀。岂敢爱之？骐可怀也。人之多言，不我畏也。人不知骐，我知怀之。怀之不畏也！

《将骐》是《诗经演》的第四十六篇，"演"《郑风·将仲子》。

《将仲子》是一首情歌，内容是女主人公恳求自己的情人不要翻墙到自己家里来，担心父母兄弟知道了斥责她，也担心别人知道了说闲话。《将骐》"演"过之后，还是情诗，但女主人公的性格大变，由谨小慎微的淑女变成泼辣爽朗、无所顾忌的现代开放女性，很有意思。

也试着"演"成白话诗：

骐哥哥呀，骐哥哥，

为什么不翻墙进到我家小区来？

折断了杞树没关系。

为什么不翻墙进到我家花园来？

折断了桑树不要紧。

为什么不翻墙进到我家内院来？

折断了檀树怕什么！

我才不会心疼这些树呢，

我是真心想见你呀。

别人说什么我不在乎，

他们不了解你呀，骐哥哥。

想你，爱你，是我自己的事，

我才不怕别人的闲磨牙呢！

朝出（木心）

朝出东门，有氓如云。虽则如云，匪我思存。夕出西门，有氓如荼，虽则如荼，匪我思且。野有瑶草，瀼瀼露零。清扬婉兮，适我愿兮。与子偕隐，肌肤相敬。

《朝出》是《诗经演》的第四十七首，"演"《郑风·出其东门》。《出其东门》也是写爱情的诗歌，"大意说：东门游女虽则'如云''如荼'，都不是我所属意的，我的心里只有那一位'缟衣綦巾'装饰朴陋的人儿罢了。"（余冠英语）木心的《朝出》"演"过之后，主人公改为女性，意蕴也更高雅了。

我"演"成白话小调：

早晨出了城东门，

小伙子成伙成群。

别看一个个英俊漂亮，

可都不是我心仪的人。

傍晚出了城西门，

小伙子成群结队，

别看一个个衣冠楚楚，

可也没有我心仪的人。

城郊外有一支香草，

草叶上沾着晶莹的露水。

那是怎样的风度和气质呀，

你才是我梦里追寻的人。

我愿意离开那凡俗的城市，

一生一世，和你相拥相亲。

就此打住，不再"演"了，免得贻笑大方。我的本意是向木心致敬。

再见，《诗经演》。

2014 年 3 月 19 日

不朽的红萝卜

莫言对当代文坛的第一次"集束轰炸",由《透明的红萝卜》《红高粱家族》和《天堂蒜薹之歌》组成。

萝卜、高粱、蒜薹,不是我故弄玄虚,我的脑海里常有这样的念头,将来的文学评论家们很可能会创立一门"莫言生物学"。该学科有两个分支:一个分支是"莫言植物学",包括有萝卜、高粱、蒜薹,以及他小说中出现过的难以计数的各种树木和野草,其中当家花旦是萝卜和高粱。第二个分支是"莫言动物学",包括有狗、猪、牛、马、羊、驴、骡子、骆驼、鸡、鸭、鹅、黄鼠狼、狐狸、蝗虫、青蛙等等。其中领衔主演是蝗虫和青蛙。

今天回头看,会感到《透明的红萝卜》的出现,无论是对于莫言,还是当代文坛,都好像很突兀。其实了解20世纪80年代初中国文化格局,特别是经历过那个历史时期的人,很容易理解其中的原因。国门打开,西方最前沿的学术思想和文学思潮如狂涛巨浪般涌来,震撼、冲击着,甚至是彻底改变了许多人的文化、文学理念,使不少文化人,在极短的时间里就完成了由蛹化蝶的过程,其中,就有莫言。对莫言影响最大的是福克纳和马尔克斯。

莫言忽然明白,一个作家,要有自己的文学的地理王国,一个完全由自己统领的世界,于是高密东北乡便成就了他。据他说,他读《百年孤独》,只几页,就激动得"像野兽一样"满地乱转。他发现:文学可以表现的生活,可以容纳的艺术想象原来是无限丰富和无限广阔的!由此,电闪雷击般地激活了他所有的生活记忆和心灵中曾有过的梦幻。此时的莫言也许会在心底发出一声呐喊:阿里巴巴!

莫言说,至今还有人认为,《透明的红萝卜》是他最好的小说,他不认同。可以理解,如果认同,那就是说,将近三十年的时间,莫言的创作没有超过写于1984年的《萝卜》。尽管在文学史上,成名作就代表最高水准的作家并不少见。不过,我还是以为,《萝卜》确实是莫言最好的小说之一。

《萝卜》完全摆脱了主题先行的束缚,成功地实现了莫言向写人物、写生活的艺术转换。从此,中国人种种的不幸与苦难,中国人内心的所有隐秘,开始成为莫言作品的主要内容。我以为,这是对鲁迅为代表的"五四"文学的实质上的衔接。

小说通过人民公社时期,一个汇聚在水利工地若干人物之间的矛盾冲突,勾画出那个时代的一幅素描画面。作品没有集中的矛盾冲突,没有完整曲折的故事情节。作品的主题是模糊的,但由于内容所具有的丰富性,又具有了主题的多义性。小说的主要矛盾关系有:菊子姑娘与小石匠的恋爱关系,小石匠与小铁匠的"情敌"关系,小铁匠与师傅因技术秘密发生的冲突。把这些冲突组合在一起的，是一个饱受继母欺凌伤痕累累的十岁左右的孩子——黑孩。这个孩子才是小说的主人公。

作品不缺少温暖：菊子姑娘和小石匠的质朴的爱情以及二人对黑孩的同情和照顾，但是，由于社会生活本身的冷漠，以及几乎所有人之间灵魂与感情的隔膜，小说整体上给人的感觉是凄楚的。这恰恰是那个时代生活的主调。读这篇小说，我想起自己做知青的年月。虽然我生活在大草原上，可依旧能在关于许多熟人的回忆中，找到《萝卜》中生活的影子。我想：那个时代多数人的生活基调都是无奈、无聊和凄楚的。更让我震惊的是，许多人，包括我，身上都有黑孩性格中的某些东西，或许不是那样强烈罢了。

莫言在《诺贝尔文学奖演讲》中说：

我认为《透明的红萝卜》是我的作品中最有象征性、最意味深长的一部。那个浑身漆黑、具有超人的忍受痛苦的能力和超人的感受能力的孩子，是我全部小说的灵魂，尽管在后来的小说里，我写了很多的人物，但没有一个人物，比他更贴近我的灵魂。或者可以说，一个作家所塑造的若干人物中，总有一个领头的，这个沉默的孩子就是一个领头的，他一言不发，但却有力地领导着形形色色的人物，在高密东北乡这个舞台上，尽情地表演。

这个"具有超人的忍受痛苦的能力和超人的感受能力"的人物，肯定有莫言自己的性格基因。但是我更想知道的是，在忍受诸多痛苦之后，黑孩性格中那些扭曲变形的东西。

首先是沉默，"莫言"。当苦难成为常态，忍耐是唯一选择的时候，抱怨也就毫无意义，沉默是必然的结果。黑娃似乎已经丧失了用语言表达自己的感受和愿望的能力。

其次是顺从。黑孩对生活加给他的种种不幸，基本上都以忍耐和顺从应对，小说的某些细节实在精彩：

小石匠吹着口哨，手指在黑孩头上轻轻地敲着鼓点，两人一起走上了九孔桥。黑孩很小心地走着，尽量使头处在最适宜小石匠敲打的位置上。小石匠的手指骨节粗大，坚硬得像小棒槌，敲在光头上很痛，黑孩忍着，一声不吭，只是把嘴角微微吊起来。

读到此处，我想起《阿Q正传》中的一个细节：

这"假洋鬼子"进来了。

"秃儿。驴……"阿Q历来本只在肚子里骂，没有出过声，这回因为正气忿，因为要报仇，便不由的轻轻的说出来了。

不料这秃儿却拿着一支黄漆的棍子——就是阿Q所谓哭丧棒——大踏步走了过来。阿Q在这刹那，便知道大约要打了，赶紧抽紧筋骨，耸了肩膀等候着，果然，啪的一声，似乎确凿打在自己头上了。

由于长期"忍受痛苦"，内向的黑孩对关怀、友爱、同情、怜惜的渴求几乎被彻底压抑，当这些美好的情感到来时，他也会感动，但又感到明显的不适应，不安全，甚至有摆脱的强烈欲望。在菊子姑娘和小石匠的关爱中，黑娃有一种明显的"不自在"，相反，在冷漠的小铁匠的欺凌中，他却感到安全和适应。小说中写到黑娃的两次反抗，一次是咬菊子姑娘，拒绝回到她的关怀中，一次是在小石匠与小铁匠"武打"时，他突然冲出攻击小石匠。这两次"反抗"都出乎读者意料，其潜在的心理依据让人心惊。

刘再复说："《透明的红萝卜》……其主人公黑孩，未说一句话，却见证了那个时代的全部苦难和中国人承受苦难的人间最顽强的生命力。其文学价值决不在《阿Q正传》之下。"如果不是过誉，那么我们对这篇小说的价值也就太低估了。

黑娃身上最动人之处，在于他有"超人的忍受能力"，小说的高潮就是关于"透明的红萝卜"的描写：

他看到了一幅奇特美丽的图画：光滑的铁砧子。泛着青幽幽蓝幽幽的光。泛着青蓝幽幽光的铁砧子上，有一个金色的红萝卜。红萝卜的形状和大小都象一个大个阳梨，还拖着一条长尾巴，尾巴上的根根须须像金色的羊毛。红萝卜晶莹透明，玲珑剔透。透明的、金色的外壳里苞孕着活泼的银色液体。红萝卜的线条流畅优美，从美丽的弧线上泛出一圈金色的光芒。光芒有长有短，长的如麦芒，短的如睫毛，全是金色……

所谓"具有超人的忍受痛苦的能力和超人的感受能力"，其实就是旺盛生命力的一部分，在这个意义上，黑孩确实是莫言小说人物"一个领头的"。莫言小说人物大都具有这样的性格特点：面对苦难的坚韧，和活下去的蓬勃的原始生命力量。

2013年3月18日

柳泉神韵

《聊斋志异》是一部很有意思的书。

两年前读孙郁《张中行别传》，他写到张中行的晚年生活，说他最后住在医院时，枕边放的是一部《聊斋志异》，经常翻阅。这让我有些意外。张中行不是小说家，我读他的文章，他谈到的作家、作品甚多，但似乎很少说到小说，不记得提到过《聊斋》。中国作家里，他说自己喜欢周氏兄弟。古代作家，他爱读《庄子》，对其后"文以载道"的唐宋八大家兴趣都不大。张中行一生更关注的是"人生哲学"，对文学的兴趣也是偏重散文，最后终成难得的民间思想家和独具风格的散文大家。这样一个人物，当知道自己的人生即将结束时，为什么会读《聊斋》？

我后来细想：《聊斋志异》虽是中国古代文言小说的高峰，但并不是古代小说艺术最高峰，与《红楼梦》相比，确实不在一个艺术等级上，与《三国演义》《水浒传》《西游记》相比，也未必就更高明。比如说，《聊斋志异》就没有塑造出如曹操、关羽、武松、李逵、孙悟空、猪八戒这样深入人心、家喻户晓的典型形象。可是，在所有的古代文学名著中，《聊斋》却是最有平民气息和人间温暖的一部。《红楼梦》里塑造了那么多可爱的女孩子形象，可是一对比，你会觉得蒲松龄笔下的花妖狐媚如小谢、婴宁、连锁、小翠、小倩、湘裙、素秋、阿纤等更可爱、更可亲近，更像你身边的人物。与《聊斋》比，《红楼梦》多了些贵族气，《三国演义》多了些权术和阴谋，《水浒传》多了些血腥气，《西游记》则离普通人的生活太远了一些。我想，张中行夕阳之下重读《聊斋志异》，恐怕是因为他们内心的平民意识与柳泉先生有着更多的呼应，其实也折射出他们对人生温暖的留恋。

1949年后，文学界对《聊斋》的关注要比其他一些古典名著差得多，证据之一就是人民文学社出版的《中国古典文学名著丛书》，直到80年代末才出版了面向普通读者的《聊斋志异》注释全本。语文教材所选《聊斋》主要是《席方平》和《促织》这样揭露"封建压迫"的篇什。真正代表柳泉最高艺术水准的那些写人与狐仙鬼怪相恋的杰作，却被看作是色情和迷信。

中国现当代作家创作之初，接受的文学影响各有不同。例如日本"私"小说对于郁达夫，狄更斯对于老舍，奥尼尔对于曹禺，鲁迅对于孙犁，沈从文对于汪曾祺，等等。但是我知道，至少有两位作家在他们晚年的创作中表达了对蒲松龄的高度尊敬，并心悦诚服地学习，甚至模仿。

一位是孙犁。孙犁关于自己年轻时的文学阅读，突出回忆的就是对鲁迅著作和《聊斋志异》的阅读。在中国文学史中，有三人最善于塑造女性形象：曹雪芹、蒲松龄、孙犁。孙犁其实是前两位的继承者。1978年，孙犁写有《关于〈聊斋志异〉》一篇长文（这几乎是他"文革"后写的最长的一篇文章），他说，《聊斋》以文言写成，在很大程度上限制了他的读者面，可是"甚至偏僻乡村也不断有它的踪迹"，可见，聊斋所表现的，是"与广大人民心心相印，情感相通"。"这是一部奇书，我是百看不厌的。"他称赞："在这部小说里，蒲松龄刻画了众多的聪明、善良、可爱的妇女形象，这是另一境界的大观园。"他认为，蒲松龄的文学创作跨越了宋以后几百年的文学史，直接与唐人的现实主义承接，他真诚地称赞蒲氏"把一束束春雨后的鲜花，抛向读者。"他说年轻时读《聊斋》，喜欢那些篇幅长、情节曲折的情爱故事，如《小翠》《阿绣》《胭脂》《陈云栖》等，老年则更喜欢像《镜听》那样的短篇笔记。他晚年独具特色的"芸斋小说"显然有意追寻《聊斋志异》中笔记类作品的风格。篇末"芸斋主人曰"显然模仿蒲松龄的"异史氏曰"，虽然这一手法应上溯至司马迁的"太史公曰"。

还有一位是汪曾祺。汪曾祺对蒲松龄的尊敬更是毫不掩饰。在他不多的几部京剧剧本里，就有一部《小翠》改编自《聊斋》的同名篇章。到20世纪80年代末，汪曾祺已是名满天下的小说大家，他却一连气地改写了十多篇聊斋故事，总题"聊斋新义"，计有《瑞云》《黄英》《蛐蛐》《石清虚》《双灯》《画壁》《陆判》《捕快张三》《同梦》《明白官》《牛飞》和《虎二题》。在《捕快张三》的按语里，汪曾祺说："聊斋对妇女常持欣赏眼光，多体谅，少苛求，这一点，是与曹雪芹相近的。"其实读汪曾祺的一些小说，同样能感到他对女性的"欣赏眼光",如《受戒》《薛大娘》《大淖记事》等。汪曾祺说,他写小说不是追求"深刻",而是追求"和谐",是想给读者送些"温暖"。这一创作理念,与蒲松龄是有相当的契合处的。《聊斋志异》里的许多篇章,是能给人以温暖的。所以,汪曾祺晚年那些篇幅短小的小说,和孙犁相比,更有柳泉神韵。

现在,蒲松龄门前又多了一位虔诚的门徒:莫言。

莫言最早接受的文学影响,是新中国成立后所谓"革命现实主义与革命浪漫主义相结合"的革命文学和《水浒传》《三国演义》等古典白话小说,这是很自然也很无可奈何的事情。但鲁迅的《铸剑》对莫言的意义却非同寻常。这不但在后来《生蹼的祖先们》等作品中可以找到明显的印记,而且,《铸剑》非现实主义的创作方法,显然对莫言后来"魔幻""幻想"的创作道路,有着十分重要的开启意义。有意思的是,鲁迅的这篇小说,恰恰取材于魏晋志怪小说。而原小说中以命相拼、死后也要复仇的精神,在《聊斋》《田七郎》《席方平》《向杲》等篇中也有强烈的体现。

福克纳、马尔克斯对莫言的影响是十分重大的,但是在创作《檀香刑》时,他已经很清楚地宣布了告别,声明自己的创作将"大踏步地后退",将努力与中国古代文学传统承接,这当然包括《聊斋志异》。

这不仅因为他写了一篇《学习蒲松龄》,在梦中,蒲松龄对他说:"你写的东西我看了,还行,但比起我来那是差远了!"在梦里,他给蒲老先生磕了六个头。

这也不仅因为莫言公开声明：在中国作家里，古代，他最佩服蒲松龄；现代，最佩服鲁迅；当代，最佩服莫言。

在莫言 90 年代后的创作里，我们很容易可以发现《聊斋志异》对莫言的滋养，最典型的例子自然是长篇《生死疲劳》。蒲松龄对莫言的影响，不仅在小说的样式和技巧上，更主要的是题材和情感更加深入到了平民生活，深入到了民间口头文学的泥土中。一定要从他的短篇小说中举例，我以为《姑妈的宝刀》《马语》《蝗虫奇谈》《小说九段》都可以。

莫言在谈到自己的文学传承时，常常有意或无意地忽略《红楼梦》。我想，他并不是不知道曹雪芹的伟大，但曹雪芹身上的贵族气，很可能让他感到有些疏离。这也是无可奈何的事情。莫言要想成为真正伟大的作家，也许命中注定有着他很难突破的障碍，是为天命，非关人力。

2013 年 9 月 13 日

关于文学与音乐的随想

退休后，吃饭睡觉之余，主要是读书。谈文学，虽说也是外行，但毕竟读了几十年的"闲书"，自以为写几句"闲话"的资格还是有的。这次突然谈起一窍不通的音乐，真算得上"无知者无畏"了。

起因是读苏童的《河流的秘密》，读到下面几句话，眼前一亮：

作家余华说过，他的《许三观卖血记》的结构是受到了《马太受难曲》的影响，重复，回旋和升华。这话不管是否可信，反正给我印象很深，正如许三观卖血养家的故事，给人留下了深刻的印象。

《马太受难曲》我没听过，作者巴赫对于我只不过是一个外国人的名字，对其生平和作品一无所知。可是上半年我读《许三观卖血记》后，写过一篇阅读札记《除了卖血，他还能卖什么？》，其中就写道："《许三观卖血记》与《活着》和《在细雨中呼喊》相比，更具'音乐性'，是一首完整的交响音诗，前奏、变奏、间奏、高潮、尾声，清晰而动人。"对于一个接近于音盲的人，这种感受是不是很奇怪？

文学和音乐有没有关系？当然有。最简单的例子就是诗与歌。

我想，人类最早的艺术形式肯定是音乐，而且是声乐。不过当时声音还无法保存，所以后世美学家只能从岩洞壁画等残存的遗物，推想先民的审美意识。诗的出现不仅晚于乐，而且最早肯定是以歌的形式呈现的。我想，就是在全世界，你不难找到一个没有文字的民族，可是你能否找到一个没有歌声的民族？

中国最早的"诗"肯定是"歌"，《诗经》一定是全都可以歌唱的；不过后世"诗"以文字形式留存，"歌"却消失在了历史的黑洞里。"乐府"的名称，说明它主要是一个负责音乐事务的政府部门，兼顾搜集民歌，不过文字留存下来，乐谱却流失了。

诗主要供文人阅读之后，失去了歌唱的魅力，于是平仄格律就诞生了。诗人们戴着"镣铐"跳舞，却享受着吟诵中的音乐之美。至今，我们朗读他们的诗歌，仍然能感受到抑扬顿挫带来的乐感。普通话的普及，最大的损失，大概就是让许多人对古诗词音乐之美的感受，大大减弱了。

词的出现完全是为了歌唱，所以在音律上要求更严格。苏轼的词在当时被人讥笑，认为是野路子，就是因为不太适合歌唱。那个时代，"西北风"式的演唱，估计还不叫座。所以，词的正统，只能是婉约。后来的"曲"，完全是为了配乐。读文字本的《牡丹亭》和听昆曲《牡丹亭》，感受差得也太远了些。

文言文章分为韵文和散文。韵文中的赋、骈文等的音乐美是很好理解的。人们却很少知道散文同样具有音乐美，那是一种更自然、更高层的乐感，比平仄格律更丰富、更动人。不信你就读一下太史公的《报任安书》，体会其中满腔悲愤的铿锵节奏和激情昂扬的旋律。

唐宋八大家中，欧阳修的文章最具音乐性，且不说有名的《醉翁亭记》，就是《新五代史》中一篇《伶官传序》，就让后人拍案叹服。明代古文家茅坤说："此等文章，千年绝调"。清代文学家沈德潜说："抑扬顿挫，得《史记》神髓。"其实叹服的都是文章的音乐之美。后来作史论的人仿其笔法，以至成了滥调。欧文的音乐美与欧阳修是词坛高手有关，欧词的文学史地位被低估了。

然而，文学音乐美的最高境界却不是语言的"抑扬顿挫"，而是作品整体的内在节奏和旋律。短篇文字还好经营，长篇则要难得多。从这样一个角度看，中国古代长篇没有一部上品。《三国演义》后三分之一粗率且松散，《西游记》《水浒》和《儒林外史》基本是短篇故事的串联和编织。这与中国长篇小说发源于"说活"有关；每天一段，"且听下回分解"，缺少整体的艺术构建。《红楼梦》摆脱了"话本"模式，开始由面向"听众"转为面向"读者"。从前八十回看，小说的张弛、节奏具有细致而繁复的音乐性，可惜全书没写完，也就难以言说了。

就现当代长篇看，就我有限的阅读，还没有感觉哪一部在音乐性上可以和《许三观卖血记》相比。《白鹿原》雄浑深沉，但全书结构过于"密实"，旋律感不足。《丰乳肥臀》大气磅礴，但整体看如江河决堤奔涌而下，也缺少必要的回环与舒缓。文学的音乐性，说白了，就是人的情感在时间中展现出的美感。毕竟，文学和音乐都是时间艺术。中国艺术的美，主要体现在"线"上。

附：

最近在网上看到，老油画家靳尚谊说"中国人学油画更难到高峰"：

我是个油画家，研究的核心就是油画的基本理论。我学到现在有个感觉，中国人学油画，比西方人学油画要困难得多，有一个天生的弱点，主要在于观察方法不一样。在他看来，包括中国人在内的东方人的传统艺术，是线和平面的，因此看物体时，界限特别重要。但是西方人的油画是用体积语言，看它的形，就是看空间和体积。这是一个民族习惯。这一点差异，就让我们画油画更难达到最高峰。

这段话很值得深思。中国造型艺术的典型代表是书法，书法的核心是线条。以空间二维形式展现出的书法作品，却很容易让人品味到书法家创作的"过程"，从而使书法具有了时间艺术的鲜明特征，也就具有了显而易见的音乐之美。

2015 年 12 月 19 日

闲话散文

有几年我没读到好的散文集了。

有人认为，散文与小说、戏剧、诗歌等文学形式相比，似乎最好写。不就是记叙文吗？叙事、抒情、说明，大不了来点儿夹叙夹议之类。小学生都会。

在他们看来，其他的文学形式像跳舞，古典舞、芭蕾舞、现代舞等等，散文就像走路。除了残疾人，谁不会走路？所以，只要认识几个字，也就应该会写散文。然而，走路和走路很不一样。古人就明白，不然也就不会有"邯郸学步"这个成语了。在京剧舞台上，"走"是演员的基本功，名角要天天练。现在人们讨厌京剧节奏慢，其中就包括主要人物上场时半天才走到舞台中央，其实他不是磨蹭，而是在表演"走"。当年麒麟童那几步走，台下"好"声震天，观众只嫌他走得少。除周信芳，走得好的还有马连良。服装模特，别以为她们（多数是女性）就是因为个子高，长得漂亮，穿上新衣服在台上走一二十米的"猫步"。你上去走走看！其实所谓"名模"不一定都漂亮，内行人都知道，她们练功之苦，不亚于舞蹈演员。

再打个比方，其他文学形式像唱歌——美声、民族、通俗，或唱戏；散文像说话。可是话说好了并不容易。且不说话剧舞台，就是把唱排在第一的京剧，也还有"千斤话白四两唱"之说。"春晚"当然不缺唱，但人们还是关心有没有好的相声和小品。当年的侯宝林和马三立，如今的赵本山和郭德纲，就属于"说的比唱的好听"。

世上最简单，人人都会的事情，如要做到最好，往往最难。写散文就是。

把文学分作小说、诗歌、戏剧、散文四类，是西方文艺理论的分法。其实在西方，散文也就是指无法归在前三类的文学文章。一百多年前的诺贝尔文学奖获奖作家，有几个是因为写散文得的奖？

在中国，散文原不是文学概念，是指"文章"中区别于赋、骈文等韵文的"散体文"。在古人看来，写文章（主要是散体文）才是正道，诗词已是"余事"，至于小说和戏剧，看看"小"和"戏"两个字，就知道上不了台面。

中西有异。于是对什么是散文就众说纷纭了。按照西方标准，中国古代基本没有散文家，就算有几个，他们多数的文章也不是文学散文。张恒培、骆玉明主编的《中国文学史新著》基本就是西式标准，所以连柳宗元、欧阳修的文集中也没几篇"纯"散文。可是，李泽厚在《美的历程》中却指出"在散文文学中，也仍然需要感情与理解、想象多种心理因素和心理功能的统一交融"，并以《孟子》和《庄子》为例，说明"不正是由于充满了丰富饱满的情感和想象，而使其说理、辩论的文字终于成为散文文学的吗？"可见，不能硬拿西方人的鞋往中国人的脚上套。中国散文自有一片与西方散文不同的天地。

孙犁说，散文"是指那些所有记事或说理的短小文章，就是鲁迅先生所说的杂文"，这好像又有些太宽泛了。不过，鲁迅多数的杂文确实属于文学散文，也是事实。

也是孙犁，我不记得他在哪篇文章中说过，散文难写好，一部中国文学史，好散文数量很有限，所以"古代散文选"选来选去区别都不大，细想也真是。中国古代散文的黄金时代在先秦。秦始皇焚书坑儒，秦代没留下一篇好散文。如果把《史记》看作传记文学，那么两汉最好的散文也就只有三篇：《报任安书》《答苏武书》和《报孙会宗书》。欧阳修说："晋无文章，唯陶渊明《归去来辞》"，虽有些苛刻，但是两晋确实罕有极品散文。

后人盛赞"唐宋八大家"。我以为，真正的大家，韩愈、柳宗元、欧阳修和苏轼四家而已。孙犁说："世称唐宋八家，实以韩柳欧苏为最，其他四位，应该说是政治家，而非文学家。欧阳修的文风接近柳宗元，他是严格的现实主义者。苏轼宗韩，为文多浮夸嚣张之气，常常是胸中先有一篇大道理，然后归纳成一句警语，在文章开始就亮出来。"我对孙犁之说基本赞同，但我以为把"其他四位"归为"政治家"不算准确，苏洵就很难说是政治家，归为"文章家"为好。八家中，我喜好柳宗元和欧阳修。苏轼议论文确实有"浮夸"之嫌，但根子我以为是受了战国纵横家的影响，他父亲的文章就得法于《战国策》。苏轼最好的散文不是"策论"和"记"，而是赋、短札、书信之类。

元明清，士人头戴理学紧箍咒，没出现一位散文大家；归有光、袁宏道、龚自珍虽是名家，可值得细读的，数篇而已。

20 世纪五六十年代有过一场关于散文"形散神不散"的讨论，今天看来，很可笑。散文自有其艺术规律，但据我看，关键是一个"真"字。一是真情实感，二是真知灼见。失去"真"，形和神都近于"伪"。从这个角度看，也就明白为什么先秦是中国散文的黄金时代，为什么宋以后没有散文大家。散文，最需要时代的宽松和自由。

"五四"以后到 1949 年，是中国散文的又一黄金时期。鲁迅无疑是第一大家。据我看，《野草》才是鲁迅文学的巅峰之作，前无古人，至今也后无来者。其杂文，尤其是前期杂文，无人可比。前些年，龙应台在台湾以杂文获"龙旋风"之名；她认为鲁迅杂文"骂人"，不值得学。我读她的《野火集》，毫不客气地说，就杂文水平来说，三流而已，别说比鲁迅，与聂绀弩也不在一个层次。龙女士最好的散文是《大江大海 一九四九》。与鲁迅同时，周作人、郁达夫、冰心、朱自清、梁实秋、沈从文，也都是散文高手。还有一位林语堂，名气很大，但我觉得有些油滑，远不如梁实秋。不过此公的一部《苏东坡传》足可传世。

1949 年后，我以为可称道的散文家，仅孙犁、汪曾祺、张中行、木心、章诒和五人。

2016 年 12 月 5 日

巨人：友谊与决斗
——读《托尔斯泰文学书简》

对于俄国文学，我一直很有好感，直到今天。我觉得，19世纪俄国文学的辉煌，是世界文学史上的一个奇迹，在那么短的一个时期里出现那么多一流的，甚至是世界级的文学家，也许只有中国唐诗的繁荣可以相比。

《托尔斯泰文学书简》（章其译，湖南人民出版社1984年版）收入托尔斯泰与二十六位文学家之间的五百五十五封来往书信，其中包括有涅克拉索夫、屠格涅夫、赫尔岑、车尔尼雪夫斯基、谢德林、高尔基和柯罗连科。与我们常见的书信集相比，这本书有两个特点：第一，它不但有作家本人的书信，而且包括通信人的书信；第二，有比较详尽的注解，这些注解更注重考证史实，具有科学的严谨性。这两点，恰恰是我读鲁迅书信和明清文人简牍时感到不满足的。

《托尔斯泰文学书简》我翻过几回，都没有看完。这次重新翻阅，主要集中阅读了他和屠格涅夫之间的来往书信。

托尔斯泰和屠格涅夫的书信来往始于1855年10月，止于1883年6月底，时间长达二十八年。可惜的是，在保留下的四十九封书信中，有四十二封是屠格涅夫写给托尔斯泰的，托翁给屠格涅夫的信大都散失了。考虑到屠格涅夫晚年长时间寄寓国外，也就不觉得奇怪了。

在这二十八年里，这两位文学巨人的关系是很有戏剧性的。他们的书信交往是由屠格涅夫开场的。屠格涅夫年长托尔斯泰十岁，1855年，他已经出版了《猎人笔记》，是闻名全欧洲的大作家了；托尔斯泰则刚刚走上文坛，还是一个二十七岁的小伙子。考虑到这一点，由屠格涅夫先给托尔斯泰写信，就不能不让人感动。

屠格涅夫和托尔斯泰同属贵族阶级，他们两家的庄园相距不远，可是两人并不认识。屠格涅夫先认识了托尔斯泰的妹妹等家人，然后才主动写信给在前线服兵役的托尔斯泰。在信中，我们完全看不到文学大家的架子，一派诚恳和温和。屠格涅夫对托尔斯泰的文学才华抱有很高的预期，甚至主动提出想和托尔斯泰见面，以便深入交谈。

二十八年后，他们之间的最后一封信也是屠格涅夫写给托尔斯泰的。这封写在重病期间的短信里，屠格涅夫说，自己"已处于死亡的边缘"，写这封信是为了"向您表明，我成为您的同时代人是多么高兴，并且向您表示我最后的、衷心的请求。我的朋友，回到文学事业上来吧！"两个月之后，屠格涅夫逝世。人们当然不能认为仅仅是对屠格涅夫"衷心的请求"的回应，但确确实实，在这呼唤声中，托尔斯泰在《安娜·卡列尼娜》出版十二年之后，又贡献了一部《复活》，走上了他文学创作的最高峰。

对于屠格涅夫的最后一封信，苏联的研究者说："这封遗书将作为大公无私、宽宏大量以及热爱托尔斯泰、热爱俄罗斯文学、热爱自己祖国的楷模而流芳万世。"

一个温暖的开始，一个动人的结束。

然而，谁又能想到，这两位文学巨匠二十八年的交往中，不仅有着真挚的友爱，也有着公开的不和。这是两只同样美丽而且互相吸引着的刺猬，他们的友爱，几乎从头到尾一直伴随着由性格、观点、信仰、创作倾向不同，引起的争论和冲突。二十八年间，两个人绝交的时间居然长达十七年，甚至两人的矛盾几乎引发为决斗。

事情发生在 1861 年 5 月 27 日。可惜我唯一的一本《托尔斯泰传》不知丢到哪里去了，只能凭借这本书里的书信和注解了解大略情况。那一天，托尔斯泰和屠格涅夫都在诗人费特的庄园里做客。闲谈中，屠格涅夫谈起自己的家庭女教师怎样培养女儿的慈善行为，而托尔斯泰却提出了尖锐的批评。屠格涅夫应该知道，托尔斯泰是个很有独立见解的人，而且不在意自己观点的骇世嫉俗。当年就因对莎士比亚和但丁的轻蔑，让作家们大跌眼镜。然而，这一次是屠格涅夫失态了，大发雷霆，"语言和态度都很粗暴"。两人不欢而散。

如果是在交通和信息都非常发达的今天，事情会完全朝着另外的方向发展。可当时，两个相距不算远又想迅速做出反应的人，只能靠书信来传递信息。于是就发生了这样一些很有趣的情况：信在路上传递着，其中的内容却并不是完全对接着的，有着奇怪的错位。当甲对乙的第一封信作出反应时，乙的第二封信已经在路上了。甲对第二封信做出回答，却无法收回刚发出的信。于是，怒火和理智无规则地撞击着。终于，托尔斯泰在屠格涅夫道歉信发出后，提出要"按照传统的方式（各带副手）"用手枪进行决斗。

如果这次决斗发生，两个俄罗斯伟大的作家将会倒下一个。

如果倒下的是屠格涅夫，整个俄罗斯都会震惊。因为倒下去的是《猎人笔记》《罗亭》《贵族之家》和《前夜》的作者，人们完全有理由相信，他还会创作出更多更辉煌的作品。托尔斯泰将会成为和在决斗中杀死普希金的丹特士一样的历史罪人。其实，在这以后，屠格涅夫最重要的作品只有《父与子》，他的创作高潮已经进入尾声。

如果倒下的是托尔斯泰，当然俄罗斯会庆幸，之后也会惋惜。可是谁也不会想到，我们最终看到了这个民族最伟大的文学作品《战争与和平》《安娜·卡列尼娜》和《复活》。

屠格涅夫接受了挑战，这是必需的。可是，他冷静下来之后，对托尔斯泰做出解释并道歉，希望对方在宽恕和决斗之间做出选择。

在屠格涅夫做出非常绅士地提议之后，托尔斯泰应该是放弃了决斗的念头。可是，事情并没有完。四个月后，同样是因为信息传递的原因，已经在法国的屠格涅夫听到一个流言：托尔斯泰在莫斯科散布一封给他的信件的"副本"，并且说屠格涅夫是不愿决斗的胆小鬼。于是屠格涅夫提出，第二年，当他在国外的旅行结束后，将回到俄国与托尔斯泰决斗。

不过，此时的托尔斯泰已经完全恢复了理智。一方面，他觉得"过了八个月还要求决斗，这是可笑和愚蠢的"；另一方面，虽然所谓"副本"事件"纯属捏造"，可是流言的出现毕竟与自己有关。因为不知道屠格涅夫在巴黎的地址，托尔斯泰把信件托给别人转交。于是，托尔斯泰令人感动地给屠格涅夫寄去一封短信："我承认自己有错，因此我放弃挑战！"就此，冲突与友谊一起中止了。

十七年之后，已经出版了《战争与和平》和《安娜·卡列尼娜》的托尔斯泰主动写信给屠格涅夫，伸出了友谊的手。这是一封很值得一读的书信：

伊万·谢尔盖耶维奇：

近来在回顾我与您之间的关系的时候，我又惊奇又高兴，我感到，我现在对您已毫无敌意。愿上帝保佑，希望您也同我一样有这样的感受。说真话，由于知道您是个好心肠的人，我差不多完全相信，您对我的敌意一定比我还消失的更早。

如果是这样，那么就让我们彼此伸出手来，并请您彻底原谅我从前对不起您的一切地方。

对我来说，只记得您的好处是很自然的，因为您对我的好处曾经是那样多得不可胜数。我记得，我能在文学界享有盛名是完全多亏您的帮助；我也记得，您是多么喜爱我的创作和我本人。也许，您也可以找到关于我的同样良好的回忆，因为也曾有些时候真诚地热爱过您。

我现在真诚地（如果您能原谅我的话）向您献出我所能献出的全部友谊。在我们这个年纪，唯一的幸福是——与人们和睦相处。如果我们之间建立这种关系，那我将感到非常高兴。

列夫·托尔斯泰伯爵

一八七八年四月六日

"根据安年科夫的见证，屠格涅夫读着这封信的时候哭了。"（译者注）

完全可信。毕竟，屠格涅夫和托尔斯泰一样，都是巨人。

2008 年 5 月 3 日

文学与"贵族精神"
——读列夫·托尔斯泰《伊凡·伊里奇的死》

1984 年中国青年出版社出版了《俄罗斯短篇小说选》，我于次年买回后并未全读。此次通读所收十七人的二十五篇，读完后颇为感叹：中国新文学已届百年历程，能不能排出这样一个阵营，选出质量相近的二十五篇杰作？自然，鲁迅和沈从文、孙犁、汪曾祺肯定拿得出手。可别忘了，这本选集中的多数作家都以长篇创作为主：果戈理、屠格涅夫、列夫·托尔斯泰、高尔基等，真正凭短篇获誉的也许只有普希金、蒲宁和契诃夫。普希金首先是伟大的诗人，契诃夫同时还是非常杰出的剧作家。

普希金的《驿站长》和《暴风雪》，果戈理的《外套》，屠格涅夫的《阿霞》，契诃夫的《带阁楼的房子》和《跳来跳去的女人》，高尔基的《契尔卡什》都是世界公认的经典。这次重读，依旧喜欢，并不感到陈旧和隔膜。其中最震撼的还是第一次读的列夫·托尔斯泰的《伊凡·伊里奇的死》。

李泽厚曾说他在北大上学时，读了不少俄罗斯文学。他说："我打过一个比喻：屠格涅夫的小说像一杯清茶，托尔斯泰像一席佳看，陀思妥耶夫斯基像一瓶烈酒，契诃夫则如极富余味的涩果。"我的感觉相近，直到现在还是喝不了陀思妥耶夫斯基那瓶高度伏特加。

李泽厚把托尔斯泰比作"一席佳肴"，估计是指托翁创作内容的丰富性。依我看，且不说皇皇三部巨著（《战争与和平》《安娜·卡列尼娜》和《复活》），单是一个短篇《伊凡·伊里奇的死》就够"一席"。这个短篇的生活容量和思想容量，足够写成一部长篇。有人把它看作是《复活》的序曲，是有道理的。

用简略的文字介绍《伊凡·伊里奇的死》不算困难，小说的情节不具有什么传奇性：一个普通法官得了不治之症，想方设法治疗，还是死了。可要概述其生活内涵，则极困难。小说是主人公一生岁月的缩写，折射出整个时代和社会，容纳进作家对人生、爱情、家庭、死亡诸多大话题的思考。这些思考带有终极性，也就具有超越性。难怪莫泊桑读完之后感叹说："我看到，我的全部创作活动都不算什么，我的整整十卷作品分文不值了。"说实话，我想不起来我读过的哪一位作家写过生活容量和思想容量如此巨大的短篇小说。除非把《阿Q正传》也当作短篇。不过两篇杰作就篇幅长短而言，确实也相差不多。

把托尔斯泰的这篇杰作与蒲宁的杰作《败草》对比，也很有意思。都是写一个人临终的日子，都具有鲜明的社会批判性。就艺术技巧的圆熟，《败草》或许更出色，而且《败草》体现的人道主义情怀也更强烈。可是，《伊凡·伊里奇的死》却具有对社会批判和人道关怀的超越，更具有哲学和宗教思考，不能不说，价值高于《败草》。我以为，这种"高"，来源于托尔斯泰血脉中的"贵族精神"。

我注意到，在这部选集里，我最看重的五位作家：普希金、果戈理、屠格涅夫、托尔斯泰和契诃夫，其中有三位是贵族。把平民作家果戈理和契诃夫的作品与三人相比，总觉得缺了些什么。我猜想：缺的就是贵族精神世界中的某种意识。这种意识让托尔斯泰，而不是别人代表了俄国文学的最高峰，也是 19 世纪世界文学的最高峰。在我看来，世界上第一流的文学家，或者本身就出身贵族，或者精神中就有贵族气质。前者如托尔斯泰、歌德，后者如莎士比亚、拜伦、但丁。

中国真正的贵族只存在于春秋战国时代。刘邦灭项羽，真正的贵族灭了种。魏晋的门阀制度造就了一批具有贵族精神的豪门异类，如陶渊明、王羲之、嵇康、阮籍等，但是格局与气象已经有限了。

中国最伟大的诗人是贵族屈原，他的诗歌神奇地遗存了先秦的贵族精神，成为中国贵族文学的重要源头。李泽厚认为，屈原的文学成就只有《红楼梦》可以相比，所言甚是。曹雪芹恰恰就出身贵族家庭，《红楼梦》是中国古代贵族文学的绝唱。《金瓶梅》或许艺术技巧不输于《红楼梦》，但输在精神上。《三国演义》和《水浒传》浸透着流氓气和血腥气，有气魄、有才华，但是不高贵。

曹雪芹后，我以为最有贵族精神的文学家是鲁迅。鲁迅对中国文学精神的真正接续，是对屈原精神的继承。他在《彷徨》前摘引《离骚》诗句为题记，不是偶然的：

朝发轫于苍梧兮，夕余至乎县圃。欲少留此灵琐兮，日忽忽其将暮。

吾令羲和弭节兮，望崦嵫而勿迫。路漫漫其修远兮，吾将上下而求索。

读鲁迅《野草》，我总是想起《离骚》和《天问》，《野草》中的"过客"分明重叠着屈原和鲁迅的身影。鲁迅性格中的孤独与决绝，与他内在的贵族精神有关，那种在中国早已绝种的精神高贵，找不到真正的知音，实在是太正常了。（张爱玲也是有些贵族气的，正是在这一点上，她的创作高出了萧红。但是张的高贵寒气过重。）

鲁迅之后，汪曾祺是具有士大夫气质的才子作家，但还不是贵族。而木心，则确实是一位具有贵族精神的大作家。木心与同时代的作家很隔膜，无法或无意融入其中，与鲁迅相近；更容易在青年中得到共鸣，与鲁迅同。木心的留存，实在说也是个奇迹。但愿，他不是中国文学史的最后一位贵族。

我说的贵族，不是高官，也不是富豪。

2016 年 6 月 24 日

遗落在历史尘埃中的珍珠
——读《蒲宁短篇小说集》

对于俄罗斯作家伊凡·阿列克谢耶维奇·蒲宁，至少在 1980 年代之前，我一无所知。买了由上海译文出版社出版的《蒲宁短篇小说集》这本小册子之后，才知道，这位我一无所知的作家，早在 1933 年就获得了诺贝尔文学奖。诺奖并没有忽视伟大的俄国文学——虽然许多伟大的俄国文学家没有获此殊荣，至今还被人诟病。

买回这本收录作者二十篇短篇的集子，当时只读了前两篇。说实话，不喜欢。于是很轻易地就相信了这样一种解释：蒲宁获得诺奖，纯粹是因为他对苏联社会主义政权的敌视，蒲宁是因为政治上的背叛而获奖的。我把此书放下了，一放就是三十多年。

最近重读此书，对自己当年的浅薄和偏狭深感羞愧。约略明白了：蒲宁是伟大的，是一颗遗落在历史尘埃中的珍珠。

蒲宁的遗落，与他特殊的生活经历有关。十月革命前，他绝对属于"进步文学"阵营，是普希金、托尔斯泰文学传统的继承者，与契诃夫、高尔基等属于同一阵营。然而，十月革命爆发，蒲宁显然无法接受在他看来是一种暴力、血腥的政治改变，从此流落国外，一直对苏联政权不妥协。但是，当"二战"爆发时，留在法国的蒲宁毫不犹豫地站在了反法西斯阵营一方，尽自己所能帮助和掩护犹太人和苏联难民，断然拒绝和入侵的德国人合作。

历史证明，蒲宁虽然不是政治家，但从人道主义的立场出发，他对善和恶有着非常敏感和直观的判断力。他是一个有着明确道德底线的人。当年他逃离祖国，或许让他的创作远离了自己熟悉的生活土壤，但他至少没有背叛自己的良知。

斯大林时代，苏联文学界自然对蒲宁不吝批判和讨伐，更不能向中国读者介绍他。等到俄国人重新认识到蒲宁的价值，并为之骄傲时，中国读者的目光早已远离俄罗斯，投向欧洲、美国，南美洲。甚至连日本文学，也比俄国文学更受关注。于是，蒲宁对多数中国读者，基本还是个陌生的名字。

蒲宁的小说以写俄罗斯农村见长。普希金、列夫·托尔斯泰和屠格涅夫都写过关于农村的精彩篇章。可是贵族的身份让他们和农民（农奴）之间总有着本能的隔膜。蒲宁生活在农奴制已经解体的时代，自己虽出身贵族家庭，却早已破落，他看农村，就比几位文学前辈要真切得多。最难能可贵的是，蒲宁敏锐地看到了传统俄国农村的破败和地主庄园的解体，以及农民生活的悲惨和精神的没落，真实而细腻地反映了这些变化。正如高尔基所说："在蒲宁之前，还没有一个人这样历史地描绘过俄国的农村。""他对革命前农村的描绘是极端真实的。"

生命、死亡和爱情是蒲宁小说最常见的主题。其实，这样的主题也确实具有永恒性。《败草》描写了一个病入膏肓的老长工，去世前的一段生活。他自己和所有的人似乎都认为：他就像一束庄稼地里的"败草"，到了该除去的时候了。包括亲人，没人关心他想什么，几乎是无动于衷地等着他的死亡。他平静地等待着死神的来临。临死前，想象自己的女儿会在自己的坟前"捶胸跌足、椎心泣血"地哭诉。他高兴地抱着这样的希望离开了人世。现实却是：

他在寂静的、黑洞洞的、小窗子里朦朦胧胧地透进初雪的反光的农舍里死了，死得那么悄无声息，连他的老伴都没有发觉。

蒲宁非常善于描写"一见钟情"的爱情，尽管这样的爱情大都以悲剧结束。蒲宁极其细腻地描述了这一夜之间男主人的心理变化，艺术功力让人惊叹。《乌鸦》写一个大学生和年轻女用的初恋，中间却插进了大学生的父亲——"乌鸦"。三人相处时微妙的动作言语描写，几乎算得上是"入木三分"。我觉得，无论是屠格涅夫、托尔斯泰还是契诃夫，在爱情描写上，都应该在普宁面前甘拜下风。

屠格涅夫被称作是俄罗斯的风景画家，可是就农村景象的描写看，我以为蒲宁并不输于屠氏。相比而言，屠格涅夫的景物描写，准确而细腻，但多少有些静态化。蒲宁的描写则多具情感，与人物描写和小说境界更融洽。

写于1915年的《从旧金山来的先生》，是蒲宁的名篇。描写一位有钱人带着妻子和女儿乘坐豪华邮船到欧洲旅游，意外地死在一家旅馆里。最后只能是装在木箱里，放在邮船的最底层，运回旧金山。这篇小说显然具有一定的哲理意味，批判为"消沉"也不为过。可是，"消沉"就没有价值吗？小说中的一段描写给我留下极其深刻的印象，虽然有些长，也还是抄了下来：

　　船外，洋面上波涛汹涌，卷起万千黑色的峰峦，暴风雪刮在因吃足了水而变得沉甸甸的缆索上，发出尖利的啸声。邮船冒着风雪，迎着排空而来的浪峰，浑身颤抖着向前行去，像匹犁似的把一个又一个起伏不定、不时沸腾咆哮、高高地甩起泡沫四溅的尾巴的巨浪翻向两边。被浓雾所窒息的雾笛，怀着死一般的忧郁，痛楚地呻吟着；瞭望塔上的值更员在冰天雪地中已冻得发僵，加之又要超乎人力地集中注意力，都快昏迷过去了；邮船位于吃水线之下的内脏就像阴森可怖、烈焰腾腾的最低一层地狱，在那，在那里，锅炉巨大的炉膛格格狞笑着，张开赤热的血盆大口，贪婪地吞进由光着上身、臭汗淋漓、被火焰照得通红的伙夫们匆匆地铲进它嘴里去的一大堆一大堆煤。而这时，在酒吧间里，人们却无忧无虑地把脚搁在沙发椅的把手上，呷着白兰地和甜酒，在香烟缭绕中天南地北地闲聊着；在舞厅里，一切都沉浸在光明、温暖、欢乐的氛围中，对对舞伴婆娑起舞，一会儿回旋着跳华尔兹，一会儿又摇曳着跳探戈，而乐队则再三地用甜蜜、靡靡、哀艳的舞曲央求人们去做那件事，仅仅是那件事……在这一群绅士淑女中，有一位富甲天下的商界巨子，身材颀长，不蓄髭须，穿一件老式的燕尾服，还有一位声震文坛的西班牙大作家和一位名噪全球的美女，此外，还有一对情侣，高雅而漂亮，所有的人都好奇地注视着他俩，而他俩也毫不掩饰自己的幸福：他始终只同她跳舞，他俩相亲相爱的样子是那样真挚动人，只有船长一个人知道他俩是由劳埃德保险社用高薪雇来表演爱情的。他俩不是在这条船上，就是在那条船上表演，已经很有一段时间了。

这条船是不是某一历史时期整个世界的象征？这样的文字应该属于经典中的经典，是不朽的。或许，蒲宁无法和托尔斯泰、陀思妥耶夫斯基、契诃夫相比肩，但他的成就却又不是这些大师所能代替的。甚至，蒲宁的创作更具现代性。这本原打算读完后扔掉的小册子，让我看到了伟大的俄国文学花园中有另一种动人的美丽。

2016 年 6 月 12 日

"废墟"上的孩子
——向海因里希·伯尔致敬

由外国文学出版社于 1980 年出版的《伯尔中短篇小说选》收入了伯尔的《列车正点到达》《丧失了名誉的卡塔琳娜·勃罗姆》两个中篇和十四个短篇。初读时,印象最深的是《一桩劳动道德下降的趣闻》。就是那个"富翁劝渔夫努力出海打鱼,最后就可以躺在海滩上晒太阳,渔夫回答:我现在不就是这样的吗"的故事。这个故事如今在网上常被人"转发",但很少有人介绍故事的版权是德国人伯尔,好像变成了一个中国故事。

集子里附有伯尔的《"废墟文学"自白》和《关于我自己》两篇短文,没有"前言""后记"之类的介绍文章。只是在封底印有几行简单的"说明",介绍伯尔是"德意志联邦共和国当代著名作家",1972 年诺贝尔文学奖获得者。并介绍说:

伯尔在西方文坛负有盛名。他的创作方法基本上是现实主义的。他具有强烈的人道主义思想,对处于社会底层的小人物倾注了深厚的同情,因此,他的作品感染力很强,受到世界很多国家读者的欢迎。

　　《伯尔中短篇小说选》中的十四个短篇都很精彩，我都喜欢。不过，如果只选一篇，我想我会选《洛恩格林之死》。说实话，我已经好多年没有因为读一个短篇小说而几乎要落泪的感受了，直到读这一篇。

　　这是一篇典型的"废墟文学"。写作时间是1950年，小说写的是"二战"德国临近战败的时光。故事发生在一家医院里，救护车送来一个下肢受伤的孩子，十几岁的样子。早就该下班的医生，焦急地等待着本该来接班的同事。他焦急是因为他们合伙倒卖心脏病的急救药，担心同事被抓，"这年头，谁都有随时被抓去的可能"。此时，抬担架的人着急要把盖在孩子身上的床单拿走。其实这条床单并不是抬担架的人的，是出事地点一位妇女盖在孩子身上的。抬担架的人想的是："拿回去让老婆把它洗干净，这年头，床单也可以卖不少钱哩。"

　　这个孩子就是洛恩格林。他爬上行驶的火车"偷煤"，一边往袋子里装，一边尽量低头躲避"卢森堡兵"射来的子弹，可是火车突然停下，他被甩下来，摔断了双腿。等醒过来，他已经在医院里，躺在沙发上惨叫。

　　医生给洛恩格林打了一针止疼针，他安静了下来。医生嘱咐护士给他做"透视"，就忙着处理别的病人去了。于是洛恩格林身边只剩下两个女人：一个是护士，另一个是修女。他告诉修女，母亲"死了"，其实这只是他的推测，母亲是"失踪了"，很可能被纳粹杀了，因为她骂过纳粹；或者是埋在某个废墟中。"护士不敢再问他的父亲。"洛恩格林却认为父亲三周以后才回来。他还有哥哥,"可是他现在不在家。""你哥哥在哪里工作?""孩子没吭声,修女也没再问。"废墟上的人们都是满身伤痕,谁都小心翼翼不去触碰对方还在流血的伤口。

修女撩起他的衬衣,齐胸往上卷,一直卷到下巴底下。上身瘦得真可怜,像只老鹅似的皮包骨头。锁骨旁边的窝深陷下去,在灯光下形成很明显的黑洞,大的连修女那只又白又宽的手都能放进去。接着他们又看他腿上没有受伤的地方。两条腿瘦极了,显得又细又长。

在麻醉剂止痛之后的洛恩格林,享受着止疼后的"幸福感"。"他活这么大,还不曾有过像刚才打针以后那样奇妙的感觉。一种神奇的温暖,像一股乳汁灌注到他的全身,使他有些昏迷,同时又使他清醒。他的舌头感到有种甜丝丝的味道,他长这么大还没有尝到过这种味道。"洛恩格林没有想自己的伤,而是在想自己躺在这里,家里的"两个小家伙"——他的两个弟弟:八岁的汉斯和五岁的阿道夫还在等着他回去做饭。他开始后悔自己之前管他们管得太严了,为了防止他们一下子"把一星期的定量全吃光",甚至打过他们,现在他们"自己不敢去拿面包"。他后悔自己没有告诉他们可以吃土豆,"汉斯已经很会煮土豆了。"他不知道邻居格罗斯曼太太会不会照顾他们,她可从来没有做过。他甚至想:要是能给两个弟弟也注射装满"幸福"的针剂就好了。

而此刻,另一个小女孩"心脏出问题了",护士也离开了。只有修女手足无措地看着洛恩格林说昏话：母亲……小家伙……无烟煤……满车厢的面包……幸福……唯一能做的就是赶在他咽气之前给"没有受过洗"的他"施洗礼"。医生笑着和接班医生走进来，医生问："他透视过了吗？"修女摇了摇头，没必要了。

读这篇小说，让我想起年轻时读安徒生的《卖火柴的小女孩》和契诃夫的《凡卡》的感受，甚至更心酸，更想落泪。在网上读到刘瑜的一篇文章，其中有这样几句：

以前上大学的时候，我有个老师说：检验一个国家的文明程度，其实不是看多数人，而是看少数人，比如残疾人，同性恋，外来移民，他们的权利有没有得到保护。要我说，还有一个更过硬的标准，就是看这个国家的"敌人"落到它的手里之后，权利有没有得到保护。

观点无疑是对的，可是这是文明社会的高标准，要实现这个标准有许多必需的前提，例如经济发达，仅是"温饱"和"小康"还不行；还必须要有一个安定的社会环境，尤其是不能有动乱和战争。不然，连最需要保护的孩子也得不到保护，何谈其他？

叫我看，保护好孩子，是人类文明的基点。

2017 年 3 月 30 日

史诗气魄　神鬼情怀
——读马尔克斯《百年孤独》

　　手边有两本《百年孤独》，第一本是二十多年前在街边花十块钱买的，自然是盗版。买回来读了十多页，放下了。主要原因是对译文的水平怀疑，何况还是从英文转译的。第二本是正版，两年前买的，买回来看了四五页，又放下了。

　　到北京以前，读书主要是因教书的需要，兴趣只能放在第二位。进京后，看书完全是为了消磨时间，兴趣自然是第一位的。心里也明白：还是要多读名著。可是对有些书，读了开头几页，心生敬畏，甚至怯懦，觉得没有读下去的勇气，希望先放一放。

　　打个拙劣的比方：就好像一个笨拙的骑手，站在一匹气宇轩昂的千里马旁边，明知道骑上后能翻山越岭、追风赶月，阅尽无限风光，享受作为骑手征服坐骑的愉悦；可是更担心自己无力驾驭这匹龙驹，骑上后被不知所措地摔下来。这样的感受之前有两次，第一次是读《庄子》，第二次是读木心，都是先读了十几页，放下，几个月后才静下心来读完。面对《百年孤独》，是第三次。

　　不到三十万字的《百年孤独》读了半个多月，每天只读一两章。

阅读的感受非常奇怪：放不下，又无法一口气往下读，像是啃干牛肉，味道独特，啃着又真是费劲！这两天我静下心来想：为什么？我猜想：任何一种艺术，如果它在形式上具有无可比拟的独创性，自然就会对接受者的欣赏习惯形成挑战，逼迫你躲避、拒绝，或者改变自己来接受它。就是在这种冲击和改变中，伟大的艺术家们引领人类的审美走向更广阔和深邃的境界。最直观的例子就是美术。莫奈、塞尚、毕加索、马蒂斯，特别是凡·高。在中国则有徐渭、朱耷、齐白石，还有吴冠中。在文学史上，最伟大的例子是卡夫卡，现在又有了马尔克斯。

我当然没有读懂《百年孤独》，单是人物关系就让我犯晕；没有拉丁美洲历史知识的起码准备，更无法感受小说巨大历史容量的深刻性。可是，我还是感觉到了：这是一部真正伟大的小说，在我读过的所有小说中，也许只有《红楼梦》可以和它相比，而《红楼梦》却还没有写完。

我甚至觉得，这本书其实概括了整个人类的历史：人类在本质上是一种孤独的动物，一方面社会在进步，科学在发展；另一方面人类在生物种系上却在退化。

读完这本书也就明白了莫言的感受：竭尽全力逃离它的影响，却又无法彻底走出它几乎是遮天蔽日的阴影。我想，与莫言有同样感受的中国作家一定不少。毕竟，小说艺术发展到今天，留给新人开垦的处女地实在有限了。莫言几十年在艺术上一直在奋力创新，东突西冲，《檀香刑》《四十一炮》和《生死疲劳》最为用力，但都没有达到足以与一流大师相匹敌的水平。卡夫卡和马尔克斯，就像凡·高和徐渭一样，属于极品天才，非关人力。拿当代中国文学中最厚重的《白鹿原》和《丰乳肥臀》与《百年孤独》相比，前两部还是显然要单薄不少。能和马尔克斯相比的中国作家或许还没出世。

其实也犯不上自卑，地球上也只有一个马尔克斯，谁知道下一个会出现在什么时间，什么地方？

2015 年 1 月 23 日

莫言和马尔克斯怎样飞翔？

5月，莫言随国家总理访问哥伦比亚，这里是马尔克斯的故乡。莫言说，他曾经想过与马尔克斯见面，甚至想好了见面后的第一句话："先生，我在梦中曾经与你一起喝过咖啡，但哥伦比亚的咖啡里面，有点中国绿茶的味道。"

都是世界名饮，咖啡和绿茶的味道是不一样的。比如说，脱离地球引力，自由地在空中飞翔，是所有人类都有的梦想，让这一梦想在自己的文学作品中实现，实在是很正常的事情。数不清的小说家都曾让笔下人物的"飞翔"，可是飞翔的方式则可能很不一样。

马尔克斯在《百年孤独》中有两处写到了飞翔，一处是"有一天下午，飞毯使得兄弟俩高兴极了，它从实验室窗前飞过，上面有一个驾驶飞毯的吉卜赛人和几个乡村的孩子，他们向兄弟俩挥手。"这个情景来自《天方夜谭》，算不上新奇。还有一处则是写美人儿蕾梅黛丝：

变得极其苍白，几近透明……一阵明亮的微风吹过……美人儿蕾梅黛丝开始离开地面……身边鼓荡放光的床单和她一起冉冉上升，和她一起离开金龟子和大丽花的空间，和她一起穿过下午四点结束时的空间，和她一起永远消失在连飞得最高的回忆之鸟也无法企及的高邈空间。

以我模糊的记忆，莫言在他的小说中也两次也到"飞翔"。一次是《丰乳肥臀》中写到三姐上官领弟，因为爱上鸟儿韩，神经错乱，成了"鸟仙"，最后因为练习飞翔摔死在悬崖下。这是现实主义的"飞翔"。还有一次是在《红蝗》里：

> 我被他拽带着，在离地五米多高的低空飞行，春风汹涌，鼓起了我的羽绒服，我感到周身羽毛丰满，胸腔和肚腹里充盈着清轻的气体。我和锅锅匠都把四肢舒展开，上升的气流托着我们愉快地滑翔着。……我陶醉在飞行的愉悦里，四肢轻，无肉无骨，只有心脏极度缓慢地跳动。我的耳边缭绕着牡丹花开的声音，所有的不舒服、不安逸都随风消散，飞行消除了在母亲子宫里受到的委屈，我体验到了超级的幸福。

蕾梅黛丝的"飞翔"确实是神来之笔。据说马尔克斯写到此处时卡住了，不知该怎样让这个美人飞走。坐飞毯？那是抄袭《天方夜谭》，长出一对翅膀来？太俗！偶然间看见家人晾在院子里的床单被风鼓起，突然激起了灵感。看来，在马尔克斯的脑子里，要想飞，总要借助点儿外物。可是，到了莫言那里，问题就简单多了。飞就飞，不需要毯子和床单，也不需要翅膀，直接飞就是了！这就是咖啡和绿茶的区别。马尔克斯的"飞翔"是"咖啡"，莫言的"飞翔"是"绿茶"。

西方人关于飞翔的想象，一直摆脱不开对翅膀的痴迷。神仙，要想飞，也需要翅膀，包括可爱的丘比特。希腊神话中有个人物叫伊卡洛斯，为了逃离被困的小岛，用羽毛编成翅膀，用蜡粘在身上，飞到空中，得意忘形，忘了父亲的忠告：飞得太低，海水会沾湿羽毛，羽毛变沉，你会坠入海里；飞得太高，羽毛会因为离太阳近而着火。他向高处飞，蜡融化了，翅膀上的羽毛散落，他栽进了大海被淹死。

中国人则基本上忽略了翅膀的意义。我不记得中国神话里哪一位神仙是长翅膀的，最精彩的例子是敦煌的飞天。甚至想象出的图腾：龙，有鳞、有角、有爪，就是没有翅膀，照样随便飞！

你注意伊卡洛斯的神话，虽是神话，却非常尊重生活经验和物理学常识。就是想象，也还保持着坚定的科学理性。所以，西方人最早进入工业革命，也最早发明了飞机。注意：飞机可是有翅膀的。而我们中国人，想飞，要么服药，如嫦娥；要么念咒语，如孙悟空。炼丹，念咒，一直到清末。

咖啡具有理性精神，喝了让人清醒；绿茶具有浪漫情怀，喝了让人清爽。今天的中国人，别丢了绿茶，但也还需要常喝一点咖啡。

2015 年 6 月 6 日

第二辑

终极叩问
——"读陶随笔"之一

对于陶渊明，我一直有亲切感，却说不上多喜欢。陶渊明在我心中的地位一直是排在屈原、杜甫、李白之后的。所以，几十年来，一直没有静下心来通读《陶渊明集》。

放下木心的《诗经演》，决心用一段时间读陶渊明。陶渊明的作品数量有限，诗歌百余首，辞赋散文之类二十余篇，其实半数以上都读过。我手边有的是逯钦立校注的《陶渊明集》、龚斌校笺《陶渊明集校笺》和袁行霈的《陶渊明集笺注》三种。比较而言，逯本较早，太简略；龚本校笺详细，资料性强；最适合我这种非专业消遣性读者的还是袁行霈本，注解比较详细，持论似乎也比较公允。

作为诗人，陶渊明的命运有些像杜甫，甚至更寂寞。在世时，没有知音，不被时人看重。钟嵘写《诗品》，陶渊明被列在"中品"。杜甫到中晚唐声名鹊起，白居易、元稹、韩愈都崇尚杜甫。可是有唐一代，陶渊明一直就不很被看重，包括"转益多师"的杜甫。甚至以写田园诗出名的王维和孟浩然，也并不认可自己是陶诗的传承者，这是很耐人寻味的。

陶渊明命运的转变出现在北宋，陶诗遇到了第一个真正的知音：苏轼。从此，陶渊明作为一流诗人的历史地位，基本不可动摇了。而苏轼，并不是一位田园诗人，这也很耐人寻味。

到当代，就我有限的阅读，我感到对陶渊明最为推崇的有两人：一位是李泽厚，另一位是木心。

李泽厚认为，屈、陶、李、杜，是中国文学史的第一流诗人，后人非常喜爱的苏轼的文艺成就，比这四人要"大逊一筹"。他认为，只有分别创造了两种艺术境界的陶潜和阮籍，"才是真正魏晋风度的最高优秀代表。"到 2010 年，老年李泽厚还说他最喜欢的是陶渊明的"生活境界"。

木心认为，"屈原是中国古代文学的塔尖"。可当别人问到陶渊明时，却说："陶渊明不在中国古代文学的塔内，他是中国文学的塔外人。"显然，当屈原和陶潜站在一起时，木心难以取舍了。

是什么让这两位艺术品位极高、艺术感觉极敏锐的大家对陶渊明情有独钟？是什么感动、征服了他们？

我猜想：首先是"真诚"。木心说："纪德不是总说，怎样才能写得真诚？陶渊明就是最好的回答。"更为重要的是"陶潜从来不会想到'怎样才能写得真诚'。"刘大杰说："他为人真实，想做官就去找官做，并不以做官为荣；不爱做官，就辞职归田，并不以隐退为高；穷了就去乞食，也不以乞食为耻。"（《中国文学发展史》语出苏轼："渊明欲仕则仕，不以求之为嫌；欲隐则隐，不以去之为高。"）艺术的最高境界必然是"真诚的"，读屈原、杜甫、李白，都能感到他们的真诚。然而，陶潜却是真诚的极致。正是在"真诚"上，后世以"归隐"为终南捷径的田园诗人们，无论艺术功力如何，都不可能达到陶诗的境界。

然而，我以为陶渊明的伟大更在于他的"深刻"。这种深刻主要表现为他多数诗文都有的生命意识，或者称之为"死亡意识"，也就是人生的"终极叩问"：既然人终有一死，那么生命的意义究竟是什么？在陶渊明的诗文中，关于生和死的思索的诗句，几乎和关于田园生活的适意的描写数量相当：

人生似幻化，终当归空无。

（《归园田居》）

万化相寻绎，人生岂不劳。从古皆有没，念之心中焦。何以称我情？浊酒且自陶。千载非所知，聊以永今朝。

（《己酉岁九月九日》）

人生无根蒂，飘如陌上尘。……得欢当作乐，斗酒聚比邻。盛年不重来，一日难再晨。及时当勉励，岁月不待人。

（《杂诗十二首》）

一生能复几，倏如流电惊。鼎鼎百年内，持此欲何成。

（《饮酒二十首》）

虽留身后名，一生也枯槁。死去何所知，称心固为好。

（《饮酒二十首》）

且极今朝乐，明日非所求。

（《游斜川》）

有生必有死，早终非命促。昨暮同为人，今旦在鬼录。魂气散何之，枯形寄空木。……千秋万岁后，谁知荣与辱，但恨在世时，饮酒不得足。

（《挽歌辞三首》）

最能反映陶氏"终极叩问"的，很可能是《形影神三首》。组诗前有序："贵贱贤愚，莫不营营以惜生，斯甚惑焉。故极陈形影之苦，言神辩自然以释之。"在陶渊明笔下，"形"指人的肉体，也就是生物存在；"影"指人的地位、名声、影响等，也就是人的社会存在；"神"指灵魂。

在尚清谈、重玄言的魏晋时代，陶渊明并不以长于哲学思辨著称，然而《形影神三首》却实在不亚于一篇关于人生哲学的专论。《形赠影》的主旨是：生命对于个体，是一次性的。《影答形》的主旨是：影随形灭，无可奈何。《神释》的主旨则是：既然"形"和"影"都不具有永恒的意义，那么就接受现实，"纵浪大化中，不喜亦不惧。应尽便须尽，无复独多虑。"

中国人对于"终极叩问"的回答是多种多样的。道家乐天安命，"齐生死"，把最严肃的哲学话题艺术化。儒家重生，对死后的世界不做深入探求，希望在对道德、功业的追求中取得生命价值的永恒。道教希望通过修炼取得生的永恒，肉体和灵魂同时不朽。佛教则把永恒的希望寄托在西方极乐世界。多数的中国人则属于"稀里糊涂"派，儒道释都信，也都不坚信。

陶渊明的"终极叩问"很容易得出"人生无常""及时行乐"

的消极、颓废人生观。事实上，陶诗中也不缺"且极今朝乐，明日非所求"，今朝有酒今朝醉的诗句。可是，陶诗给人的整体感觉却不是消极颓废的。《中国美学史》（李泽厚、刘纲纪主编）说得好："在对人生解脱问题的探求上，陶渊明找到了自己的特有归宿"，就是在生机勃勃的大自然中，"在日常的、看来平凡的农村田园生活中保持自己的理想、节操，获得心灵的自由、平静和安乐。"这一理念既有儒家对道德、理想的坚守，也有道家（庄子）生活诗意化的追求，同时也包含有禅宗的"顿悟"。然而，又不可以简单归为儒道释某一家。

陶渊明的精神探求对后世的影响主要是积极的，他为许多正直的知识分子开辟出一块美丽的精神家园，给他们以坚守的力量和心灵的慰藉。

《赤壁赋》：

苏子曰："客亦知夫水与月乎？逝者如斯，而未尝往也；盈虚者如彼，而卒莫消长也。盖将自其变者而观之，则天地曾不能以一瞬。自其不变者而观之，则物与我皆无尽也，而又何羡乎？且夫天地之间，物各有主。苟非吾之所有，虽一毫而莫取。惟江上之清风，与山间之明月。耳得之而为声，目遇之而成色。取之无禁，用之不竭，是造物者之无尽藏也，而吾与子之所共适。"

客喜而笑，洗盏更酌。肴核既尽，杯盘狼藉。相与枕藉乎舟中，不知东方之既白。

苏轼的这一番议论上承的就是陶渊明的人生境界。另外，晚明公安派袁宏道等人的人生理念中，也不难看到陶渊明的影响。

我以为陶渊明的"终极叩问"在当代也不乏传人。例如，写"顺生论"的民间思想家张中行。最好的例子很可能是李泽厚：

十二岁的那年，我走到了一个小山头上看见山花烂漫、春意盎然时，突然感到我是要死的，那一切还有什么意义呢？因此曾非常"悲观"地废学三天。这大概是我后来对哲学——追问人生之谜感到兴趣的最初起源，也是我的哲学始终不离开人生，并且把哲学第一命题设定为"人活着"，而对宇宙论、自然本性论甚至认识论兴趣不大的心理原因。

李泽厚不是隐士，他不缺少儒家的入世精神和责任担当。但他确实是新中国后少有的生活在体制内，却能够成功地疏离体制，坚持独立思考和道德操守的知识精英。

李泽厚晚年提出的"情本体"，据我看就是他对"终极叩问"的解答。在李泽厚看来，在今天，无论是政治、道德理论还是宗教学说，都已经无法给人的灵魂找到安身之所。源于古代中国儒家的"乐感文化"，经过"创造性转换"，其核心"情本体"，则可以给"无目的"和"无意义"的个体生命找到心灵的栖息家园：

求艺术于人生，使生活成艺术。既无天国上帝，又非道德伦理，更非"主义"、"理想"，那么，就只有这亲子情、男女爱、夫妇恩、师生谊、朋友义、故国思、家园恋、山水花鸟的欣托，普救众生之襟怀，以及真理发现的愉快、创造发明的欢欣、战胜艰险的悦乐、天人交会的皈依感和神秘经验，来作为人生真谛、生活真理了。

在这样的表述里，我们不是可以明显感到陶渊明"终极叩问"的身影么？

读陶渊明，我不由自主地想到《红楼梦》。《红楼梦》的伟大其实与曹雪芹强烈的"终极叩问"意识，也就是关于"色"和"空"的思索有关。在这部伟大的小说中，主人公贾宝玉明显具有一种与其年龄不相符的人生幻灭感，常常说到"死"，说到"出家"。林黛玉也具有很强的生命伤感情绪。正是在对生命的虚幻性上，两个人有着强烈的共鸣，并由此产生超越世俗和功利性的爱情。对"情"的歌颂，对"情"的毁灭引发的人生大悲伤，让《红楼梦》超越所有的爱情文学，并终将不朽。

2014 年 4 月 12 日

埋在心底的伤痛
——"读陶随笔"之二

鲁迅谈到读古人诗文，应尽可能读"全集"，最好是"编年"的。好处是可以了解作者创作的全貌，知人论世，避免上"选家"的当；而且可以看出作者思想、风格变化的过程。

然而，用鲁迅的读书法读陶渊明，就有些困难。"全集"，好办，存世的陶渊明诗文很有限，至于全不全就很难说了。没有证据说明陶渊明作品有大量佚失之前，只能认为现在的陶集就是"全集"。编年就很困难。首先，陶渊明的出生年份就很难确定。关于陶渊明的阳寿，我手边的三种校注本就有五十八、六十三、七十六岁三说，相差也太多。依我看，半数以上作品写作时间的考证都具有猜测成分，没有"确证"。所以，三种版本都延续旧本，不以编年排序。

然而，有一点我还是看清楚了的：陶渊明的绝大多数诗文都写在隐居期间，几次出仕中留下的作品可以确指的也许只有《劝农》一首。因此，就算编年，陶渊明的诗文也无法勾画出他完整的生活轨迹，这和杜甫、苏轼，以及唐宋的许多大家的情况很不一样。叫我看，陶渊明在创作题材上有着很强的选择性，有着太多的忽略和回避。

"采菊东篱下，悠然见南山"是陶诗名句。在多数读者心中，陶渊明是一个悠然、闲适的人，其风格就是平淡、宁静。然而，有意思的是，真正喜欢陶渊明的，恰恰都是历经世事沧桑、经历过许多坎坷和磨难的人。《中国美学史》就指明："对人生的艰辛缺乏体验，难以理解陶诗的微妙之处。"（李泽厚、刘纲纪主编《中国美学史》第二卷）

那么陶渊明经历了怎样的人生艰难和不幸？通过陶渊明生活的时代和陶渊明的家世与生活经历可以做一些推测。

魏晋南北朝是一个"充满动荡、混乱、灾难、血污的社会和时代"（李泽厚语），改朝换代引发的战争和残酷的政治斗争，是这个时代的主旋律。死亡，是悬在士人们头上，随时可能落下的利剑。所以，陶渊明不可能不关心时政，他首先是一个"政治斗争的回避者"。陶渊明"闲适""超然"的背后有着内在的警觉和紧张。

另外，陶渊明虽然不属于门阀士族，但家族地位也曾非常显赫。曾祖是晋朝的大司马陶侃，祖父和父亲都曾担任过太守的官职。从现存诗文中看，陶渊明对自己的家世出身还是很自豪的。这样的家庭背景，使陶渊明年轻时也曾有过建立功业、光宗耀祖的愿望。由热血少年转变为亲自耕作的田园隐士，这个转变过程所经历的心理痛苦和感情纠结，是不难想象的。

我希望从陶渊明诗文的背后读出某些紧张和艰辛来。

《饮酒二十首》"序"说"余闲居寡欢，兼秋夜已长。偶有名酒，无夕不饮。顾影独尽，忽焉复醉。既醉之后，辄题数句自娱。纸墨遂多，辞无诠次。聊命故人书之，以为欢笑尔。"看来这二十首诗是同一年秋天所作，但并没有整体构思的组诗。

二十首中，最被选家看中的是"其五"：

结庐在人境，而无车马喧。问君何能尔？心远地自偏。采菊东篱下，悠然见南山。山气日夕佳，飞鸟相与还。此中有真意，欲辨已忘言。

这也是最为人们熟知，被人们看作是代表作的陶诗。而今天我注意的是另外两首。

栖栖失群鸟，日暮犹独飞。徘徊无定止，夜夜声转悲。厉响思清远，去来何依依。因值孤生松，敛翮遥来归。劲风无荣木，此荫独不衰。托身已得所，千载不相违。

（其四）

这几乎是一首寓言诗。写一只失群的孤鸟，日暮时分还找不到栖息之所，整夜悲鸣；终于发现一棵孤立的松树，立刻落在上面，发誓永远也不离开。这简直就是陶渊明命运的缩写。诗中描写孤鸟恓惶的命运："栖栖""日暮""裴回（徘徊）""声转悲""何依依"，情绪悲伤而紧张。"疾风无荣木"显然是写环境的险恶。"千载不相违"的坚定，更突出了无路可走的唯一选择。

幽兰生前庭，含薰待清风。清风脱然至，见别萧艾中。行行失故路，任道或能通。觉悟当念还，鸟尽废良弓。

（其十七）

这首诗稍隐晦些，但也不难懂。儒家知识分子重视道德修养，愿自比幽兰；更渴望建功立业，"含熏待清风"，希望得遇明主。然而，在陶渊明看来，"鸟尽废良弓"是政治斗争的常态，一旦明白这个道理，就应该"觉悟当念迁"。和上一首放在一起读，同样可以窥见陶渊明归隐的真实原因。

文人在笔墨中对自己伤痛的回避很常见，其原因并不都是对"文字狱"和政治迫害的恐惧。

首先，对于真正惨烈的伤痛者，一般无暇或无意将伤痛诉诸笔端。鲁迅对此有很生动地描述：

穷到透顶，愁得要死的人，那里还有这许多闲情逸致来著书？我们从来没有见过候补的饿殍在沟壑边吟哦；鞭扑底下的囚徒所发出来的不过是直声的叫喊，决不会用一篇妃红俪白的骈体文来诉痛苦的。所以待到磨墨吮笔，说什么"履穿踵决"时，脚上也许早经是丝袜；高吟"饥来驱我去……"的陶征士（注：陶渊明），其时或者偏已很有些酒意了。正当苦痛，即说不出苦痛来，佛说极苦地狱中的鬼魂，也反而并无叫唤！

（《"碰壁"之后》）

鲁迅说："长歌当哭，是必须在痛定之后的。"而其实多数情况，人们在痛定之后也不会"长歌当哭"，而是选择回避和遗忘。对巨大、惨重伤痛的回忆，犹如揭开封口的伤疤让它再流血。司马迁说他受腐刑后，"肠一日而九回，居则忽忽若有所亡，出则不知其所往。每念斯耻，汗未尝不发背沾衣也。"发愤著书写《史记》，其实也包含有让自己从耻辱的记忆中摆脱出的心理因素。

我常想，人对苦痛的感受深浅，与比较有关，人生境遇变化悬殊，则感受深。所以，贵族出身的屈原写《离骚》，只能是在生活跌落在谷底之后。同样，破落户子弟曹雪芹才有资格写《红楼梦》。许多专家猜想，根据作者的身世，《红楼梦》真本的后几十回将如何精彩，书中人物的命运将如何悲惨云云。我却疑心，果真如此，曹雪芹则很可能就是在创作后几十回的心理折磨中身心崩溃，"泪尽而逝"。

鲁迅说："有谁从小康人家而坠入困顿的么，我以为在这途路中，大概可以看见世人的真面目。"许广平曾回忆，鲁迅最不愿意谈起的话题，就是祖父卷进的"科场贿赂案"，并由此引起的家道中落。无论是小说、杂文还是回忆散文《朝花夕拾》，凡涉及，语气沉痛，而且匆匆带过。最勇于"解剖自己"的鲁迅，也有自己不愿触及的伤痛。

同样的例子，还可以举出几位我非常尊重的作家和学者，有意思的是，他们都可以归为"破落户子弟"。

一位是汪曾祺。读《汪曾祺全集》你完全感受不到他个人生活的苦难和不幸，他把所有的伤痛都埋在了心里。他说，他创作的第一主题是"温暖"，"人间送小温"。

一位是木心。木心创作的第一主题是尊严，生活给予他的恰恰是尊严的被践踏。在木心所有的创作中，我们看不到任何与他个人伤痛有关的直接表述和抒写。然而，据陈丹青讲，晚年病重，木心常常从噩梦的恐怖中惊醒，喊："不要抓我"！

还有一位是李泽厚。很少有人知道，李泽厚的祖父是《清史稿》里有传的人物。不过，家道败落比汪曾祺和木心更早一些。总起来看，李泽厚几十年间相对还是比较顺利的，但这样一个天才的思想性人物，对伤痛只能更敏感：

很多人劝我写自传、口述史，我不愿意，原因是两点：第一，我这个人一辈子一个是读书，一个是写文章，没干过别的事儿，我与人交往极少，没什么可写的；第二个原因就是我回忆使我痛苦，我不愿意经过痛苦再回忆痛苦。

评论家说，阿Q是中国人或中国农民的典型，其实阿Q精神中有全人类心理结构的共同组成部分。人类面临的第一问题毕竟是要活下去，不能每天活在痛苦的记忆中。

不要指责任何文学家对痛苦和不幸的描述，哪怕是虚构，我也不相信谁能真正描述出人类所遭受的苦难。人类真正惨烈的痛苦都是埋在心中的，不会付诸文字，最后，埋进土里。

陶渊明也不例外。

2014 年 4 月 23 日

"金刚怒目"和"有时很摩登"

——"读陶随笔"之三

  鲁迅的散文在现代中国独领风骚,其旧体诗的水平也是一流的。鲁迅散文得魏晋神韵,尤其受嵇康、阮籍影响明显,可是鲁迅诗歌的传承脉络却很难寻觅。对于谙熟古典文学的鲁迅,古典诗歌阅读的丰富性大约不用怀疑。可是,就我粗略的翻检,在《鲁迅全集》中,李白、杜甫,包括阮籍、嵇康等诸多大诗人虽都被他提到过,但基本不涉对其诗歌作品的评价。

  然而,对陶渊明,却是一个例外。鲁迅在文字中不但提到陶渊明的次数最多,而且对其生活、思想和创作提出了一些很独特的看法,成为后来研究陶渊明,阅读其诗文的重要参考。

  例如,鲁迅认为,陶渊明是魏晋文章"平和"一派的代表,是个"非常之穷","非常和平的田园诗人":

  代表平和的文章的人有陶潜。他的态度是随便饮酒,乞食,高兴的时候就谈论和作文章,无尤无怨。所以现在有人称他为"田园诗人",是个非常和平的田园诗人。他的态度是不容易学的,他非常之穷,而心里很平静。家常无米,就去向人家门口求乞。他穷到有客来见，连鞋也没有，那客人给他从家丁取鞋给他，他便伸了足穿上了。虽然如此，他却毫不为意，还是"采菊东篱下，悠然见南山"。

（《魏晋风度及文章与药及酒之关系》）

可是，陶渊明"也还有些生财之道在"：

陶渊明先生是我们中国赫赫有名的大隐，一名"田园诗人"，自然，他并不办期刊，也赶不上吃"庚款"，然而他有奴子。汉晋时候的奴子，是不但侍候主人，并且给主人种地，营商的，正是生财器具。所以虽是渊明先生，也还略略有些生财之道在，要不然，他老人家不但没有酒喝，而且没有饭吃，早已在东篱旁边饿死了。

（《隐士》）

有意思的是鲁迅关于陶渊明创作的"另一面"的评说。例如，鲁迅认为，"平和""静穆"，并不是陶渊明精神和创作的全部，陶还有"金刚怒目"的一面，例证就是陶写有《咏荆轲》和《读山海经》"刑天舞干戚，猛志固常在"这样的诗句。

燕丹善养士，志在报强嬴。招集百夫良，岁暮得荆卿。君子死知己，提剑出燕京。素骥鸣广陌，慷慨送我行。雄发指危冠，猛气冲长缨。饮饯易水上，四座列群英。渐离击悲筑，宋意唱高声。萧萧哀风逝，淡淡寒波生。商音更流涕，羽奏壮士惊。公知去不归，且有后世名。登车何时顾，飞盖入秦庭。凌厉越万里，逶迤过千城。图穷事自至，豪主正怔营。惜哉剑术疏，奇功遂不成！其人虽已殁，千载有余情。

（《咏荆轲》）

鲁迅的观点无疑是对的,《咏荆轲》确实并不"平和",也不"静穆"。不过,早在鲁迅之前就有人注意到了此诗在陶诗中的特异性。宋代朱熹就说过:"渊明诗,人皆说平淡,余看他自豪放,但豪放得来不觉耳。其露出本相者是《咏荆轲》一篇。平淡的人如何说得这样语言出来。"(《朱子语类》)可惜朱熹思想绝对,认为"豪放"才是陶渊明的"本相",这就是故作翻案文章了。

精卫衔微木,将以填沧海。刑天舞干戚,猛志故常在。同物既无虑,化去不复悔。徒设在昔心,良辰讵可待!

(《读山海经·其十》)

对于这首诗,袁行霈说:"细读全诗,旨在悲悯精卫、形天(刑天)之无成且徒劳也。非悲易代,亦非以精卫、形天自喻也。"我赞成袁的观点。

鲁迅对陶渊明的理解是深刻和全面的。他希望读者注意:

就是诗,除论客所佩服的"悠然见南山"之外,也还有"精卫衔微木,将以填沧海,刑天舞干戚,猛志固常在"之类的"金刚怒目"式,在证明着他并非整天整夜的飘飘然。这"猛志固常在"和"悠然见南山"的是一个人,倘有取舍,即非全人,再加抑扬,更离真实。

[《"题未定"草(六至九)》]

显然,鲁迅是以陶渊明为例,比较详尽地表述了他对文学阅读要注意"全人"的观点。其深刻性不仅在于"阅文",还在于"阅人"和"阅世"。

更有意思的是鲁迅在阅读陶集时，还注意到了陶渊明"有时很摩登"的一面：

> 但在全集里，他却有时很摩登，"愿在丝而为履，附素足以周旋，悲行止之有节，空委弃于床前"，竟想摇身一变，化为"啊呀呀，我的爱人呀"的鞋子，虽然后来自说因为"止于礼义"，未能进攻到底，但那些胡思乱想的自白，究竟是大胆的。

[《"题未定"草（六至九）》]

鲁迅摘引的几句见陶渊明《闲情赋》。袁行霈认为，《闲情赋》的"闲"是"抑""止"的意思。是陶渊明读张衡《定情赋》、蔡邕《静情赋》之后的模拟之作，"渊明写作此赋之主观动机是防闲爱情流荡。然而赋之为体劝百讽一，不铺陈（如此赋中之'十愿'）则不和赋体，而铺陈太过又难免掩其主旨。客观效果与主观动机或不尽吻合，乃赋体通常情况，渊明此赋亦难免如此也。"说得基本公允。不过，就"十愿"的"客观效果"看，鲁迅说陶渊明"有时很摩登"并不冤枉。

对于《闲情赋》的"摩登"，昭明太子编《陶渊明集》时就在"序"中表示此赋是陶集的"白璧微瑕"，陶渊明不该写此文。清朝末年的王闿运干脆认为"《闲情赋》十愿，有伤大雅，不止'微瑕'。"此公的迂腐、虚伪令人喷饭。要说"微瑕"，是陶渊明没必要打出"有助于讽谏"的招牌，不如彻底"摩登"一番。

对于"十愿"的艺术手法，博学的钱钟书在《管锥编》中有详尽的考证，之前谁用过，之后谁用过，从汉魏六朝到唐宋元明清，辞赋诗词散曲，直到希腊、西班牙的诗歌小说，甚至有"况而愈下，甚且愿亲肌肤，甘为蚤虱或溺器者！"真让人惊叹。其实最好的一"愿"应该是"我愿变成一只小羊"，既"摩登"又不伤大雅。

2014 年 5 月 3 日

两家"柴门"

——"读陶随笔"之四

中国自古是等级社会，所以喜欢"排座次"，直到今天。官场就不用说了，就是最不该强调"座次"的文学研究也不例外。我教过十多年现代文学史，熟知"鲁郭茅巴老曹"的排序。后来这个座次表受到质疑，如钱钟书、张爱玲、沈从文，甚至金庸应该排在某某之前等等，但排序意识却并未消亡。其实，作家文学成就的肯定，需要一个很长的历史过程，且会发生变化，许多"座次表"毫无意义。

中国古代文学最热闹的"座次"公案是李白、杜甫的比较。聚讼千年，就是今天也无大家都认可的结论。人们只能接受"双子星座"之说。

我自己的阅读兴趣偏爱杜甫，虽然绝不排斥李白。可私下有个观点：如果从杜诗和李诗中各选五十首比较，李白很可能胜于杜甫；各选一百首比较，旗鼓相当；各选三百首，或者拿全集相比，杜甫应该是高于李白的。

读完《陶渊明集》忽然想，拿陶潜和杜甫做比较，我该怎样排序？

读书少，我不清楚古人是否把陶渊明和杜甫排过序，但大略知道：宋人认为，陶渊明是屈原之后，杜甫之前最杰出的诗人，至少，杜甫可以与陶渊明比肩；宋以后更是给杜甫加上"诗圣"的桂冠，显然，地位远高于陶渊明。1949 年后，文学研究强调"人民性"，对杜甫的重视不但远远超过陶渊明，就是屈原也无法相比。

木心似乎没对陶渊明和杜甫做过比较。李泽厚的态度则很清楚：

我最近读到《顾随诗词讲记》（中国人民大学出版社，2006 年），颇为惊喜与自己的看法大量相同或相似。顾也极赞陶潜，说应将传统杜甫的"诗圣"头衔移给陶潜，"若在言有尽意无穷上说，则不如称陶渊明为诗圣"（第 85 页），再三再四地说陶诗"平凡中有其神秘"（第 80 页），老杜"是能品而几于神，陶渊明则根本是神品"（第 85 页），等等。陶诗展示的正是中国"天地境界"的情本体，伟大而平凡、出世又入世。"把小我没入大自然之内"（第 86 页）而并未消失，仍然珍惜于世事人情，"伤感、悲哀、愤慨"（等 86 页）。不只是陶诗，顾对许多诗词的欣赏评论也与我接近，如盛赞曹（操）诗、欧（阳修）词。"对酒当歌，人生几何，譬如朝露，去日苦多"；"人生自是有情痴，此恨不关风与月……直须看尽洛城花，始共春风容易别"，都是既超脱又入世，一往情深，"空而有"。

（李泽厚《存在论纲要》）

李泽厚是哲学家，他对陶渊明的评价与他"情本体"的哲学观念有关。但顾随主张老杜"是能品而几于神，陶渊明则根本是神品"

的观点，我却并不完全信服。

我以为，木心把陶渊明比作"塔外人"是很高明的，陶渊明与"塔内"的杜甫不好比较。试着选出两人题材相近的两首诗歌读一下。

清晨闻叩门，倒裳往自开。问子为谁与？田父有好怀。壶浆远见候，疑我与时乖。褴褛茅檐下，未足为高栖。一世皆尚同，愿君汩其泥。深感父老言，禀气寡所谐。纡辔诚可学，违己讵非迷。且共欢此饮，吾驾不可回。

[陶渊明《饮酒（九）》]

群鸡正乱叫，客至鸡斗争。驱鸡上树木，始闻叩柴荆。父老四五人，问我久远行。手中各有携，倾榼浊复清。苦辞酒味薄，黍地无人耕。兵戈既未息，儿童尽东征。请为父老歌，艰难愧深情。歌罢仰天叹，四座泪纵横。

[杜甫《羌村三首（三）》]

都是五古，篇幅相同，都是写乡亲带着酒来问候诗人。但说实话，杜诗中有更多的人情味，更多的社会生活图景，也更感人。

确实，在"生命意识"方面杜甫远不如陶渊明，杜诗中有时表现出的忠君意识也令人生厌；杜诗存世一千四百余首，草率之作自然难免；陶渊明的百余篇诗作质量则较均衡。更重要的是，杜甫的文学成就仅在诗歌；陶渊明则是全才，辞赋散文数量虽少，却几乎全是精品，一篇《归去来辞》，光耀千古。

不过，陶渊明的"局限"也是显而易见的。且不说陶渊明集里没有"朱门酒肉臭，路有冻死骨。"这样的诗句，没有《丽人行》

《兵车行》"三吏""三别"那样描写社会生活的篇章；就是杜甫诗中关于家人情、朋友谊的动人抒写，在陶渊明诗中也都读不到，这不能不说是有些遗憾。（曹操写过"对酒当歌，人生几何，譬如朝露，去日苦多"，但也写过"铠甲生虮虱，万姓以死亡。白骨露于野，千里无鸡鸣。生民百遗一，念之断人肠。""青青子衿，悠悠我心。但为君故，沉吟至今。"）

我读过吴冠中评潘天寿的一篇文章，吴冠中说，在中国花鸟画家中，潘天寿是少数可以画"大画"的画家。这句话给我留下很深的印象。确实，从徐渭、朱耷、石涛、任伯年、吴昌硕到齐白石，都罕有巨幅画作。画幅大小固然不足为艺术评价标准，但如潘天寿《雁荡山花》那样的巨幅，在美术史上的地位是不可替代的。我看美展，也见过韩美林、范曾的"巨幅"，但那是有意放大的小幅，没有"巨幅"，如蒋兆和《流民图》、石鲁《转战陕北》和罗中立的《父亲》应有气势和张力。

在中国文学史上，最伟大的"巨幅"之作是《离骚》和《红楼梦》。杜甫虽无"巨幅"，但《北征》和《自京赴奉先咏怀五百字》也还都是"大幅"之作。《三吏》《三别》《乾元中寓居同谷县作歌七首》《咏怀古迹五首》和《秋兴八首》等，也都有"大幅"气派。

陶渊明诗歌全部都是"小幅"，除《形影神三首》外，其余《归园田居五首》《杂诗八首》《饮酒二十首》《读山海经十三首》等名为组诗，其实都是单篇集结，不具有构思的整体性。

陶渊明的伟大不容置疑。正如只写过十几个短篇和"一堆杂文"

（王朔语）的鲁迅，要比写过许多长篇的作家伟大。

我肯定还会推开陶渊明的柴门拜访这位高人，在他平淡质朴的独白中，感受"天地境界"和"情本体"；可也会经常推开杜甫的柴门，于他沉郁顿挫的吟唱中品味人生的艰难，在对他人的关爱中感受温暖。

2014 年 5 月 12 日

李白：拒绝衰老，拒绝成熟

李泽厚《美的历程》第七章"盛唐之音"第一节的标题是"青春、李白"。这是一篇真正的"青春之歌"，是对盛唐风貌最激情的礼赞。无疑，最能代表盛唐"青春"神韵的自然是李白。

我读《李白诗选》，恍如听一位实力派、偶像派兼而有之的青年歌手的演唱会。从出场，到谢幕，唱了三四十年，歌者依旧是一位明眸皓齿、意气风发的青春少年。

青春不老，李白不老。

终其一生，李白拒绝衰老，也就拒绝了成熟。这是他的诗歌一千多年来依旧魅力无穷的奥秘；在生前，却是他坎坷命运的梦魇。

李白的"不成熟"突出表现在他对政治的天真，甚至幼稚。

生在帝王专制的时代，一个读书人没有出仕的愿望，几乎是不可理解的。陶渊明当然可贵，不过大隐士年轻时也曾有过"济天下"的抱负。与唐代多数诗人相比，李白还算不上是个官迷。

出蜀之前，李白可考的诗作不多，基本没有表现出有"出仕"的愿望。李白作为富二代，不缺钱花。唐初，道教盛行。对李白最有吸引力的显然是当神仙。

二十六岁出蜀。李白开始了长达十六年的第一次漫游，足迹遍及湖南湖北、江苏浙江、安徽河南，甚至远到山西太原，唯独没有到当时的政治中心长安。四十二岁，李白在浙江嵊县与道士吴筠一起隐居。吴筠被玄宗赏识召赴长安具有偶然性，举荐李白更是偶然。有种观点说李白十四年间一直在走"终南捷径"，寻找出仕的机会，难以令人信服。"仰天大笑出门去，我辈岂是蓬蒿人"固然有着建功立业的渴望和自信，更多的却是由意外带来的狂喜。

不成熟的李白对自己的一生并没有清醒的设计。最好是当神仙，做隐士也不错，有机会建功立业当然更好。

许多论者把李白的政治抱负看作是儒家思想的影响，当然不算错。可据我看，李白建功立业的愿望更多来自战国纵横家和游侠的影响。李白确实曾在诗中自比管仲和诸葛亮，那是说他相信自己的政治才干不比这两个人差。他心中的政治偶像其实是鲁仲连、范蠡、张良和谢安等人物。

鲁仲连，战国时齐国人，《史记》有传。秦国围困赵国的首都邯郸。赵向魏求救，魏不敢出兵；派人到赵国，要赵尊秦昭王为帝，请秦国罢兵。鲁仲连亲自去见魏国使者，说明尊秦为帝的后患。魏使被说服。秦将听到这个消息，也很震动，退军五十里。赵国平原君感激鲁仲连，要封他爵位，被鲁拒绝。以千金为赠，鲁仲连也不接受，回答说："所贵于天下之士者，为人排患释难、解纷乱而无所取也。即有所取者，是商贾之人也，仲连不忍为也！""遂辞平原君而去，终身不复见。"

李白终生都是鲁仲连的粉丝。在李白诗中，他写到最多的"政治家"就是鲁仲连。"却秦不受赏，救赵宁为功。""笑何夸而却秦。""所籍旄头灭，功成追鲁连。"甚至参加李璘幕府兵败后，他还惋惜自己"仍留一只箭，未射鲁连书。""恨无左车略，多愧鲁连生。"他的《古风第十》就是专为鲁仲连写的：

> 齐有倜傥生，鲁连特高妙。明月出海底，一朝开光曜。却秦振英声，后世仰末照。意轻千金赠，顾向平原笑。吾亦澹荡人，拂衣可同调。

这简直就是李白政治理想的宣言。

鲁仲连在历史上算不得有作为的政治家，可以说是个纵横家，或者侠客。鲁仲连的事迹很容易让人想起《非攻》中的墨子。其实，所谓"侠"，正是墨家学说的传承者。

李白对鲁仲连的敬仰，与其说是看重鲁的"功业"，不如说是看重他"却秦不受赏，救赵宁为功"的潇洒。

李白的政治理想明显带有戏剧性色彩。李白追求的不是"青史留名"的政绩，而是建功立业的精神享受。在政治上，李白具有"行为艺术"情结。他看重范蠡，因为范蠡辅佐勾践灭吴后，功成身退，带着西施"泛一叶扁舟于五湖"，下海经商还发了财，潇洒。他看中张良，同样是张良辅佐刘邦成就帝业后，"从赤松子游"，当了隐士，或者是神仙，更潇洒。至于敬仰谢安，因为"尝高谢太傅，携妓东山门。楚歌醉碧云，吴歌断清猿。暂因苍生起，谈笑安黎元。"

谢安淝水之战时"小儿辈大破贼"那份儿镇静与从容，实在令李白神往。李白在李璘军中写诗："但用东山谢安石，为君谈笑净胡沙。"显然是以谢安自比。

李白有政治热情，有"建功立业"的渴望。可是他只看到了他的政治偶像成功后潇洒、神气的一面，对于政治活动本身所具有的艰难、险恶、细琐、平庸和黑暗不是一无所知，就是根本就没去认真想过。他完全不知道一个政治家在其成长过程中，都曾经从事过数不清的事务性琐事，都经历过难以言说的煎熬和磨难。李白没打算"鞠躬尽瘁"，只希望"见义勇为"。对于政治，就像对一个热爱的姑娘，李白不会每天跟在她屁股后面陪着逛超市，捧着玫瑰在姑娘楼下傻等；只想等着姑娘掉进水里，他一个猛子扎下去，救出姑娘，上了岸扭头就走，姑娘爬起来追自己。

李白的政治生涯有两段时间。

一段是四十二岁"仰天大笑出门去"到长安。唐玄宗把没有学历的李白安排进翰林院，应该属于破格，不过这却让自视甚高的李白很失望。

高力士脱靴、杨国忠研磨，无疑是小说家的编造，但是，杜甫"天子呼来不上船，自言臣是酒中仙"的描写肯定有依据。这样一种工作态度，不被开除就算不错。

李白在长安的日子显然不好过。唐玄宗需要的就是让他写"一枝红艳露凝香"那样的歌词，估计也不相信他还有别的政治才干。"李太白醉草吓蛮书"是戏剧家编的，这种戏剧性倒是很对李白的口味。李白与翰林院同事的关系估计也不会太好，他没有在翰林学士中交一个朋友；达官显贵们更是看他不顺眼，造谣污蔑，找机会收拾他。李白叹息："青蝇易相点，白雪难同调。"离开长安后，李白写过一首《叙旧赠江南宰陆调》，其中有这样几句：

> 我昔斗鸡徒，连延五陵台。邀遮相组织，呵吓来煎熬。君开万丛人，鞍马皆辟易。告急清宪台，脱余北门厄。

诗中所写，《李白集校注》注者认为"疑李白以狎游之故，为北门中人所窘，幸遇陆调以宪府之力脱之。"也就是说李白赶上扫黄被捉了。《李白诗选》注者则认为"是说自己在长安时，曾经和斗鸡之徒发生过冲突，引起五陵地方的豪家少年对自己的围攻。"形势紧急，是陆调出手向"清宪府"（御史台）告急，才得以脱险。我以为后一种说法比较靠谱。如是扫黄，不至于这么大动静。

玄宗喜爱斗鸡，斗鸡之徒也就狐假虎威，横行霸道。在李白眼里，斗鸡之徒就是一些地痞无赖；可是在斗鸡之徒眼里，李白这个翰林院供奉，无品无级，无权无势。李白诗中关于对斗鸡之徒的揭露和讥讽有多篇。看来，当年的那一口鸟气一直也没撒完。

同事白眼相看，高官们给小鞋穿，连斗鸡之徒和五陵少年都敢揍他，李白在长安熬了三年，熬不下去了。唐玄宗对李白的处理是"赐金放还"，其实是给足了面子。

李白在长安无所作为，论者都认为一是小人嫉妒，二是玄宗晚年迷恋享乐，放权给李林甫、杨国忠等人，忽视了李白，当然有道理。不过，以李白的性格，就是在玄宗励精图治的年月，或者赶在唐太宗活着的时候，也不可能有大的作为。李白幼稚地认为：自己有"笔落惊风雨，诗成泣鬼神"的文学才华，也就有了非凡的政治才干，甚至军事才能。其实，从政和写诗完全是两回事。

李白在长安碰了壁，大发牢骚："君王虽爱蛾眉好，无奈宫中妒杀人。""梧桐巢燕雀，枳棘栖鸳鸯。""大道如青天，我独不得出！"声称"长风破浪会有时，直挂云帆济沧海。""且乐生前一杯酒，何须身后千载名。"似乎决心归隐了。不过，伤疤还没好，又忘了疼："东山高卧时起来，欲济苍生未应晚。"还是不死心。

李白的第二次政治生涯是参加李璘幕府，不到两个月。

李白获罪后自己辩解说，自己当时在庐山隐居，"空名适自误，迫胁上楼船。"李璘给他"五百金"，他也没要。后来发现形势不对，想脱身，没找着机会。不过从《永王东巡歌》看，李白入幕后情绪是相当不错的，不但自比谢安，准备建功立业，甚至还想向李璘要兵权，亲自指挥战斗。（"试借君王玉马鞭，指挥戎虏坐琼筵。南风一扫胡尘静，西入长安到日边。"）说是"迫胁"，难以自圆。

先是在浔阳蹲了监狱，接着是流放夜郎。李白这次可摔惨了。"我愁远谪夜郎去，何日金鸡放赦回？""平生不下泪，于此泣无穷。"甚至重回自己故乡的三峡，也是"三朝又三暮，不觉鬓成丝。"

然而，拒绝衰老、拒绝成熟的好处就是忘性大，一旦遇赦，"轻舟已过万重山"，那个意气风发的青春李白又回来了。

六十一岁，李白听说李光弼要领兵出征东南，又积极要求从

138

军，"拂剑照严霜，雕革鬓胡缨。愿雪会稽耻，将期报恩荣。"可惜半道生病，只好回来。老天爷没给他第三次摔跟头的机会。第二年，病逝当涂。

李白不老。正因为不老，他的歌唱至今还激动着年轻读者的心，让无数人对青春大唐无限神往。

2014 年 12 月 5 日

杜甫诗歌的人间温暖

冯至选编，浦江清、吴天五合注的《杜甫诗选》，由人民文学出版社出版于 1956 年。

这本《杜甫诗选》跟了我四十多年了，封面破损，纸页黄脆。现在我的书柜里有钱谦益《杜工部集笺注》、仇兆鳌《杜诗详注》、蒲起龙《读杜心解》和杨伦《杜诗镜铨》四种杜集，可是这本小册子，还是舍不得丢。前些日子取出这本《杜甫诗选》，边抄边读，依旧趣味盎然。

我从没想过要"研究"杜甫，但几十年来对杜诗的喜爱却从没动摇过。这次重读《杜甫诗选》，自己静下心来想了一下：为什么喜欢杜诗？不否认，"文革"前的所谓"人民性"的诗学评价标准，至今也还有影响。性格关系，在艺术上更偏爱气魄宏大，具有泥土气和苍凉感的作品，例如书法喜爱颜体，国画喜欢齐白石等。杜甫"沉郁顿挫，深刻悲壮，磅礴气势却严格规范在工整的音律对仗之中"（李泽厚《美的历程》）的美学风格比较对我的口味。可是真正打动我，让我感动的，很可能是杜诗中时时表露出的人间温暖。如果按照"温暖""感动"这样的标准让我选十几首杜诗，我不会选《望岳》《兵车行》《丽人行》《春望》"三吏""三别"和《茅屋为秋风所破歌》，甚至不会选《北征》和《秋兴八首》。我会选那些他写亲人、友人、邻人的篇什。

我会选：《月夜》《羌村三首》《赠卫八处士》《梦李白二首》《有怀台州郑十八司户》《月夜忆舍弟》《江村》《送舍弟颖赴齐州三首》和《又呈吴郎》。

我以为这些作品是杜甫诗歌中的黄金。阅读有限，说实话，我还没有从其他诗人的诗作中感受过类似的温暖。

《全唐诗》保存唐诗近五万首，我当然没有全读，可是几个诗人的别集，多种选本也还是读过。我的印象是，唐人气宇轩昂、视野广阔，但关于夫妻情爱、家庭生活的内容却较少入诗。像苏轼《江城子·记梦》、陆游《钗头凤》和《沈园二首》这样的作品在唐人笔下是读不到的。

唐诗中最著名的"爱情诗"是李商隐的那两首《无题》：

昨夜星辰昨夜风，画楼西畔桂堂东。身无彩凤双飞翼，心有灵犀一点通。隔座送钩春酒暖，分曹射覆蜡灯红。嗟余听鼓应官去，走马兰台类转蓬。

相见时难别亦难，东风无力百花残。春蚕到死丝方尽，蜡炬成灰泪始干。晓镜但愁云鬓改，夜吟应觉月光寒。蓬山此去无多路，青鸟殷勤为探看。

这两首诗语义朦胧，是情诗，还是借"美人"抒写政治情怀尚不可知，更不要说具体人物了。

唐诗中写夫妻感情和生活的，杜甫就算不是独一，也几乎可以说是绝唱。

今夜鄜州月，闺中只独看。遥怜小儿女，未解忆长安。香雾云鬟湿，清辉玉臂寒。何时倚虚幌，双照泪痕干。

（《月夜》）

峥嵘赤云西，日脚下平地。柴门鸟雀噪，归客千里至。妻孥怪我在，惊定还拭泪。世乱遭飘荡，生还偶然遂。邻人满墙头，感叹亦歔欷。夜阑更秉烛，相对如梦寐。

（《羌村三首》之一）

清江一曲抱村流，长夏江村事事幽。自去自来堂上燕，相亲相近水中鸥。老妻画纸为棋局，稚子敲针作钓钩。多病所须唯药物，微躯此外更何求。

（《江村》）

这样的诗，在李白、王维、白居易、李贺这些大家的诗集中能读得到吗？

杜甫是个很看重朋友情谊的人。

李白是他最敬仰的朋友。李杜的友谊历来为人们称道，其实这一友谊具有较强的单向性。李白在杜甫心中的分量要比杜甫在李白心中的分量重得多。这当然与李白成名早，且年长十一岁有关。李白在杜甫心中是永恒的明星；在李白看来，杜甫不过是自己许多小字辈粉丝中的一个。比如，李白对孟浩然的感情就比杜甫深厚得多。只要把李赠孟、杜的诗歌比较一下就清楚。而杜甫对李白的热爱、敬仰之情是终生的：

梦李白二首

死别已吞声，生别常恻恻。江南瘴疠地，逐客无消息。故人入我梦，明我长相忆。君今在罗网，何以有羽翼？恐非平生魂，路远不可测。魂来枫叶青，魂返关塞黑。落月满屋梁，犹疑照颜色。水深波浪阔，无使蛟龙得。

浮云终日行，游子久不至。三夜频梦君，情亲见君意。告归常局促，苦道来不易。江湖多风波，舟楫恐失坠。出门搔白首，若负平生志。冠盖满京华，斯人独憔悴。孰云网恢恢？将老身反累。千秋万岁名，寂寞身后事。

真是一往情深。此时李白因参加李璘幕府事被贬夜郎。儒家正统思想极强的杜甫在诗中对李白没有任何指责，完全是作为朋友书写着自己的思念和担忧。如果有人从写"梦"这个角度研究一下中国古代诗歌，这两首应该是好范例。

郑虔是杜甫交情最深的朋友，患难知己，同病相怜。《有怀台州郑十八司户》其实是对两个老朋友生离死别的最后咏叹。每次读这首诗，都由不住长叹一声。

再说《又呈吴郎》：

堂前扑枣任西邻，无食无儿一妇人。不为困穷宁有此？只缘恐惧转须亲。即防远客虽多事，便插疏篱却甚真。已诉征求贫到骨，正思戎马泪盈巾。

这几乎是我最感温暖的一首杜诗。

公元 767 年秋天，流落到夔州的杜甫从瀼溪迁居东屯，把瀼溪草堂借给亲戚——任州府司法参军的吴郎住。杜甫诗集中杜甫写给吴郎的诗有三首，"又呈"是第二首。

前四句。杜甫草堂前有几棵枣树，结枣后，西邻住的一位老妇人，有时会来打枣。显然，老妇打枣并没有和杜甫说过，可是杜甫从没有责怪她。杜甫认为，一个近邻，如果不是因为穷困，"无食无儿"，断不会做这样的事情。正是因为看到老妇人打枣时担心被指责的恐惧，杜甫特意对她表示亲切，自然，也暗示吴郎应该也对她客气一些。

"即防远客虽多事，便插疏篱却甚真。"这两句确实比较曲折，不好懂。因为杜甫既想替西邻老妇说话，又要考虑吴郎的面子。杜甫说：那妇人因为你是远道而来，不熟悉，提防你，显然是多心了；不过你一来就在枣树周围插上稀疏的篱笆，就显得太较真了。十四个字，曲曲折折，小心翼翼，真是煞费苦心。

结句，由老妇人向自己的倾诉，想到至今天下战乱未息，生灵涂炭，杜甫不由潸然泪下。

清人卢德水说："杜诗温柔敦厚，其慈祥恺悌之衷，往往溢于言表。如此章，极煦育邻妇，又出脱邻妇；欲开导吴郎，又回护吴郎。八句中，百种千层，莫非仁音，所谓仁义之人其音蔼如也"（《读杜私言》）。这是真正读懂了这首诗。

宋以后，杜甫获"诗圣"称号。苏轼称赞杜甫的"圣"是"一饭未尝忘君"，不是误读，也是片面的；杜甫的儒家思想核心是"仁"，是爱。所谓圣人，是多情之人，有大爱之人。杜甫对得起"诗圣"的称号。

2014 年 11 月 3 日

闲话李杜的"命题作诗"

年轻时读《红楼梦》，很喜欢读其中关于宴会、诗社等热闹场面的章回。后来明白了，从艺术功力比较，这些文字恰恰是小说中比较弱的篇章。《红楼梦》写得最好的，是那些描述家长里短、日常琐事的文字。曹雪芹无疑是文学天才，甚至是全才。可是有红学家认为，以诗词曲比较，曹公最擅曲，其次是词，其诗才在清朝也只是中流。我以为所言极是。《红楼梦》所有的诗、词、曲，最好的，应该是《红豆曲》。

不过，林姑娘大观园中第一诗人的地位无可置疑。这不仅因为他写过《葬花词》和《秋窗风雨夕》，而是因为曹雪芹在书中设置了多次诗人们的聚会，"命题作诗"进行较量。咏白海棠，咏菊花，咏螃蟹，咏柳絮。限题，限体，限韵，限时。应该说竞赛规则严格而公平。考官李纨从情感上偏向薛宝钗，也不敢否认黛玉超人的才华。《芦雪庵即景联句》和《中秋夜大观园即景联句三十五韵》都是比赛"捷才"，后一次是黛玉和湘云单独PK，表面看被妙玉打住，不分上下，其实细读个人的诗句，也还是能看出高低的。

古时，这样"命题作诗"的"诗会"肯定早就有，最有名的是东晋穆帝永和九年（353）的"兰亭集"。这次"曲水流觞"，饮酒作诗的"修禊事"活动，参加的居然有四十多人。其中十六人"诗不成"，各罚酒三杯。二十六人成诗三十七首，编成《兰亭集》。然而，兰亭集的伟大成不是诗歌，而是王羲之的一篇《兰亭集序》，从文学和书法双向光耀千古。

天宝十一年（752）秋，杜甫与高适、储光曦、岑参、薛据同登大雁塔，回来都以这次登临赋诗一首，同为五古，但不限韵。是年薛据五十岁，高适四十八岁，储光曦四十六岁，岑参三十三岁，杜甫四十岁，仅长于岑参。薛、储、岑都是进士出身。

五人中，除薛据外，四人的登塔诗都流传了下来。可是，对比一下，只要不带偏见，就可以看出杜甫的《同诸公登慈恩寺塔》最好，虽然，这首诗还算不上杜诗中的上品。只要比较开篇的前四句就能看出：

高标跨苍穹，烈风无时休。自非旷士怀，登兹翻百忧。（杜甫）

香界泯群有，浮屠岂诸相。登临骇孤高，披拂欣大壮。（高适）

塔势如涌出，孤高耸天宫。登临出世界，磴道盘虚空。（岑参）

金祠起金宇，直上青云垂。地静我亦闲，登之清秋诗。（储光曦）

杜诗开篇不凡，仅四句，一个站在高塔狂风之中，心怀忧虑的诗人形象已经跃然纸上。

可惜的是，此时李白正在河南、河北等地漫游，不在长安，如果他参加此次"慈恩寺诗会"，我们则可把李杜两大诗人的吟唱对比一下，那将是多么有意思，这次"诗会"的文学史名声也会大得多。

八年前，公元744年，李白与杜甫在洛阳相会，同游河南、山东一带，关系很亲密，第二年分手，便成永别。这段时间，李、杜肯定会有"诗会"之类的活动，可惜在杜集和李集中都读不到，特别是李白诗集历来不编年，再加上他两次漫游，不少地方游历不止一次，诗作时间就更难确考。

不过，李白和杜甫诗中还是有一些"同题"诗作，虽然写作时间不同，但也无妨做一下比较。

例如登泰山。杜甫的《望岳》大约写在开元二十四年（736）以后的几年：

岱宗夫如何？齐鲁青未了。造化钟神秀，阴阳割昏晓。荡胸生层云，决眦入归鸟。会当凌绝顶，一览众山小。

李白作《游泰山六首》，时间基本可确定为天宝元年（742），晚于杜甫《望岳》。试读其中写景较多的第三、五两首：

平明登日观，举手开云关。精神四飞扬，如出天地间。黄河从西来，窈窕入远山。凭崖览八极，目尽长空闲。偶然值青童，绿发双云鬟。笑我晚学仙，蹉跎凋朱颜。踌躇忽不见，浩荡难追攀。

（其三）

日观东北倾，两崖夹双石。海水落眼前，天光遥空碧。千峰争攒聚，万壑绝凌历。缅彼鹤上仙，去无云中迹。长松入霄汉，远望不盈尺。山花异人间，五月雪中白。终当遇安期，于此炼玉液。

（其五）

李白《游泰山六首》读者很少，杜甫《望岳》却名传千古。杜甫"荡胸生层云，决眦入归鸟"和李白"凭崖览八极，目尽长空闲"对照一下，可见高下。

再如登岳阳楼。大历三年（768）冬，晚年杜甫流落岳阳，作《登岳阳楼》：

昔闻洞庭水，今上岳阳楼。吴楚东南坼，乾坤日夜浮。亲朋无一字，老病有孤舟。戎马关山北，凭轩涕泗流。

杜甫之前（孟浩然 740 年去世），孟浩然写过一首《望洞庭湖赠张丞相》非常有名：

八月湖水平，涵虚混太清。气蒸云梦泽，波撼岳阳城。欲济无舟楫，端居耻圣明。坐观垂钓者，徒有羡鱼情。

宋人方回在《瀛奎律髓》中说，他登岳阳楼，见左面墙上书写着孟浩然的《望洞庭湖》，右面墙上题着杜甫的《登岳阳楼》，"后人自不敢复题也"。孟诗只是"气蒸云梦泽，波撼岳阳城"一联好，全诗无法与杜作相比。晚年杜甫肯定读过孟浩然的这首诗，杜甫是否有意与孟较量不得而知，但他同样用了五律。"吴楚东南坼，乾坤日夜浮"一联，恐怕就是九泉下的孟夫子也会心服口服吧。

其实，在孟浩然之后，杜甫之前（759）李白也写过一首登岳阳楼诗，也是五律：

楼观岳阳尽，川迥洞庭开。雁引愁心去，山衔好月来。云间连下榻，天上接行杯。醉后凉风起，吹人舞袖回。

（《与夏十二登岳阳楼》）

李白五律颇多精品，但这一首实在平常。所以方回登上岳阳楼没见有这首诗，不足为怪。

李杜都算不得是边塞诗人，可都写过边塞诗。李白有《塞上曲》和《塞下曲六首》，杜甫有《前出塞九首》和《后出塞五首》，都是五言。整体比较很难，只能说是各有千秋。创作时间和意图不同，李白更倾向于书写征战者的豪迈和英勇；杜甫的诗则具有较强的批判性，关注战争的残酷，对征战者的痛苦给予同情。

李白最好的边塞诗据我看是《塞下曲》的第一、第三首：

五月天山雪，无花只有寒。笛中闻折柳，春色未曾看。晓战随金鼓，宵眠抱玉鞍。愿将腰下剑，直为斩楼兰。

（其一）

骏马似风飙，鸣鞭出渭桥。弯弓辞汉月，插羽破天骄。阵解星芒尽，营空海雾消。功成画麟阁，独有霍嫖姚。

（其三）

用杜甫《后出塞五首》中的第一、第二首作比：

男儿生世间，及壮当封侯。战伐有功业，焉能守旧丘。召慕赴蓟门，军动不可留。千金买马鞭，百金装刀头。闾里送我行，亲戚拥道周。斑白居上列，酒酣进庶羞。少年别有赠，含笑看吴钩。

（其一）

朝进东门营，暮上河阳桥。落日照大旗，马鸣风萧萧。平沙列万幕，部伍各见招。中天悬明月，令严夜寂寥。悲笳数声动，壮士惨不骄。借问大将谁，恐是霍嫖姚。

（其二）

至少是旗鼓相当吧。我偏爱杜甫，但丝毫不敢轻视李白。把李杜"同题作诗"作比，就是觉得好玩儿。正如秦少游说："人才各有分限"，同样是大诗人，善于表现的题材也会各有所长。杜甫肯定写不出《蜀道难》，还有我非常喜欢的那些"清水出芙蓉，天然去雕饰"的篇什：如《访戴天山道士不遇》《长干行》《黄鹤楼送孟浩然之广陵》《下终南山过斛斯山人宿置酒》《梦游天姥吟留别》《闻王昌龄左迁龙标遥有此寄》《宣州谢朓楼饯别校书叔云》《早发白帝城》《静夜思》和《月下独酌》。

"李杜文章在，光焰万丈长。"

2014 年 12 月 15 日

杜甫诗歌中的"劳保"

杜甫诗歌中有一首《腊日》，似乎没见过哪个杜诗选本选过：

腊日常年暖尚遥，今年腊日冻全消。侵陵雪色还萱草，漏曳春光有柳条。纵酒欲谋良夜醉，归家初散紫宸朝。口脂面药随恩泽，翠管银罂下九霄。

这首诗写在唐肃宗至德二年十二月（758）。安史之乱后，李隆基逃到四川，太子李亨在灵武继位，杜甫历尽艰难逃出长安，到灵武朝见肃宗。"麻鞋见天子，提襟见两肘。"被授左拾遗。肃宗后来借助回纥兵收复长安，杜甫又回长安，继续做他的左拾遗。这是杜甫一生中唯一的一段"京官"生活，虽然官阶不高，时间不长，而且也并不顺心。可是，就这样，他这一时期的有些诗作也不由得染上一些"官气"：几分庄严，几分得意，几分感激。例如《腊日》。

仇兆鳌注此诗是："腊日喜沾恩赐而作也。"

前四句是写景：这是一个暖冬。腊日在大寒之后，立春之前。与往年不同，冰雪全已消融，郊外的山岭上春草已经发芽，柳树的枝条也变得柔软。其实，也未必这一年的腊日就特别温暖，温暖的恐怕是杜甫的心。安史之乱前，杜甫"骑驴十三载，旅食京华春。朝叩富儿门，暮随肥马尘。残杯与冷炙，到处潜悲辛。"心里早已冷透了。张绖注："大寒之后，必有阳春；大乱之后，必有至治。腊日而暖，此寒极而春，乱极将治之象，公故喜而赋焉。"恐怕是有意抬高了。

后四句是叙事，倒叙。"纵酒欲谋良夜醉，归家初散紫宸朝。"紫宸殿，是皇宫内廷的正殿，能参加这里的朝会，就算品位不高，杜甫也还是找到了一种身处"决策层"感觉。（从他替房琯说情看，杜甫的参政意识是很强的。）所以，他从宫内散朝回到家中，心情很愉快，希望弄点酒来度过这个美好的夜晚。杜甫参加的这一次朝会究竟讨论研究了什么问题？不知道，从后两句看，适逢腊日，大臣们进宫很可能具有节日聚会的意思，而且皇帝还赏赐了物品："口脂"和"面药"，分别装在"翠管"和"银罂"里。朱翰注："口脂面药以御寒冻，《景龙文馆记》：帝于苑中，召近臣赐腊，晚自北门入于内殿，赐食，加口脂腊脂。"《酉阳杂俎》："腊日赐口脂腊脂，盛以碧镂牙筒。"看来，腊日在当时也还是一个比较重要的节日。腊日"赐腊"是朝廷的惯例，一般面对的是"近臣"，这一次，由于肃宗继位不久，而且刚刚收复长安，"赐腊"的范围扩大了，连杜甫这样"从八品上"的小官也有一份。物品有限，关键是皇帝赏赐的，有面子，所以杜甫高兴得不仅要写诗抒怀，甚至要喝酒庆祝。

有趣的是，皇帝赏赐的非金非银，而是御寒的药物，从今天的角度看，属于"劳保"。

2010 年 10 月 22 日

杜甫的"短板"

苏轼曾对有些文人能写诗而不会填词，或能填词而不会写诗感到奇怪。确实，艺术是相通的。苏轼是一通百通，诗、词、赋、散文，甚至书法、绘画都独领风骚。当然，像东坡这样全面的艺术全才任何时代都是少数；可是如果局限在文学领域，两宋全才型的人物并不少见，如欧阳修、王安石、李清照、陆游，诗、词、散文都是一流的。当然也有例外，如，曾巩文章不错，名列"唐宋八大家"，而"有韵者则不工"（秦少游语）；司马光，文章大家，但是不善写诗，也不会填词，甚至书法也不怎么样——我在国家图书馆看过他的墨迹真品，稚拙得让人意外。

唐代文人几乎是以诗立命，但写散文也还是"基本功"。韩柳就不用说了，李白、王维、白居易、杜牧，文章不多，但都不缺少可读的佳作。

按常理，写散文如走路，写诗歌如跳舞，或者说，写散文如说话，写诗歌如唱歌。一个文人会写文章，不会写诗，不足为怪；如果相反，能诗不能文，就像会跳舞，会唱歌，却不会走路和说话，就有些难以理解了。然而就是有这样的人：如大诗人杜甫，就是一位能唱歌却不会说话，能跳舞却不会走路的艺术家。

杜甫诗集现存"文章"二十余篇。如果剔除属于韵文的"赋"，勉强可以归为"散文"的也就十几篇，主要是表、状、启、祭文、墓志铭之类，真正能归为文学散文的基本没有。然而，就是这些散文，就如陈贻焮《杜甫评传》所说"从现存杜文看，颇显艰涩，造诣不及其诗"。陈说得很客气了。

其实对杜甫不善文，古人早有感觉。刘克庄说："前人谓：杜诗冠古今，无韵者不可读。"刘克庄引的是"前人谓"，还想替杜甫辩解几句。秦少游则毫不客气地说："人才各有分限，杜子美诗冠古今，而无韵者殆不可读。"

成篇的散文写不好，有意思的是只要"无韵"，哪怕几十字，百余字，杜甫都会显出手足无措，写成"不可读"。

古人作诗赋，诗前有时会写序，文字不会太长。有些序会成为非常好的散文，如陶潜《桃花源记》，其实就是一篇诗序；有些则会成为很有味道的小品文，如《归去来辞》前的小序。苏轼这一类文字很多，都很可读。

杜甫诗歌中有序的诗歌不足十篇，"序"或数十字，或百余字，但共同的特点都是"殆不可读"。如仇兆鳌云："少陵诗序多古拙难解处"。

《课伐木》一诗的诗序：

课隶人伯夷、辛秀、信行等，入谷斩阴木，人日四根止。维条伊枚，正直挺然。晨征暮返，委积庭内。我有藩篱，是缺是补，再

155

伐篠簜，伊杖支持，则旅次小安。山有虎，知禁，若恃爪牙之利，比昏黑撑突。夔人屋壁，列树白菊，镘为墙，实以竹，示式遏。为与虎近，混沧乎无良。宾客忧害马之徒，苟活为幸，可默息已。作诗示宗武诵。

简直就是不知所云。其实诗歌写的就是杜甫带着几个用人上山砍树，修补篱院以防虎患。估计这样的文字，不要说今人难解，就是韩愈、柳宗元读了也会觉得头疼。所以有竭力替杜甫辩护的人说，秦少游说的"殆不可读"不过就是指《课伐木诗序》，也承认此文难解。

再如《园官送菜》序：

园官送菜把，本数日阙。矧苦苣马齿，掩乎嘉蔬，伤小人妒害君子，菜不足道也，比而作诗。

诗歌写官家菜园给杜甫送去几捆蔬菜。几十个字的诗序，依旧写得莫名其妙。

再看举名篇《观公孙大娘弟子舞剑器行》的诗序：

大历二年十月十九日，夔府别驾元持宅见临颍李十二娘舞剑器，壮其蔚，问其所师，曰："余公孙大娘弟子也。"开元五载，余尚童稚，记于郾城观公孙氏舞剑器浑脱，浏漓顿挫，独出冠时，自高头宜春梨园二伎坊内人，泊外供奉，晓是舞者，圣文神武皇帝初，公孙一人而已。玉貌锦衣，况余白首，今兹弟子，亦匪盛颜。既辨其由来，知波澜莫二，抚事感慨，聊为《剑器行》。往者吴人张旭，善草书书帖，数常于邺县见公孙大娘舞西河剑器，自此草书长进，豪荡感激，即公孙可知矣。

此文尚可懂，但依然文辞艰涩、层次混乱。开头"夔府别驾元持宅见临颍李十二娘舞剑器"，就缺主语。写诗无所谓，写散文则不成。本想对短文做一些调整，担心冒犯诗圣英灵，算了。不过我想多数读者会有感觉的。

读此诗，我觉得，像是在一个华丽辉煌的舞台上：歌唱家上场，开始介绍自己"原唱歌曲"的内容和创作过程，结结巴巴，语无伦次。然而，乐声起，他引吭高歌：

昔有佳人公孙氏，一舞剑器动四方。观者如山色沮丧，天地为之久低昂。霍如羿射九日落，矫如群帝骖龙翔。来如雷霆收震怒，罢如江海凝清光。

响遏行云，真是华丽而辉煌！此曲只应天上有，人间能有几度闻！

相近的情况还有《追酬故高蜀州人日见寄并序》。

在电视上见到过几位国内一流的歌唱家接受采访（姑隐其名），真是结结巴巴，语无伦次。我哑然失笑，想起了杜甫，想起秦少游"人才各有分限"说。

杜甫不善作文，不管是有意藏拙，还是兴趣使然，几乎所有的题材，哪怕明摆着适合写成散文、小品、短札，他也会写成诗歌。

《义鹘行》，到柳宗元笔下，肯定会写成"三戒"那样的寓言散文。

《石笋行》和《石犀行》到王安石和苏轼手里，很可能会写成《游褒禅山记》和《石钟山记》的姊妹篇。

杜甫由秦州到同谷，再由同谷到四川，各写有十二首纪行诗。而一生作诗近万首的陆游"细雨骑驴入剑门"，写有散文集《入蜀记》。我曾想，杜甫入蜀的经历要比陆游艰难得多。杜甫的这两段经历，如有柳宗元、苏轼，哪怕是写《指南录后序》的李清照那样的散文才华，该会写出怎样的华彩文章啊！杜甫的二十四首纪行诗都很可读，但诗歌毕竟有他的体裁局限。

不善写文，肯定对杜甫的人生道路有很大的影响。安史之乱前，杜甫至少有三次走上仕途的机会。第一次是735年，二十五岁的杜甫在洛阳参加科考，结果落选。这次中选的几人后来都以"善掌纶诰"知名，也就是替皇帝写诰书之类的应用文。杜甫文风艰涩，落选实在不奇怪，尽管他自视很高。第二次是746年，杜甫到长安参加科考。这一次考试全部考生都落选。这在中国科举史上是唯一的，偏偏让杜甫赶上了。事后，李林甫向唐玄宗表示祝贺："野无遗贤"。第三次是750年，杜甫"献三大赋"，据说这三篇赋引起了唐玄宗的兴趣，"使待制集贤院，命宰相试文章。"对这件事杜甫一生都很得意，在许多诗中都提到过。晚年在《莫相疑行》中更是写道："忆献三赋蓬莱宫，自怪一日声辉赫。集贤学士如堵墙，观我落笔中书堂。"然而，"试文章"后再无消息，论者多认为是因为李林甫作梗。而据我看，虽有可能，但更可能的是杜甫的"无韵文"水平，实在也难让试官们佩服。这以后，杜甫又投了几篇赋，则是泥牛入海了。

杜甫晚年，大约也明白了自己的短板。在被后人看作是"绝笔"

的《风疾舟中伏枕书怀三十六韵奉呈湖南亲友》中，有这样的诗句："哀伤同庾信，述作异陈琳。"陈琳是建安七子之一，以善作章、表著称。

历史评价文学家与政治家不同，没有什么三七开、二八开；只看成就，不看"短板"。不会写"无韵之文"，丝毫无损于杜甫作为诗人的伟大。

2014 年 11 月 13 日

"诗中有画"的美丽与缺憾

——《王维诗选》阅读札记之一

退休后读闲书，对于篇幅不算太大的古诗文，大多采用边抄边读的方式，目的是让自己读得慢一些，多坐一会儿，少躺一会儿。回忆起来，抄过的有《老子》《论语》《孟子》《庄子》《楚辞》、《诗经选》（余冠英选本）、《陶渊明集》《李白诗选》（复旦大学中文系选本）和《杜甫诗选》（冯至选本）。

这次抄读的《王维诗选》是上海古籍出版社出版的王达津选注本。王维诗歌存世四百多首，考虑此公颇多应酬、应制之作，这个选本选诗一百一十首，推想王维作品中的精品应该没有遗漏。

王维在唐代诗坛地位不低，虽无力与李白、杜甫、白居易争锋，挤入前三，但在第二梯队，与李贺、杜牧、李商隐、柳宗元等相比，生前风头更足，死后名气也不相上下。

首先，王维确实写了一些在当时和后世都很有影响的佳作，单从数量看，"第二梯队"中超过他的人并不多。第二，王维深受佛教影响，这在唐代诗人中显得很突出。后人有以"诗佛"称之，与李白的"诗仙"、杜甫的"诗圣"并称。（其实"诗佛"的准确性是很值得商量的）另外，苏东坡对王维有一句"诗中有画，画中有诗"的评价，更让王维名气大增。说王维死后沾了苏轼的光，不为过。

王维确实也是唐代少有的多才多艺的艺术家，懂音乐，书法有名气，画家和诗人的水平更不用说了。散文虽少，但一篇《山中与裴秀才迪》却是后世选家绕不开的佳作。就其艺术的全面性而言，后世也就一个苏轼可比。

王维画作可确证的真迹现世不存。"画中有诗"无法具体评述。（不过，就中国文人画而言，"有诗意"确实是艺术上的最高标准之一。作为杰出的诗人，王维作画追求"有诗"，应该是很自然的事。）现在能让后人言说的，只有"诗中有画"了。

画，是一种静态的，二维的，表现事物视觉形象的艺术形式。诗歌则是以文字为载体、抒情为主的艺术形式。"诗中有画"，应该是指诗句能让读者产生画面感。画的要素有形体、比例、色彩、构图、透视等等。但据我看，最重要、最核心的是构图，说白了，就是画中形体的空间关系。因此，表现"关系"就是"诗中有画"的奥秘。试读王维最具盛名的一些诗句：

大漠孤烟直，长河落日圆。

（《使至塞上》）

渡头余落日，墟里上孤烟。

（《辋川闲居赠裴秀才迪》）

明月松间照，清泉石上流。

（《山居秋暝》）

"大漠孤烟直"是有画面感的。"大漠"位于画面下三分之一，"大"让沙漠在横向把画幅撑满。"孤烟"位于画面上三分之二正中的位置，"孤"让其余的部分为留白，是天空。"长河落日圆"也一样，"长河"的"长"让河流伸向画面左右的尽头，"落日"的"落"给定了"日"和"河"的位置关系。"圆"和"长"在几何上的差异，让画面具有了更多的装饰意味。同样，从空间关系的角度看，也就说明了"渡头余落日，墟里上孤烟""明月松间照，清泉石上流"两联"有画"的原因。

有人以为，因为写景，所以"诗中有画"，这是误解。试读下面这首写景名诗：

日照香炉生紫烟，遥看瀑布挂前川。飞流直下三千尺，疑是银河落九天。

（李白《望庐山瀑布》）

你可以说"如临其境"但却很难说"如画"。关键就在于，李白没有强调构图的关系。

"诗中有画"的诗句是美丽的，王维的那些诗句一千多年了还被人们吟诵就是证明。但是"诗中有画"却有着明显的局限性，绝不是诗歌美学追求的最高境界。最大的局限性就是"画"有"静态"和"二维"的本性，在诗歌中往往会让诗人情感的流动受到阻滞，让这些诗句孤立起来。

很有意思的就是，王维那些"诗中有画"诗句所在的诗篇，就整篇看，恰恰都不是王维诗歌中一流的作品。王维最好的诗，如

《九月九日忆山东兄弟》《鸟鸣涧》《鹿柴》《辛夷坞》《送元二使安西》和《相思》等，都不具有"诗中有画"的特征。其实，同样是画家的苏轼也只是发现了画家身份对王维诗歌的影响，并不认为"诗中有画"是诗歌美学的高标准，他本人的诗歌创作就不追求"有画"。

杜甫不是画家，但具有极高的美术欣赏水平，这只要读他的那几首题画诗就明白。杜甫清楚地知道，诗是要抒情的。试读他"写景"名篇《望岳》：

岱宗夫如何？齐鲁青未了。造化钟神秀，阴阳割昏晓。荡胸生层云，决眦入归鸟。会当凌绝顶，一览众山小。

全诗主要写自己的感觉，而不是着力描摹具体景象，成为千古名篇。再如《春望》：

国破山河在，城春草木深。感时花溅泪，恨别鸟惊心。烽火连三月，家书抵万金。白头搔更短，浑欲不胜簪。

一个"深"字写出乱后长安的破败与荒凉。花，是"溅泪"，鸟是"惊心"。完全是写自己的情绪和感受。这是一首伟大的杰作。

诗歌的本质是抒情，描摹具体图像恰恰是它的短处。从艺术种类讲，诗歌与音乐更接近，都要抒情，都属于抽象性的时间艺术。中国古典诗歌的伟大在于它无与伦比的音乐性，新诗的悲哀在于与音乐的疏离。当然问题要复杂得多，我不过试着让自己有一个思索的角度而已。

我不是画家，也没有研究过美术理论。我说画的核心要素是"形体的空间关系"，完全是自己的"感觉"。不过，读《启功给你讲书法》，老先生关于"结字"的强调，对我还是有些启发。"用笔何如结字难，纵横聚散最相关。"所谓"结字"，所谓"纵横聚散"，其实就是笔画的"空间关系"。书法和绘画都是二维视觉艺术，规律应该是相通的。

2015 年 9 月 29 日

由《辛夷坞》说到"树"的现代性
——《王维诗选》阅读札记之二

二十年前的一天，和一个朋友闲聊，聊唐诗，聊到王维。她说，在王维诗歌中，她最喜欢的是《辛夷坞》：

木末芙蓉花，山中发红萼。涧户寂无人，纷纷开且落。

这让我有些意外。在我看来，这首小诗虽不错，但在王维诗歌中却算不上最出色。过后细想，好像有些明白了。《辛夷坞》很可能是王维诗歌中最具有"现代性"意味的一首。

"现代性"是与"传统""古典"等相对应的一个概念。对这样一个深邃而庞大的理论性话题，本不是浅学如我可以言说的，也更不是三言两语可以说明白。可中国自一百多年前就开始了由"传统"向"现代"的演进过程，这一"三千年未有之大变局"（李鸿章语）至今还在进行中，恰恰在这样的历史过程中活了几十年，多少还有些感悟。

叫我看，"现代性"的第一个特点就是个体生命意识的觉醒。第二个特点，是生命过程意识的觉醒。我只想说第一点。

总体来看，中国自汉武帝"罢黜百家独尊儒术"之后，成为一个"群体"意识非常强烈的民族。家国意识、民族意识、家族意识、家庭意识、组织意识、单位意识等等几乎深入每一个人的骨髓。群体意识自有其存在的价值和理由，可过分强烈则肯定会挤压和扭曲个体生命的灵气和活力。鲁迅说，他翻看中国历史，看到写满了"吃人"两个字。我以为"吃"与"被吃"都与个体生命价值被轻视有关。

两千多年间，有两个时期多少有些特殊。一个是魏晋时期，后人称之为"人的觉醒和文的自觉"的时代，我们在孔融、祢衡、阮籍、嵇康、陶渊明，甚至曹操身上都可以感受到强烈的个体生命意识。可惜那是一个杀人盈野的乱世，个体生命意识多表现为悲哀和苍凉。孔融、祢衡和嵇康都可看作是"觉醒"的殉道者。另一个时期就是盛唐。有人说，"唐人多胡意"，是社会的开放让唐人精神上比较舒展，多少能摆脱儒家、法家的束缚。比较典型的例子就是李白和王维。李白出生在西域，我疑心他就有中亚"胡人"血统；王维则出生在一个有佛教信仰的家庭。这是不是很有意思？当然，李白的个体生命意识要比王维强烈得多。

可惜，无论魏晋还是盛唐，都还不具有"现代性"苗壮成长的土壤，我们今天只能在那些诗意的表述里感受一些气息而已。至于宋以后，中国人实在活得窝囊，不说也罢。

现代人明白：人当然离不开社会和群体，但他首先是以个体生命状态出现和存在的，如果每一个个体生命的价值得不到实现，群体生命的活力也终将萎缩。试想，每一棵树都半死不活，整个森林还有会什么生气？辛夷花在"寂无人"的环境里"开且落"，自然且自由，也就完成了对"山中"万物应承担的使命。当然，我不是说我的解读就是王维创作的原意。估计，我那位朋友也不是经过一番理性思辨后喜欢《辛夷坞》的，只是心灵的"感悟"。

我猜想，树，很可能是人类个体生命意识最好的启蒙者。所以，汉语中，"树"当作动词使用时：树立、建树、独树一帜，都隐藏着"个体性"的信息。

从《辛夷坞》跨越一千一百多年到公元1918年，一个后来成为大书法家的年轻人写了一首小诗：

霜风呼呼地吹着，月光明明地照着。我和一株顶高的树并排立着，却没有靠着。

（沈尹默《月夜》）

在和"树"的对立中，"我"的个体生命意识具有强烈的挑战性。在对"树"的傲视中，有自尊、自信，但也有尊重。"我"已经不是一个遗世独立的隐者或狂徒，觉醒的不仅是个体生命的独立意识，还有对社会平等的渴望。这种完全的现代性，是王维诗中不可能有的。在我看，《月夜》是中国新诗滥觞时期最好的一首。

又过了六十年，一位女诗人又以"木棉树"对"橡树"的倾诉（舒婷《致橡树》），呼应沈尹默停歇了半个多世纪的吟唱，骨子里依旧是对个体生命意识的呼唤。

现在沈尹默早已故去，舒婷也停止了她的歌唱。我们还跋涉在走向"现代"的路上，中国人的路真长啊。

2015年10月8日

于山水间品味"禅意"
——《王维诗选》阅读札记之三

王维好佛，对禅宗应该是有了解和探求的，他的山水诗之好，不在"诗中有画"，而在有"禅意"。

什么是"禅"？我读了一些关于佛教和中国哲学史的书籍，整体感觉，都没说清楚，越说越糊涂——当然糊涂的是我，作者或许觉得自己很清楚。他们大多说的是"禅宗"的历史、禅宗"公案"等等，包括张中行的《禅外说禅》。其实，说禅者都在禅外。因为"禅"的第一要义就是不可说，"只可意会不可言传"，一说就错。不过还是觉得，李泽厚的论述应该是最深刻，最接近"禅"的本质。李泽厚用"瞬间永恒的最高境界"作为他对禅宗评述的标题。我看，于瞬间品味出永恒就是"禅"。

我觉得，秦始皇焚书坑儒和汉武帝独尊儒术对中华文化的戕害，远比我们认识的要惨重。儒家很伟大，但到了汉以后本身也被异化。李泽厚用"儒法互用""儒道互补"来概括汉以后的中国思想史，其实就告诉我们，汉以后，"百家争鸣"的局面不复存在，中国人的脑子基本是在儒家、法家、道家的一锅粥里滚了两千多年。很多时候儒家就是一件穿上浑身不自在，又不得不穿的华丽外衣。行事，还要用"法家"。当面是君子，背后是小人；笑里藏刀，言不由衷；"两面人"，都属于"儒法互用"。对儒家，用的不是"君子坦荡荡"，而是"伪"。对法家，用的不是对人性认识的清醒和规则意识，而是权术和狠毒。官场混不下去了，想起了庄子，当个"隐士"也不错，掩饰一下吃不上葡萄的失落。（后世所有田园诗都比不上陶诗，原因就是作者骨子里都还没忘记"葡萄"，包括王维和孟浩然。）

从秦到晚清国门被打破，中国最重大的文化史事件，或许就是佛教入土中原。佛教多多少少让中国人开始对生命的终极价值和归宿做一些思考，并在与庄子的交融中产生了禅宗。就深刻性和独创性而言，董仲舒、二程、朱熹和王阳明加起来也不如六祖慧能。我同意钱穆的观点：如果没有慧能，后来的中国历史会很不一样。

我感觉，禅宗要比儒家和老庄藏有更多的现代性基因。可惜学力不逮，无法把感觉化成理论表述。李泽厚说："王维的某些诗比好些禅诗便更有禅味。"这"某些诗"应该主要是山水诗：

空山不见人，但闻人语响。返景入深林，复照青苔上。

（《鹿柴》）

人闲桂花落，夜静春山空。月出惊山鸟，时鸣春涧中。

（《鸟鸣涧》）

荆溪白石出，天寒红叶稀。山路元无雨，空翠湿人衣。

（《山中》）

木末芙蓉花，山中发红萼。涧户寂无人，纷纷开且落。

（《辛夷坞》）

这些诗的禅意主要以"空"来体现，包括《辛夷坞》的"无人"。"空"方可"静"，方可于瞬间品味永恒。不过就个人感觉，我更喜欢由柳宗元的《渔翁》来品味禅意：

渔翁夜傍西岩宿，晓汲清湘燃楚竹。烟销日出不见人，欸乃一声山水绿。回看天际下中流，岩上无心云相逐。

"渔翁夜傍西岩宿"是闭关，"晓汲清湘燃楚竹"是禅修，"烟销日出不见人"是破关，"欸乃一声山水绿"是顿悟。"回看天际下中流，岩上无心云相逐"就是禅意。我以为，柳宗元的"无心"比王维的"无人"更近禅。

2015 年 10 月 19 日

寂寞与纠结

——《王维诗选》阅读札记之四

鲁迅说过，读作家诗文，最好是读全集，尤以编年的为好，以便知人论世。这是一个高标准，是研究性的。像我这样的读者，只能对少数几个自己特别喜爱的作家做到如此；多数，还是读选集，或选篇。就我的体会，就是选集，如果不是选得太少，读完后对作者的思想、性格和艺术风格也还能有一个大体清晰的印象。

读完《王维诗选》，脑子里王维的形象却比较模糊，一定要说，我觉得这是一个才思敏捷、艺术感觉细腻，但比较内向的人，他的一生，内心始终是寂寞和纠结的。

王维的生活经历与唐代其他大诗人相比，相对比较简单。他没有李白那样纵情山水、寻仙访道的经历，没有如杜甫那样经受饥寒与颠沛流离的煎熬，也没有如李商隐、柳宗元和刘禹锡那样卷进上层政治斗争的漩涡。他活了六十三岁，在"人生七十古来稀"的年代也不算短寿，要比王勃、李贺幸运得多。不过，王维的仕途算不上顺利。二十三岁中进士，任太乐丞，板凳还没坐热，受伶人擅舞黄狮子（只能舞给皇帝看）事件牵连被贬到济州。三年后，辞官回到长安，其后的十年间，主要在辋川和嵩山隐居。三十六岁时，张九龄掌权，王维被起用，重入仕途。三十九岁时，王维以监察御史身份入河西节度使崔希逸幕府，有了三年边塞生活经历。他政治上最大的跟头栽在安史之乱中。叛军攻陷长安，玄宗带着老婆孩子和高官们逃向蜀中，许多中下级官员来不及跑，当了俘虏，其中有王维，还有倒霉鬼杜甫。王维被授"伪官"，押到洛阳，实际被软禁中。官军收复两京，当过"汉奸"的官员被责以不同的处分，如杜甫的好朋友郑虔就被贬到福建。王维因为写了一首"万户伤心生野烟"的小诗，被认为是"身在曹营心在汉"，受到最轻的处分。其实关键是朝里有人，他身居高官的弟弟王缙，愿意自己降职替哥哥赎罪。

安史之乱后，王维基本上过着亦官亦隐的生活，直到去世。

文学史家认为，唐代有两个成就显著的诗派：田园诗派与边塞诗派，王维都名列其中，属于代表人物。其实细细品读，此说很勉强。严格地讲，唐代并没有真正意义的田园诗人。孟浩然勉强算一个，王维最多算半个。

王维有着时间不算短的田园生活，可是他这期间写的诗歌，多数应属山水诗，包括《辋川集》。王维的山水诗里大多"空"无人迹，其中就隐藏着深深的寂寞。

试读孟浩然的《过故人庄》：

故人具鸡黍，邀我至田家。绿树村边合，青山郭外斜。开轩面场圃，把酒话桑麻。待到重阳日，还来就菊花。

再读王维最著名的"田园诗"《渭川田家》：

斜阳照墟落，穷巷牛羊归。野老念牧童，倚杖候荆扉。雉雏麦苗秀，蚕眠桑叶稀。田夫荷锄至，相见语依依。即此羡闲逸，怅然吟式微。

同样写田园，孟浩然是个田园生活的参与者，王维则是个田园生活的欣赏者。现实中的田园，是王维躲避世俗搅扰的后院，是他念佛参禅的"精舍"，也是他转移内心寂寞的审美对象。

同样，王维最好的"边塞诗"，与岑参、李颀、高适、王翰、王昌龄的边塞诗相比，甚至和李白、杜甫边塞题材的诗歌相比，都缺少个人生活和情感的参与。在军营，在边疆，边塞军人的苦乐悲欢、战争的残酷，都没有进入王维的笔下。他依旧是个山水风景的观察者和欣赏者：

单车欲问边，属国过居延。征蓬出汉塞，归雁入胡天。大漠孤烟直，长河落日圆。萧关逢候骑，都护在燕然。

（《使至塞上》）

王维生活在唐代诗歌真正的黄金时期，与他同时代的诗人有李白、杜甫、孟浩然、高适、李颀、岑参等等。王维与他们大都有交往，但估计由于性格内向，交情都不深。在当时，王维的艺术名气和他在诗坛的活跃程度不成正比。他与孟浩然齐名，与孟的交情也还算得上深厚。可是试读他的《送孟六归襄阳》：

杜门不复出，久与世情疏。以此为良策，劝君归旧庐。醉歌田舍酒，笑读古人书。好是一生事，无劳献子虚。

再读李白《黄鹤楼送孟浩然之广陵》：

故人西辞黄鹤楼，烟花三月下扬州。孤帆远影碧空尽，唯见长江天际流。

不难看出，王维在情感上要内敛得多，理性得多，与这位好朋友的分手，他并未表露太多的留恋之情。

孟浩然去世，王维写过一首《哭孟浩然》：

故人不可见，江水日东流。借问襄阳老，江山空蔡州。

感慨很深，强调的还是寂寞。作为诗人，王维最好的诗歌既不是所谓田园诗，也不是边塞诗，而是山水诗和那些抒写个人内心感受的诗作。王维的政治才干有限，一生没有什么特别值得提起的政绩。不过，他是一个有正义感的人，也不是官迷。从济州回长安十年间得不到起复，则可看出他不善钻营。前期对张说，后期对李林甫和杨国忠这些"奸相"，他都保持着相当的距离。

后人称王维为"诗佛"，言过其实。虽然信佛，但他思想的底子基本还是儒家思想。佛没能把他推进寺院，但确实让他内心非常纠结：做官？还是当一个居士？于是我们看到，官场不利，他就想隐居，甚至劝别人隐居（他多数赠别诗都是这样一番言语）；一旦有机会当官，他又不会拒绝。

他也说过自己的苦衷——经济原因："小妹日长成，兄弟未有娶。家贫禄既薄，储蓄非有素"。其实，在那个时代，入仕几乎是读书人唯一的出路，要想有所作为，也只能进入官场。对王维的纠结不应指责。

不过读他写给张九龄的《寄荆州张丞相》，我还是有些不舒服：

所思竟何在，怅望深荆门。举世无相识，终身思旧恩。方将与农圃，艺植老丘园。目尽南飞雁，何由寄一言。

张九龄对王维有知遇之恩，王维说"终身思旧恩"是真诚的。现在张九龄被贬，他不避嫌寄诗相赠，可见也是一个有担当、重情义的人。可是"方将与农圃，艺植老丘园"这样的话却不该轻易出口，因为他接下来并未归隐，对张九龄来说，这就有些不真诚了。

《红楼梦》第四十八回写香菱拜林黛玉为师学诗，黛玉说："你若真心要学，我这里有《王摩诘全集》，你且把他的五言律读一百首，细心揣摩透熟了，然后再读一二百首老杜的七言律，次再李青莲的七言绝句读一二百首，肚子里先有了这三个人作了底子，然后再把陶渊明、应玚、谢、阮、庾、鲍等人的一看，你又是一个极聪敏伶俐的人，不用一年的工夫，不愁不是诗翁了！"在林黛玉看来，唐诗最值得学的是王、杜、李三人，虽不能说林姑娘认为王维比李白、杜甫更高明，但她对王维的偏爱是显然的。王维五律确实有不少艺术上很圆熟的佳作，情感的呼应或许更是主要原因吧。在大观园里，林妹妹其实是个内心很寂寞的人。

至于我，一定要在王维诗歌中选一首最爱，很可能会选《送元二使安西》：

渭城朝雨浥轻尘，客舍青青柳色新。劝君更尽一杯酒，西出阳关无故人。

在王维所有的赠别诗中，这是最具温情的一首，我觉得他手里的那杯酒是热的。尽管，你依然可以读出他内心的寂寞。

2015 年 11 月 9 日

闲话柳宗元

现在的中学生，对语文课有"三怕"之说：一怕作文，二怕古文，三怕周树人。回想我上中学时，对这三样都还算有兴趣，特别是古文。当时的中学语文教材所选古文，似乎以《史记》最多。唐宋八大家的散文，欧阳修、苏辙、曾巩未选；韩愈、苏洵也只是各选一篇，《师说》和《六国论》；王安石选了《答司马谏议书》《游褒禅山记》；苏轼的有《赤壁赋》和《石钟山记》；柳宗元最多：《捕蛇者说》《童区寄传》《小石潭记》《送薛存义序》和《黔之驴》（《三戒》之一），五篇。

也许是先入为主吧，在古代散文家中，我对柳宗元格外敬重。

今天，从"文学散文"的角度看，唐宋八大家中称得起"大家"的，只有柳宗元、苏轼两家。柳宗元的散文成就，虽不敢说在苏轼之上，至少也是旗鼓相当。

柳宗元是个悲剧人物。柳的悲剧始于"永贞革新"，也就是"二王、八司马"事件。安史之乱后，大唐王朝辉煌不再，迅速走上下坡路。中唐，虽然表面还能维持王朝一统的格局，甚至一度还有所谓"中兴"，其实，在外藩镇割据，在内宦官当权，朝政腐败，唐王朝危机四伏。这样的政局，一些以天下为己任的儒家知识分子渴望推行改革，挽救朝政，一展抱负，实在是很正常的事情。

机会终于来了。805 年，唐宪宗病故，太子李诵继位，是为顺宗，改元永贞。李诵做太子时，信任身边的两个人：以棋待诏的王叔文和以书法待诏的王伾。登基后，任用这两个人，开始了大刀阔斧的改革。可惜，这场改革只维持了一百四十多天就宣告失败。唐顺宗被逼退位，二王被贬（王叔文不久被逼自杀），改革集团的核心人物韦执谊及柳宗元、刘禹锡等人的政治前途基本被彻底断送。

永贞革新失败的原因很多，例如王叔文专权专任，操之过急，得罪了太多的人，王伾贪污受贿遭受物议，等等。但是据我看关键是两点：一是顺宗登基前就患病，甚至说不出话来（大约是脑血栓之类），改革派依靠的实际是一座冰山；二是王叔文从宦官手中夺取兵权的努力失败。也可以说，王叔文等不具备承担改革重任的大政治家的素质，看错了形势。

对于永贞革新，当时及后世的评价基本都是负面的。值得注意的是，人们的批评一般并不指向革新的政治措施，而主要在以下两点。第一，二王是"小人"。在正统封建文人看来，出身贫寒的王叔文、王伾以棋和书法待诏得宠上位，身份也就是个"清客"，和姬妾、乐师、戏子差不多，跳出来主持朝政，纯粹是"癞蛤蟆想吃天鹅肉"，是十足的小人。（在古代，"小人"一词，不仅指品行，更多包含着对人的身份、地位低下的蔑视。唐代重门阀，更是如此。）第二，"八司马""青年躁进"，也就是不安本分，官瘾太大，妄图一步登天。（韦执谊等在永贞前官职都不高。改革集团中也是多青年人，当时柳宗元三十二岁，刘禹锡三十三岁。）

从史料看，柳宗元对于参加"永贞革新"内心是很矛盾的。一方面，他敬佩王叔文敢为天下先，认可王叔文的所作所为都是利国利民的，自己参政也并不是为了牟取私利；另一方面，他深感舆论的压力，懊悔自己太天真，有辱祖上声名，断送了自己的政治前途。

柳宗元的好友韩愈对柳参加永贞革新颇多微词，在写《柳子厚墓志铭》时，虽然对柳宗元多有维护，对柳的文才、政绩、人品给予很高评价，可还是说"子厚前时少年，勇于为人，不自贵重顾籍，谓功业可立就，故坐废退。"此时已距永贞革新十五年，可见当时的社会舆论。

柳宗元的后半生，是在巨大的社会压力下和剧烈的内心矛盾中度过的，终至四十七岁病故于柳州。他至死也没有摆脱"立身一败，万事瓦裂，身残家破，为世大僇"的痛苦。

柳宗元的性格是有弱点的。诚如孙犁所说："柳宗元是很天真的，他原来是没有经过挫折，一帆风顺地走上政治舞台。一旦不幸，他就经不起风浪，表现得非常狼狈。"（《谈柳宗元》）柳宗元才华高，成名早，抱负大。他痛苦的根源在于志向和遭遇的落差太大，心理上难以承受。孙犁拿他和同样命运坎坷的苏轼相比，简单了一些。唐宋两朝知识分子在官场的生存环境是很不一样的。苏轼在庄子中找到了心灵的依靠，柳宗元在精神上更接近屈原。严羽认为"唐人惟柳子厚深得骚学，韩愈、李观皆所不及。"（《沧浪诗话》）很有见地。

正如屈原，柳宗元在逆境中没有放弃自己的政治理想。

在《送薛存义序》中，柳宗元提出了官吏是"民之役，非以役民"的观点，这一民本思想显然来自《孟子》，但比孟子表述的更明确。有论者说："这种官吏为民服务的思想在当时是绝无仅有的，影响深远，达到了时代的最高峰。"（高文、屈光选注《柳宗元选集》前言）

他在永州，司马是闲职，又是戴罪之身，不可能有实际的政治作为，可他还是希望通过自己的文章为国家做一些事。

写于永州的《捕蛇者说》，是唐宋散文中少有的深刻揭露民间疾苦的篇章，说它光耀千秋也不过分。面对蒋氏的不幸，柳宗元所能做的就是"告于莅事者，更若役，复若赋"。当他知道这对蒋氏更是一条死路时，发出了痛苦的叹息："孰知赋敛之毒，有甚是蛇者乎！"他希望自己的文章能被执政者读到，解民于倒悬。

唐代的柳州，几乎就是未开发的荒蛮之地：

> 郡城南下接通津，异服殊音不可亲。青箬裹盐归峒客，绿荷包饭趁墟人。鹅毛御腊缝山罽，鸡骨占年拜水神。愁向公庭问重译，欲投章甫作文身。

（《柳州峒氓》）

气候、风俗与柳宗元生活过的北方都不一样，最麻烦的是语言不同，公庭上处理公务甚至要"重译"，大约是要先把壮语翻译成闽南语，再把闽南语翻译成柳宗元能懂的中原汉语。

柳宗元的哀怨和沮丧是可想而知的。

城上高楼接大荒，海天愁思正茫茫。惊风乱飐芙蓉水，密雨斜侵薜荔墙。岭树重遮千里目，江流曲似九回肠。共来百越文身地，犹自音书滞一乡。

（《登柳州城楼寄漳汀封连四州》）

但是柳宗元很快又唤起自己的政治良知："是州岂不足为政耶！"他在柳州办学校、兴教育，移风易俗、发展生产，很快就得到当地百姓的拥戴。从他以灵活的手段解放奴隶一事看，他还是很有行政才干的。

欧阳修叹息："君子之学，或施之事业，或见于文章，而常患于难兼也。……如唐之刘、柳，无称于事业，而姚、宋不见于文章。彼四人者，独不能两得，况其下者乎？"政治家施展才干是需要舞台，需要机遇的，姚崇、宋璟身处盛唐，如果在贞元、元和年间也未必能有大作为。刘禹锡、柳宗元如果处在另一个时代，也未必就不能在政治上有所建树。

我对柳宗元的敬重，也和他与刘禹锡之间的友谊有关。

刘禹锡、柳宗元说得上是挚友、战友和畏友，可谓生死之交。

元和十年，在经过十年的贬谪之后，"八司马"的命运似乎有了转机，活着的几位被调回京城。不料局势又变，都被贬为远州刺史。柳宗元被贬柳州，刘禹锡被贬播州（现今贵州遵义一带）。刘禹锡的母亲年事已高，无法随去，实际母子也就面临生离死别。

子厚泣曰："播州非人所居，而梦得亲在堂。吾不忍梦得之穷，无词白其大人；且万无母子俱往理。"请于朝，将拜疏，愿以柳易播，虽重得罪，死不恨。

（韩愈《柳子厚墓志铭》）

此时的柳宗元身体多病，家室负担也很重。他的请求冒着两重危险，一是自己被派往"非人所居"的播州；二是激怒对"八司马"成见很深的唐宪宗，带来更重的处罚。他几乎是以死酬友。

最后，在当朝政治家裴度的周旋下，刘禹锡改派连州。

细算起来，柳宗元和刘禹锡终其一生，相处的时间并不多，多数岁月两人都是天各一方。

柳宗元晚年的理想是：

二十年来万事同，今朝歧路忽西东。皇恩若许归田去，晚岁当为邻舍翁。

（《重别梦得》）

当然这只能是一个梦。柳宗元病故前，写信给刘禹锡，把自己的全部文稿委托他代为整理、保存。半年后刘禹锡才得到好友去世的消息，他不仅亲自作序，编成《河东先生集》，而且承担了照顾柳氏家属的责任，无愧于朋友的嘱托。

今年是柳宗元逝世1190年，作此文纪念这位"非凡的生命"（孙犁语）。

2009 年 7 月 5 日

横塘疑梦——闲话贺铸

看完小说《廊桥遗梦》，我忽然觉得，中国也有一座廊桥，在苏州，叫横塘。

北宋词坛名家辈出，群星灿烂，我自己更偏爱柳永、苏轼，还有贺铸。

贺铸在当时是很引人注目的人物，可是到了今天，人们如果还提起他，多半是因为一首《青玉案》，也题作《横塘路》：

凌波不过横塘路，但目送、芳尘去。锦瑟华年谁与度？月桥花榭，琐窗朱户，只有春知处。飞云冉冉蘅皋暮，彩笔新题断肠句。试问闲愁都几许？一川烟草，满城风絮，梅子黄时雨。

自屈原始，中国文人就有借美女抒发自己怀才不遇沮丧情怀的习惯。久而久之，读者凡在诗文中读到不能确知的女子，也就认为只不过是借题发挥而已。例如李商隐那么多的无题诗，都被解释成诗人在抒发自己卷在牛李党争中的政治苦闷。

对于贺铸的《青玉案》，我读到的多种赏析和分析，大都认为是写身世之感。例如沈祖棻，"它表面似写相思之情，实则是发抒悒悒不得志的'闲愁'"。可是我总觉得，也许贺铸写的就是他生活中的一段恋情。被贺铸埋在寥寥几句词语中的，也许是一个与廊桥遗梦异曲同工的故事。也许是词人晚年对青年时一次失败的恋爱的怅惘回忆；也许是幻觉般对自己心里对某种情感境界的渴望；也许就是一个一见钟情的单相思，是对逝去的情爱的无奈的寄托。

让我选择一种"也许"。那是一个美丽的女子，当诗人还年轻时，一个极平常的场合，一个极平常的时间，年轻姑娘的莞尔一笑，如电石火花在诗人心上刻下一道伤痕。几十年过去，在横塘，隐约般地看到"她"的背影，轻盈地朝着横塘相反的方向走去。几十年的思念，顷刻间化作一幅幅朦胧而美丽的画图，月亮一样的小桥，花木扶疏的亭榭，静静的关闭着的房门，雕刻着精巧图案的花窗格，这一切，都在春风的吹拂下，暖暖的。

当这些画面退隐时，诗人眼前是"一川烟草，满城风絮，梅子黄时雨。"是的，只是"闲愁"，是无奈，而不是无聊，个中滋味只有自己知道。

由于这首《青玉案》，我对贺铸的身世和性格产生了兴趣，想从历史的废墟里寻找这位诗人的点滴留存，在心里勾画出他的影子。可惜，有关他的史料实在太少，只能"鉴赏"式地发挥一些想象。

《宋史》本传："贺铸，字方回，卫州人，孝惠皇后之族孙。长七尺，面铁色，眉目耸拔。喜谈当世事，可否不少假借，虽贵要权倾一时，小不中意，极口诋之无遗辞，人以为近侠。"

这是一个很特别的人，几乎各个方面都与众不同。

身世。孝惠皇后贺氏是赵匡胤的第一位皇后，贺铸是她的五世族孙，贺的妻子还是赵家宗室之女。贺铸是货真价实的皇亲加国戚，事实上也享受了某些特权和照顾。不过，从传记中看，贺铸对自己家族的皇亲关系并不十分看重，也没有很好地利用。他倒是更看中自己的贺姓血统。他本来原籍山西，出生和生长在河南，可却十分强调自己的"祖籍"绍兴，声称自己是唐代诗人贺知章的后人，向上推衍，可推到春秋时吴国王僚之子，那位被要离用苦肉计刺杀的庆忌。这样的认同，多少已看到贺铸内心的理想：侠义心肠、英雄气概；山水情怀，诗词雅韵。

相貌。"面铁色，眉目耸拔。"陆游《老学庵笔记》："贺方回状貌奇丑，色青黑而有英气，俗谓之贺鬼头。"看来贺铸的丑在宋代是出了名的。我推测，"面铁色"和"色青黑"，就是天生的青黑色胎记长在了脸上，如《水浒》中的"青面兽"。这样的相貌一般来说，会对一个人的性格和命运带来不好的影响，更何况贺铸又是一个具有很高审美趣味的诗人。当他出入皇亲国戚的社交圈，以及被美女歌妓环绕着的文艺圈时，他内心的感受可想而知。贺铸说，自己少有"狂疾"，我估计，就是现代人所说的癫痫。老天对贺铸实在有点儿开玩笑，虽让他出生在贵族家庭，却给了他一副丑陋的面容，还搭配上癫痫病。想一想，当这个孩子发病时，那情景是很可怕的。这样的天生资质，某种意义上就是"残疾"，很容易形成一个人极端的性格。

性格。贺铸的性格确实具有极端性。"虽贵要权倾一时，小不中意，极口诋之无遗辞"。这样刚烈的性格，再加上一副"色青黑"

的尊容，就算皇家特别开恩，想在仕途上有大成就，也实在太难。贺铸对自己的命运不该有太多的抱怨。他晚年辞官隐居，以读书和写作度日，是一个正确的选择。

这样的家世，这样的相貌，这样的性格，没有长成一个衙内或一个阴谋家，却成就为一位诗词名家，着实有些意外。感谢书，是书救了贺方回；是书，给他的狂傲添加了许多深沉和温柔。"家藏书万余卷，手自校雠"，读书让他"色青黑"的脸上"有英气"。倒真合了今人的一句话：我很丑，但我很温柔。

关于贺铸的评论，刘大杰的一段话让我感动：

他持有一颗温热的心，一支华丽的笔，一种慷慨热烈的性格，所以他在词上表现得那么美丽，那么深情。

（《中国文学发展史》）

《宋史》本传有一段贺铸和米芾的交往，十分有意思：

是时，江、淮间有米芾以魁岸奇谲知名，铸以气侠雄爽遥相先后，二人每相遇，瞋目抵掌，论辩锋起，终日各不能屈，谈者争传为口实。

这是两个艺术高手的精魂的碰撞，是两个艺术狂人酣畅的生命问讯，应该是中国文化史上最美丽的聚会之一。

贺铸晚年生活寂寞，在常州的一座寺庙里故去。这样的结局有些凄凉。其实，再热闹的结局，又能怎样？

2009 年 3 月 4 日

有些学生是不能批评的

最近媒体报道，教育部发文宣布：教师有批评学生的权力。这让我有些意外。

退休之前的几十年，本人的身份主要是两种：学生和教师。当学生时，虽还不属于"顽劣"，但是也没少挨批评。对于老师的批评，或心服口服，或心服口不服，或口服心不服，或心口都不服，但从未质疑过老师批评的权利。当教师后，自然也会批评学生，想来服与不服的问题一定存在，批评不得法或效果不佳的时候也一定有，可是同样也没有想过自己是否有批评学生的权力。

在我看来，教育虽不等同于批评，可是也无法离开批评。批评和表扬，正如开汽车，有时要踩油门，有时则要踩刹车，不可能只踩一处，除非你想撞在墙上，或者停在原地不动。

听人说过无数次，中华民族有着悠久的尊师重教的传统，这个传统至少要从孔夫子开始。确实，孔子作为伟大的教育家，一直受到后人的尊崇。至少从《论语》看，孔子认为自己是有批评学生的权力的，甚至骂学生"朽木不可雕"。他的学生似乎也从未对他的这项权利质疑。子路脾气暴，挨批评也最多，虽然有时候也犟嘴，但是从没说过："你算老几？凭什么批评我？"

可是别忘了，我们还有另一个更悠久、更强势的传统：等级制度和等级观念。古人供奉"天地君亲师"，五个字虽然都写在牌子上，顺序是绝对不能移动的。天、地摆在最上面，但是却不会说话，就算发脾气，比如台风、暴雨、日食、洪水、地震等等，意图却要靠人解释。所以真正有意义的是"君亲师"。《红楼梦》中元春小姐在贾府时，要向贾母、贾政、王夫人请安，下跪；等到从宫里回来省亲，老祖宗就要领着儿子媳妇给她请安，下跪。原因就是"君"在"亲"上面。可是，皇帝位至九尊，如果年纪比较小，也要受教育，也要有老师。有时候排在最后的"师"就要和"君"发生冲突，因为只要是教育，就离不开批评，如果只表扬，有太监就够了，何必还要老师？

可是，真要把皇帝当成学生"教育"，予以批评，往往是危险的，"后果很严重"。

举两个例子。

一个是苏轼。

1085年，支持王安石变法的宋神宗去世，十岁的哲宗继位，高太后听政。司马光入朝为相，苏轼也被召回进入"中央领导层"。从元祐元年到七年，苏轼官职最高时为"翰林学士知制诰兼侍读左朝奉郎兵部尚书（后改为礼部尚书）"，期间虽然几次离京，出任杭州、颍州、扬州知府，但还是他一生中仕途最顺利的几年。所谓"侍读"，就是十岁小皇帝的老师。高太后实在有眼光，在当时，恐怕很难找到比苏轼更好的老师了。

苏轼是怎样教育这位十岁的小皇帝的？详情不得而知，但从苏轼这一时期所写的一些奏状看，他是相当尽职也相当谨慎的。他非常谦虚，说自己"空疏"，"才有限"，"心欲言而口不逮"。他也很注意以表扬为主，说小皇帝"圣明天纵，学问日新"。皇帝使用的教材是《祖宗宝训》，苏轼认为还不够，建议校正唐代名相陆贽的奏议作为辅助教材。

苏轼显然也没有放弃批评的权利，虽然表达得很委婉。例如他介绍选择陆贽奏议为教材的理由：

德宗以苛刻为能，而贽谏之以忠厚。德宗以猜疑为术，而贽谏之以推诚。德宗好用兵，而贽以消兵为先。德宗好聚财，而贽以散财为急。至于用人听言之法，治边驭将之方，罪己以收人心，改过以应天道，去小人以除民患，惜名器以待有功，如此之流，未易悉数，可谓进苦口之药石，针害身之膏肓。

（《乞校正陆贽奏议进御札子》）

苏轼的目的是拿唐德宗作为反面教材，防止小皇帝犯"苛刻""猜忌""好用兵""好聚财"之类的错误。可是小皇帝看了这些话一定很不舒服：陆贽奏议是给唐德宗这样的昏君吃的药，为什么要给朕吃？

虽然深受高太后信任，可是苏轼的日子依然不好过。一干小人的攻击诬陷自不必说，与小皇帝的关系紧张也是显而易见的。所以苏轼屡屡上疏要求外放，要求辞去"翰林学士""知制诰""侍读"

这些别人求之不得的官职。

元祐八年九月，高太后去世，十八岁的哲宗亲政，立刻开始实施对苏老师的报复。当月，苏轼被任命为定州（今河北定县）太守，而苏轼希望去的是常州。

定州当时属边防重镇，按惯例，官员赴任前，皇帝要召见。但是哲宗拒绝了苏轼"陛辞"的要求，理由是"本任缺官，迎接人众"。哲宗的拒见显然深深刺痛了苏轼，他到定州后"冒死进言"上《朝辞赴定州论事状》，毫不客气地驳斥哲宗拒见的理由站不住脚："臣如伺候上殿，不过更留十日，本任阙官，自有转运使权摄，无所阙事。迎接人众，不过更支十日粮，有何不可！"他伤感地说："臣备位讲读，日侍帏，前后五年，可谓亲近。方当戍边，不得一见而行。"可是他还想最后一次尽一次老师的职责，引古论今，希望哲宗不要轻信"急进好利之臣"，改变现行政策，招来"不救之祸"。

苏轼的苦口婆心显然没有打动哲宗，或许还招来了更深的敌视。次年四月，苏轼被贬英州，未到任，再贬惠州，后来干脆贬到海南岛，这可是当时离京城最远的地方。1100年，哲宗去世，小皇帝到死对苏老师的怨恨都没有化解。新皇帝上台，苏轼才遇赦北还，次年，病逝于常州。

苏轼的晚年吃够了"批评"学生的苦头。

第二个例子，张居正，更惨。

1572年，明隆庆皇帝驾崩，十岁的太子即位，是为神宗（万历）。张居正联合太监冯保，在太后（李贵妃）的支持下，挤走高拱，升任内阁首辅，开始了大刀阔斧的改革，在内政外交方面都取得了巨大的成功。万历前十年，可以说是"张居正时代"。张居正的另一个身份是老师，学生只有一个：万历皇帝。

张居正对自己的兼职似乎格外看重，也格外尽力，原因是他想实施真正的精英教育：培养出一位千古明君。与苏轼不同，张居正与皇帝的关系更像一般的师生关系。他没有选什么枯燥的前朝奏议，而是自己动手编教材《帝鉴图说》。内选一百余个历史事件，每件都配有插图，图文并茂，生动有趣。在教育方法上，以批评为主，严格要求，连读错一个字都不放过。重视智育，更重视德育，小皇帝打架、喝酒、玩蟋蟀，不但批评，还要告家长，并要求写检讨。难得的是家长李贵妃十分配合，甚至还经常拿张老师吓唬小皇帝："使张先生闻，奈何！"

万历对张居正非常敬畏，敬还好办，畏就麻烦了，因为很容易转为恨。

万历十年，张居正病故。二十岁的万历心中聚集了十年的怨恨集中爆发，开始报复。张居正的所有官职的封号都被撤销，接着是抄家、查封、发配。张家被围时，饿死了十多口子，张居正的长子被逼自杀。如果不是有大臣出来劝，万历恨不得把张居正从坟墓里挖出来鞭尸。

万历在位四十八年，到死也没有给自己的老师昭雪。

苏轼和张居正的例子告诉我们，教师有批评学生的权力，但有些学生批不得，比如皇帝。

按说皇帝退位都快一百年了，教师的批评权利为什么又成了问题？

原因只有一个："皇帝"又回来了。

时代造就了数量不算少的"小皇帝"。这些"小皇帝"除了没有举行登基大典，脾气、心态和宋哲宗、明神宗差不多。本人直到退休，还没有因为批评"皇帝"遭到报复，估计因为教的是师范生，他们有怨恨，可以将来发泄到自己的学生头上。有些老师就不一定如我一样幸运。我老伴所在的学校就有两位老师遭难：一位被学生打掉门牙，还有一位被学生家长打得住了院，半个月下不了地。

看来教师要想批评学生（当然应该是善意的，也要注意方法），除了教育部授权外，还要社会配合，请家长们在家里废除"帝制"。

2009 年 11 月 14 日

苏东坡却金

第一次读李泽厚的《美的历程》，有一段话多少让我意外：

他（苏轼）作为诗、文、书、画无所不能、异常聪明敏锐的文艺全才，是后期封建文人们最亲切喜爱的对象。其实，苏的文艺成就本身并不算太高，比起屈、陶、李、杜，要大逊一筹。画的真迹不可复见，就其它说，则字不如诗文，诗文不如词，词的数量也并不算多。然而他在中国文艺史上却有巨大影响，是美学史中重要人物，道理在哪里呢？我认为，他的典型意义正在于，他是上述地主阶级士大夫矛盾心情最早的鲜明人格化身。他把上述中晚唐开其端进取与退隐的矛盾心理发展到一个新的质变点。

对于"文艺成就本身并不算太高"的评价，曾觉得值得商榷。二十多年过去了，现在觉得，李氏的评价大体还是公允的。

不过，直到今天，苏轼还是许多知识分子"最亲切喜爱的对象"，应该与苏轼正直但不孤傲，聪明却又质朴的品格有关。苏轼吸引人的，除了他的才华，还有人格魅力。

近一年来，《苏轼文集》是我枕边常常翻看的书。六厚册，除了他替皇帝起草的"诏书""口宣"一类，包括史论、碑记、奏议等，都能读下去。这和读其他唐宋文人的文集，例如韩愈、柳宗元、刘禹锡、欧阳修等，感觉不一样。

近日闲翻，读到一封短信《与某宣德书》，读后，感叹、感动：

蒙遣人致金五两、银一百五十两为赆。轼自黄迁汝，亦蒙公厚饷，当时邻于寒馁，尚且辞避，今忝近臣，尚有余沥，未即枯竭，岂可冒受。又恐数逆盛意，非朋友之义，辄已移杭州，作公意舍之病坊。此盖在杭日所置，今已成伦理。岁收租米千斛，所活不赀，故用助买忝，以养天民之穷者。此公家家法，故推而行之，以资公之福寿，某亦与有荣焉。想必不讶。至于感佩之意，与收之囊中，了无异也。

这封信的收信人不详，推测是一位尊重、关心苏轼，但是与苏关系并不算密切的官场朋友。写信的时间可推定为元祐六年（1091）的上半年。这一年的三月，苏轼离任杭州被召入京任"翰林学士知制诰，兼侍读"。八月因再次遭到洛党攻击，出知颍州。此信应该就写在三月至八月间。

从信的内容看，元丰七年（1084），苏轼从黄州贬所移赴汝州，这位朋友曾赠金相助，当时的苏轼尚是戴罪之身，赠金者应该不是行贿。虽然苏轼当时"邻于寒馁"，经济十分困难，可还是谢绝了。这次，朋友派人送来"金五十两，银一百五十两"，苏轼再次谢绝，理由是"今忝近臣，尚有余沥，未即枯竭。"

然而，苏轼觉得两次谢绝，未免太使朋友难堪，"非朋友之义"，所以决定以朋友的名义把这笔钱捐出去，做慈善事业。苏轼在任杭州知府时，曾建立了一所慈善性质的病坊——安乐坊，收纳贫困病人，给予治疗，三年间治好了上千病人。他自己曾捐过五十两黄金。看来，苏轼的办法是用钱买田，用租米作为病坊的运作资金。他虽然已经离开了杭州，还是希望这项事业能够坚持下去，并有所扩大。

苏轼在信中说，钱虽然捐出去了，他对朋友的"感佩之意，与收之囊中，了无异也。"说的真是恳切、得体。我想，收信人看到也会感叹不已吧。

宋代文官俸禄丰厚，日子很滋润。可是苏东坡却感叹自己当官越当越穷。被贬黄州、岭南、海南时自不必说。他在《后杞菊赋》中说：

> 余仕宦十有九年，家日益贫，衣食之奉，殆不如昔者。及移守胶西，意且一饱，而斋厨索然，不堪其忧。日与通守刘君廷式，循古城废圃，求杞菊食之，扣腹而笑。

这实在和我们想象的封建官僚的"腐朽生活"相差万里。

苏轼一生并不以清官知名，虽然他在外任的官位上都很有政绩，但他为官清廉是可以相信的。从《与某宣德书》看，性格潇洒、随意的苏东坡在官场交际中，很注意洁身自好，对于金钱往来，有着很高的警觉。这是人们并不很熟悉的另一个苏轼。

这样的人，就是今天也属难得。

2009 年 12 月 4 日

人老了，不能没钱

　　闲翻《苏轼文集》，读到一则尺牍《与蒲传正》，看到大文豪苏东坡很"世俗"的一面。简单点儿说，苏东坡认为：人老了，不能没钱。

　　千乘任屡言大舅全不作活计，多买书画奇物，常典钱使，欲老弟苦劝公。卑意亦深以为然。归老之计，不可不及今办治。退居之后，决不能食淡衣麤，杜门绝客，贫亲知相干，决不能不应副。此数事岂可无备，不可但言我有好儿子，不消与营产业也。书画奇物，老弟近年视之，不啻如粪土也。纵不以鄙言为然，且看公亡甥面，少留意也。

　　信中所涉及的人物不用细考，内容上没有什么难解之处。收信人是苏轼的一位同辈蒲姓"姻亲"。写信的原因是，有晚辈"千乘侄"给在黄州的苏轼写信，反应这位蒲姓长辈"全不作活计"（这是口语，相当于现代口语"不过日子"，不做长久打算。不是"不干活"的意思），典当、借钱买书画和"奇物"（大约是古玩之类），希望苏轼写信劝一劝。

　　看来，这位蒲先生是一位很洒脱，也很风雅的人。据我们看，应该和苏东坡是同一路人。

然而，苏东坡在信中所表明的态度，却是和"告状"的"千乘侄"相同。他甚至说："纵不以鄙言为然，且看公之亡甥面，少留意也。"话说得很重，大概意思是，你如果弄得老了无以为养，你死去的儿子在地下也会不安的。（另，《苏轼文集》"佚文汇编"中还有一封《与蒲传正》尺牍残件："闻所得甚高，固意味慰。然复有二，尚欲奉劝，一曰俭，二曰慈。"看来蒲先生的"全不作活计"很让苏轼操心。）

苏轼的意见是：人老了，不能没钱。所以未老时应该提前做好安排。理由：一是老了不能"食淡衣粗"。古人云，人过五十，非皮不暖，非肉不饱。老年人体质弱，对饥饿和寒冷的抵抗力变弱，要吃好，穿暖。二是老了要退休，收入会减少，但是你不能"杜门谢客"，各种应酬还是不能少。三是穷亲戚、穷朋友找上门来，你不能不管。这三条，都需要钱。

我注意到，苏轼没有说给子女留遗产，也没有提到住房和看病问题。他说到的三点真实意思是，老了，必须有一些积蓄以保证自己生活的温饱和尊严。

我还注意到，苏轼在信中说，"书画奇物，老弟近年视之，不啻如粪土也。"这就很让人意外。至少我一直以为，苏轼这样的大艺术家，应该视书画奇物如珍宝，视金银如粪土的。看来，苏先生在官场栽了跟头，到黄州后，拖家带口生计艰难，明白了风雅不能当饭吃，过日子才是最重要的。

苏轼为官清廉，总起来说一生还是比较清贫的。可还是很早就为自己退休后的生活做了安排，在常州置了一些产业。晚年，他一直希望辞官到常州隐居，没有得到宋哲宗的批准。哲宗死后，他获准从海南内迁，决定在常州定居，不幸很快就去世了。

和宋代相比，今天的生活当然有了很多的不同，可是人老了，希望活得舒服一些，有一些自尊，也还是一样的。前些年听有人说，人老了，应该有"四老"：老伴、老窝、老底儿、老友。所谓老底儿，就是积蓄。

我是个目光短浅的人。年轻时，"文革"期间，被赶到草原上接受再教育，眼前尚且一片黑暗，哪里顾上去想老年！后半辈子，教书为生，挣死工资，温饱是解决了，攒钱根本不可能。有时候也想退休后的晚年生活，总觉得有退休金，有医保，如无太大意外，大概还不至于被缺钱逼进死胡同。

临退休，不自量力，希望晚年住得宽敞一些，买了一套三居室的商品房，花光了有限的一点儿积蓄不说，还借了几十万贷款，成了一个"老房奴"。虽说温饱型的生活还能继续，可是一想到贷款利滚利，心里还是不自在，总想紧一紧腰带，尽量早一天还完贷款。

去年流年不利，八月，老伴儿住院做"小手术"，虽说有公费医疗，但是要等出院后才能报销，入院押金要六万，拿不出来，只好先向亲戚借。此事让我很受刺激，心中颇为羞愧，觉得自己的人生实在失败。

中国人自古的观念是"养儿防老"，其实问题很多。没有儿女的先不说，就算有儿女，一是他肯不肯养你？二是他有没有能力养你？历朝历代都大力提倡"孝"，恰恰是因为"孝"并不容易，不孝的人和事比比皆是。现在，儿女不愿赡养老人闹到法庭上的事也不稀罕，城里乡下都有。其实，城里人的"孝道"意识未必强于农村，不过城里的老人多数有退休金，生活上一般还不需要儿女负担。对于所谓"啃老族"，还说什么孝道！一千多年前的苏轼就明白，养老不能靠儿女，"不可单言我有好儿子，不消与营产业也。"

人老了，手里不能没有钱。

2010 年 2 月 27 日

董传，范爱农和杜甫

前两天，在朋友的博客上读到一篇读书笔记：《董传》。恰好家中有《苏轼文集》，取出来翻看，找到那篇《上韩魏公》。

韩魏公，应该就是韩琦，北宋历史上一个很重要也很著名的人物。此公出将入相，历官仁宗、英宗、神宗三朝，累封仪、卫、魏三公。在仁宗朝，范仲淹发起"庆历新政"，韩琦就是范仲淹主要的助手之一。到了神宗朝，韩琦对王安石变法提出反对意见，不过，此时他权位已不在最上层。韩琦史称"贤相""忠臣"，为人的口碑也很好。欧阳修写有一篇《昼锦堂记》(此文被选入《古文观止》)，所写"昼锦堂"就是韩琦任相州刺史时所建。

欧阳修与韩琦是挚友，政治上观点、立场也相近。欧阳修是苏轼的恩师。所以，于公，韩是苏的上司，于私，是长辈。读《上韩魏公》可以想见两人的关系，也可推想韩的为人。(《苏轼文集》中有一则笔记《梦韩魏公》："夜梦登合江楼，月色如水。魏公跨鹤来，曰：'被命同领剧曹，固来相报，北归中原，当不久也。'"可参看。)

读《董传》，想起文人的命运及交友之道。想来想去，不知为什么，想到两个毫不沾边的人物：范爱农和杜甫。

鲁迅一生，朋友不算多。不说学生一辈，友谊最长久的，是许寿裳；可就文字看，鲁迅最珍重的，很可能是范爱农。

每读《范爱农》，说句俗话，"心里久久不能平静"。范爱农是个耿直的人，也可以说是性情中人，也很有些脾气；能和鲁迅为友，也是同声相求。可是，范爱农太单纯，远不如鲁迅洞晓世事，再加上不善谋生，最后不但一事无成，还落个中年死于非命。

《范爱农》中最让我动心的是这样一些文字：

我想为他在北京寻一点小事做，这是他非常希望的，然而没有机会。他后来便到一个熟人家里去寄食，也时时给我信，境况愈困穷，言辞也愈凄苦。终于又非走出这熟人的家不可，便在各处漂浮。

……

"也许明天就收到一个电报，拆开来一看，是鲁迅来叫我的。"他时常这样说。

我想，鲁迅写这些文字时，内心或许会有些愧疚：如果当时把范爱农接到北京谋生，或许总不会弄到"我疑心他是自杀"的结局吧。范爱农死于 1912 年 7 月，当时鲁迅刚到北京两个月，一个人住在绍兴会馆里，在政界和学界都无太多关系和影响。"没有机会"不是托词。

还有：

他死后一无所有，遗下一个幼女和他的夫人。有几个人想集一点钱作他女孩将来的学费的基金，因为一经提议，即有族人来争这笔款的保管权——其实还没有这笔款，大家觉得无聊，便无形消散了。

这真让人心寒。不知苏轼为董传募捐结果如何，不会也碰到这种情景吧？

《范爱农》的最后两句是：

现在不知他唯一的女儿境况如何？倘在上学，中学已该毕业了罢。

范爱农死后"一无所有"，"基金"也"无形消散"，他的女儿还有可能读到中学吗？鲁迅这样写，无非是往好处想，给自己一点安慰吧。朋友的事，有时很无奈，友情也许会成为包袱。十多年后，1926年鲁迅写文章回忆范爱农，显然，这个包袱一直没有放下。写文章，也许就是"为了忘却的记念"。

文人，总的来说，宜分不宜聚。可是，人在现实生活中，朋友的帮助有时就不仅是友情，而是至关重要的。

在鲁迅一生，我以为，蔡元培对他的帮助是关键性的。是蔡元培把鲁迅引荐到南京临时政府教育部，后搬到北京。如果"五四"时期，鲁迅不是生活在北京这个中心，他后来的命运和生活很可能就完全是另一个模样。鲁迅晚年在上海，也是蔡元培安排他在南京政府中央研究院挂职，每月有三百元大洋的额外收入。这笔钱在当时可不是个小数目。蔡元培与鲁迅政见并不完全相同，互相来往也不频繁；互敬，但算不得亲近，颇有些"君子之交淡如水"的味道。

鲁迅逝世，蔡元培参与葬仪的筹备，并在葬礼上讲话，同时还在覆棺旗上题写"民族魂"三个大字。这对身为政府官员的蔡元培是有风险的。终其一生，蔡元培很对得起鲁迅这位朋友和同乡。

又想到杜甫。

整个夏天，每天闲翻仇兆鳌的《杜诗详注》，感受很多，其一就是，杜甫是个十分珍视友情的人。

杜甫一生朋友不少，成为文学史名人的就有李白和高适。不过，他们都没有或无法给杜甫关键性的帮助。

高适，长杜甫十岁。高适的性格介于杜甫和李白之间。他前半生，仕途很不顺利，与杜甫相近。安史之乱后，年过半百的高适很受肃宗李亨的器重，官职累升。在朝中，高适好像与杜甫并不是"一条线"上的。证据是，房琯失势罢相，杜甫、贾至、严武都受到牵连被贬，高适并没有受什么影响。不过，这并没有影响两人的友谊。杜甫入蜀后，高适先是任彭州（今乐山）尹，后又代蜀州刺史。两人常来往，杜甫在成都建草堂，高适是给过帮助的。日子难过时，杜甫也曾写诗向高适求助。可惜，高适很快就亡故了。

也就在任蜀州刺史时，高适曾寄杜甫一诗，《人日寄杜二拾遗》：

人日题诗寄草堂，遥怜故人思故乡。柳条弄色不忍见，梅花满枝空断肠。身在南蕃无所预，心怀百忧复千虑。今年人日空相忆，明年人日知何处？一卧东山三十春，岂知书剑老风尘。龙钟还忝二千石，愧尔东西南北人。

最后两句很值得玩味。晚年的高适显然明白，无论政治见识还是文才，杜甫都在自己之上，而自己官居刺史，杜甫却四处漂泊，心中多少有些惭愧。虽说空话无补，可毕竟真情可感。

真正给杜甫切实帮助的是严武。杜甫入蜀后，严武两度镇蜀。正是在严武的帮助和庇护下，杜甫在成都过了几年轻松日子。今天读杜甫那些写在草堂的精美诗篇，还真要感谢严武。也正是由于严武的举荐，杜甫被授予一生中最高的官职：工部员外郎。

严武死后，杜甫失去了最后的依靠，不得不由三峡出蜀，又开始了流浪。此时，所有有能力又愿意帮助他的朋友，都已故去。"亲朋无一字，老病有孤舟。"天苍苍，水茫茫，一颗巨星在船上陨落。

杜甫死后，大约由于那位送牛肉白酒的聂县令帮助，得以临时安葬。他的妻子儿女最后是怎样离开岳阳，以后是怎样生活的，文字无考。我们只知道，四十多年后，他的孙子杜嗣业才把他的灵柩运回河南偃师，总算落叶归根。

比较起来，董传有苏轼这样一个人关心其后事，要比杜甫幸运。

苏轼说，董传"其文字萧然有出尘之姿，至诗与楚辞，则求之于世可与传比者，不过数人。"不可深信。倒不是说坡翁胡吹乱捧，作家对当代人作品的评判，受情感、兴趣、时风的影响，经历史沉淀后，往往大相径庭。例如，杜甫在他的诗中，很真诚地夸赞过几位朋友的诗文。可这些人的作品要么没流传下来，存世的大都不值得一读。倒是并不为同时代人看好的杜诗，终成诗坛巨峰。

读苏轼《上韩魏公》，我很有些纳闷。苏轼凭什么断定"进士董传"无法承受当官、娶妻的福分？不当官，中什么进士？性格不适合当官有可能，当官娶妻就要丢命，实在无法理解。文中说，董传没当官时，"饥寒穷苦"，"几死者数矣"。如果天生是短命鬼，不如过把官瘾，入回洞房再死，总胜于冻死饿死。

苏轼是可爱的，可此公受和尚谈鬼，"姑妄言之，姑妄听之"的影响，脑子里会有些怪想法。例如，《后赤壁赋》颇有些聊斋气，这在宋文中实在少见；名篇《石钟山记》中的"科学考察"，细想起来不过是兴之所至，有些滑稽，可他对自己的结论坚信不疑。

我猜想，苏轼在和韩琦耍滑头。苏轼心里明白，韩琦是董传的恩人，但与董传并无深情厚谊，犯不上再为这个欠自己人情的人捐款。现在为董传募捐，总要找个理由，于是他一本正经地编了个古怪说法，还把这个说法强安在韩琦头上："轼私心以为公非有所爱也，知传所禀赋至薄，不任官尔。"这样韩琦就会觉得，自己是好心办了坏事，董传的死不管怎么说自己都是有责任的，捐点儿钱，落个心安。韩琦未必看不穿苏轼的用意，不过对晚辈的这点小把戏犯不上戳穿就是了。

我这也是胡猜，真如此，苏轼不是更可爱么？

还想多说两句。现在人知道董传这个名字，大约多数不是读了苏轼的《上韩魏公》，而是因为读了坡翁的一首《和董传留别》。这首诗里有一句"腹有诗书气自华"，非常有名。

2007 年 9 月 8 日

附：

董传（六月雪）

一直在读苏东坡的尺牍。

近日读到一篇是"上"韩魏公的。闲居江南，手边没有任何参考资料，也就不知这个"韩魏公"是谁，题中既有"上"字，想来官职是高于苏轼的，其余一概不知。

我感兴趣的是苏轼只有这一封写给韩魏公的信，信中反复说的，就是那个叫作董传的进士。

董传是个"不通晓世事""酷嗜读书"的人。苏轼说他"文字萧然有出尘之姿，至诗与楚辞，则求之于世可与传比者，不过数人。"能得到苏轼这样的评价，想来董传的文字必然是卓尔不群的。

苏轼在陕西做官时认识了董传，曾听董抱怨韩魏公不给他谋一官半职。对于这点，苏轼是清醒的，他认为，根据董传的禀赋才能，并不适合做官。但后来不知什么原因，这韩魏公居然推荐董传做了官，董又因此娶了妻。董传把这些喜事告诉苏轼时，认为自己做了官、娶了妻，也算没有白来世上一场，对韩魏公很是感激。

但苏轼听了却在心中"既为传喜，又私忧之"。忧什么呢？苏轼认为，做官娶妻，于常人来说，本是应有之事，而对董传来说，却是不一般的福，恐怕不能承受，所以替他担心。而不幸苏轼的担心不久便成事实，董传很快就去世了！

苏轼给韩魏公写信的目的，不光是告诉他董传的死讯，更是为了替董传的"孀母弱弟"向韩魏公募钱来办董的丧事。当然，苏轼自己也是凑了钱的。他希望办完丧事后，还有剩余的钱可以交给董的家人，以安排他们的生活。

这样的一封信，读后，我却想了很多。

董传这样的人，既有旷世之文才，为何却没有做官的才能？上天造人，就是要故意这样的让人遗憾吗？

有苏轼和韩魏公这样的热心且惜才的人，给了董传机会，上苍就如此铁面无私，不肯给这书呆子一些人间的福分吗？而且，是不是享用了不该享用的东西，就一定会遭受报应呢？

那么，像董传那样的生命，他的存在，又有什么意义？难道仅仅是让他来这世上走一走，告诉人们，有些人活着，叫人哭不得笑不得，也不知是幸抑或不幸，只剩下嗟叹？

还有，苏轼与这董传好像非亲非故，认识之后，仿佛就一直关心他，路过他家，还特地派人去家里探问，直到死后，还要管他的丧事，是识才惜才，还是，这世上真有人欠人的事情，莫名其妙地就想对某个人好？

说不清呢。

2007 年 9 月 5 日

也说"胡床"

　　"百家讲坛"马未都讲收藏,《家具篇》有一集是《床前明月》,很有意思。马先生认为,李白《静夜思》"床前明月光"和《长干行》"绕床弄青梅"中的"床"是胡床,就是由匈奴传入中土的马扎。此说虽不是马先生首创,至今也没有出土文物和文献图画作佐证,但我以为大体可信。这两首诗中的"床"和唐诗中经常出现的"胡床",是"坐具"而不是"卧具",应该不再有疑义。

　　马先生认为,到宋代,不能依靠的胡床参考椅子,发展为有椅背的胡床,也就是"交椅",也是可信的,只不过时间早晚,很难确定了。(四足落地、有靠背的椅子的出现,肯定远早于宋。五代的《韩熙载夜宴图》中就有靠背椅,且相当精致。)

　　最近闲翻陆游的《老学庵笔记》,发现其中有两则提到"胡床"。一则在卷三:

　　范寥言:鲁直至宜州,州无亭驿,又无民居可僦,止一僧舍可寓,而适为崇宁万寿寺,法所不许,乃居一城楼上,亦极湫隘,秋暑方炽,几不可过。一日忽小雨,鲁直饮薄醉,坐胡床,自栏楯间伸足出外以受雨,顾谓寥曰:"信中,吾平生无此快也。"未几而卒。

　　鲁直是黄庭坚。黄晚年被贬宜州(在今广西宜山)。宜州没有驿馆,黄庭坚想租民房住，可是当地官员从中作梗，没人租给他；他想住到庙里去，地方官又说，万寿寺是皇家赐封的，法律规定不能住外人。最后黄庭坚只好住在一处城门楼子上，又潮又窄，又赶上天气热，简直到了活不下去的地步。一天，忽然下起了小雨，黄庭坚喝点酒，坐在"胡床"上，把脚从栏杆间伸出去淋雨，高兴地对范寥说："信中，我一辈子也没这么痛快过。"不久，这位大艺术家就在城楼上故去。

黄庭坚的洒脱，简直不让他的好友苏东坡，真对得起"苏门四学士"的名号。

文中的"胡床"显然就是坐具，马扎或交椅，而不可能是睡觉的床。如果坐在床上就可以把脚从栏杆伸出去，那么下雨天一刮风，雨水就会淋到床上，根本无法睡。

另一则在卷五：

成都江渎庙北壁外，画美髯一丈夫，据银胡床坐，从者甚众，邦人云："蜀贼李顺也。"

李顺是北宋初年川陕一带的农民起义领袖，开始是随王小波起事，王死后，被推为领袖，后曾攻克成都，自立为大蜀王。他所坐的胡床，应该就是交椅。所谓"银胡床"，大约是壁画为了好看涂成银色，或者配有银饰件，而不可能是银子打造的，交椅本身就是为了移动便捷，用金属做，毫无必要。

这两个例子可以为马未都的观点提供一些佐证。

可是马先生以李颀《赠张旭》"露顶踞胡床，长叫三五声。"举例，解释"踞"是盘踞，则有些草率了。

上古中原人的起居习惯是席地而坐。所谓"坐",是"两膝着地,臀部压在脚后跟上",相当于后来的"跪"。但是,这并不能说明当时就没有高于地面的坐具,更不能说明古人就不会两腿向前的"坐"。现代汉语意义的"坐",在当时就是"踞"(有时也写作"据")。举两个《史记》中的例子。

《高祖本纪》写郦食其见刘邦:"沛公方踞床,使两女子洗足。"床,就是坐具,刘邦不可能在上面盘着或蹲着,只能是两腿下垂坐着,不然,两女子无法伺候他洗脚。

《刺客列传》写荆轲刺秦失败受伤:"轲自知事不就,倚柱而笑,箕踞以骂曰……"荆轲当时肯定不会受了伤还盘着腿或蹲着,而是两腿朝前坐着,"箕",是指两腿分开,像簸箕一样。在平时,这样坐是不礼貌的。正是在这个意义上,踞可通"倨",意思是倨傲。

同样,马先生所举《三国志》中的例子"帝大怒,踞胡床拔刀",以及明代文献中"太祖踞胡床坐舟端,指挥将士"中的"踞",都是两腿下垂地坐。不能想象曹丕、朱元璋会"盘踞"在马扎或交椅上指挥打猎和指挥战斗。

随着中国人起居习惯的变化,很少或不再席地而坐,"坐"的词义发生了变化,逐渐取代了"踞",例如同样是《三国志》,写曹操时则是"公犹坐胡床不起",并不是说曹操跪在马扎上。唐以后人以"踞"指坐,只不过尊"文必秦汉"的习惯而已。

2009 年 3 月 9 日

第三辑

姬别霸王
——读《史记·项羽本纪》

京剧里有一出名剧叫《霸王别姬》，写的是项羽兵败垓下的故事。素材取自《史记·项羽本纪》。原文如下：

> 项王军壁垓下，兵少食尽，汉军及诸侯兵围之数重。夜闻汉军四面皆楚歌，项王乃大惊曰："汉皆已得楚乎？是何楚人之多也！"项王则夜起，饮帐中。有美人名虞，常幸从；骏马名骓，常骑之。於是项王乃悲歌慷慨，自为诗曰："力拔山兮气盖世，时不利兮骓不逝。骓不逝兮可奈何，虞兮虞兮奈若何！"歌数阕，美人和之。项王泣数行下，左右皆泣，莫能仰视。

这是正史关于"虞姬"这一女子的全部记述。可以看出，故事的主角是项羽，所谓虞姬，是和乌骓马并列的配角。或许，这就是两千多年许多英雄与美女宝马的故事的源头。我疑心，罗贯中写吕布其人的结局，是受了《史记》影响的，美女名貂蝉，宝马名赤兔，最后的结局也不过是"奈若何"。

据说，最早的京剧《霸王别姬》是演到项羽乌江自刎为止的，是名武生杨小楼的拿手好戏。杨小楼与梅兰芳合作后，本是配角的虞姬反而更见光彩。于是，观众看到虞姬自刎后，便不再有兴趣往下看了，纷纷退场而去，这让有"国剧宗师"称号的杨小楼很是尴尬，他以颇为复杂的口吻对梅兰芳说："这哪儿像是霸王别姬，倒有点儿像姬别霸王了。"

这以后，杨、梅二人不再合作。以后的《霸王别姬》成了旦角的应功戏，全剧就只演到虞姬自刎为止。从这一刻开始，舞台上也就只有姬别霸王，不再有霸王别姬了。

虞姬最后的命运司马迁并没有交代，为什么后人一定要给她安排一个自杀身亡的结局？最近我读了张爱玲的早期历史小说《霸王别姬》，大才女在情节上同样编不出新花样，照样写成了姬别霸王。

我做两点猜想：

第一，虞姬确实死于自杀，是遵从项羽的暗示。当项羽听到四面楚歌，知道自己身陷十面埋伏时，也就明白，末日已经来临。有意思的是，死神居然激发出这位莽汉的一番诗兴。仔细品读诗中的意味，豪迈、悲凉、绝望兼而有之，背后的话语却耐人寻味。要知道，这是唱给美人的诀别之歌，是一种特殊的情歌。大英雄至死不认为自己的政治和军事战略有问题，还陶醉于往日的"力拔山兮气盖世"，把战败的原因归于运气（"时不利"）。对于美女的归宿则启发式地唱道"奈若何！"唱了一遍又一遍（"歌数阕"），虞姬完全明白了其中的话外之音（"美人和之"）。

叫我看，这是《项羽本纪》真正的高潮。一首"虞姬之歌"唱出了项羽内心最柔软的一面，也是最黑暗的一面。这种黑暗，在中国几千年的历史舞台上上演了无数次，可惜，大都被后世人忽略了。

据说，鲁迅曾准备以唐明皇与杨玉环的故事为素材写一部历史剧。按照鲁迅的构思，在马嵬驿，发生"六军不发无奈何，宛转蛾眉马前死"的幕后操手就是李隆基。李对杨已经失去了兴趣，看到自己的皇权威信受到威胁，主动把杨玉环抛出去，以求收揽人心。在鲁迅看来，李隆基在当时完全有能力保护杨玉环，也没有人敢向皇权挑战。从闹事者后来并没有被清算可见其中的端倪。这样的情节当然也属于虚构，但是，鲁迅显然对大人物内心的黑暗是看得很清楚的。在《两地书》中鲁迅就曾说到过"凡做领导的人，一须勇猛……二须不惜用牺牲……"所谓"用牺牲"，包括"一将功成万骨枯"的军人，包括百姓，也包括身边的女人。当年刘邦兵败被追，毫不犹豫地一脚把老婆孩子（后来的吕后和汉惠帝）踹下了车，比较起来，项羽的"启发式"实在是很温柔了。

第二，虞姬的结局是"不知所终"，但是后世的读者和观众认为：她必须死，最好是自杀，而且应该死在项羽之前。

这种心理，鲁迅在《我之节烈观》一文中有很精辟的分析。翻翻历史书，特别是宋以后的史料，很容易读到这样的情节：兵荒马乱、改朝换代的年月，那些决心"殉节"的男人，临死前几乎无一例外地要办一件事：逼着自己的大小老婆甚至女儿自杀，之后，自己才放心去死。对于这样的事情，后世读者视为当然。对于项羽这样的大英雄，人们从内心就不愿意接受他心爱的女人当了刘邦或韩信的俘虏；活着，就是对英雄的亵渎。于是，当梅兰芳扮演的虞姬载歌载舞之后抹了脖子，观众得到了审美和道德的双重满足，杨小楼再演下去，也就实在多余了。

2011 年 6 月 23 日

最后的贵族和极品流氓
——读《史记·高祖本纪》

把《项羽本纪》和《高祖本纪》对照着看，很有意思。

对楚汉相争这段历史，我还是比较熟悉的。上高中时，因老师的推荐，读了全文《项羽本纪》。在草原上插队，用一整年的时间通读了《史记》，确实被那场英雄逐鹿波澜壮阔的历史活剧所震撼。其实，相似的历史场面在中国历史改朝换代的年月都出现过，只不过这段历史由于司马迁生花妙笔的描述，变得格外精彩和耐人寻味。就如罗贯中让汉魏交接的几十年格外精彩一样。

楚汉相争的精彩在人物，特别是两个主要人物：项羽和刘邦。

项羽和刘邦都是楚人，也都是英雄，不过据我看，他们的差别不仅在于性格，更在他们都是所在阶层的佼佼者。楚汉相争，是一场由最后的贵族和极品流氓各自领军的生死大决战。

项羽出身楚国贵族世家，是被秦军杀害的项燕将军侄辈。对于秦，他有亡国之恨和杀父（伯父）之仇。故而，推翻秦王朝，恢复大楚政权是他的最高理想。为这样一个政治目标，他可以说是不遗余力而且不择手段。

作为贵族，项羽心中充满着对秦王朝的仇恨，并不具有多少反抗阶级压迫的意义，故而在战争中动辄"屠城"和大规模坑杀降卒。其中有从战略上考虑的不得已，更多的是对秦的泄愤，也表现了他作为奴隶主贵族后裔对平民生命的漠视。

在政治上，项羽表现出十足的狭隘、幼稚和盲目。重温楚国大贵族的仲夏夜之梦，是他的全部政治目标，这个目标一旦完成，就只剩下"衣锦还乡"了。他对秦的憎恶，甚至延续到排斥秦嬴政建立的天下一统的王朝制度，梦想天下会出现各路诸侯既分封裂土、拥兵自重，又臣服在他西楚霸王麾下的古怪政局。他最后的失败实在是自找的，无法逃脱的。

项羽作为贵族，自有其高贵之处：重视身份和名誉。当利益和名誉发生冲突时，他本能地会选择名誉。在鸿门宴不杀刘邦，当然因其缺少战略眼光，更主要的是，项伯的一句"沛公不先破关中，公岂敢入乎？今人有大功而击之，不义也"打动了他，他不愿意背负"不义"的骂名。"衣锦还乡"也是贵族的荣誉感在起作用。兵败垓下，本可渡江逃避以图东山再起，可他却认为："籍与江东子弟八千人渡江而西，今无一人还，纵江东父兄怜而王我，我何面目见之？纵彼不言，籍独不愧于心乎？"在死亡和羞辱之间，项羽选择了死亡，以惊天地泣鬼神的英雄气概捍卫了自己的贵族名誉。

对于项羽最后的抉择，后世文人有不同的看法。李清照赋诗："生当作人杰，死亦为鬼雄。至今思项羽，不肯过江东。"称赞与歌颂。杜牧则是另一种态度："胜败兵家事不期，包羞忍耻是男儿。

江东子弟多才俊，卷土重来未可知。"

李零说："春秋战国，礼坏乐崩，贵族传统大崩溃，本来意义上的贵族，秦始皇是最后一人。陈胜喊出'王侯将相，宁有种乎'，是中国历史新纪元。但项羽是贵族，刘邦是流氓，刘邦在垓下打败项羽，才是贵族传统的句号。"此说深得我心。我以为，从精神层面上看，项羽是最后的贵族。汉以后，所谓的贵族，都是赝品。

刘邦是流氓。我说他是流氓，并不带有太多的贬义。"流氓"一词《现代汉语词典》解释："原指无业游民，后来指不务正业、为非作歹的人。"我用"原指"意义，虽然一般来说，"无业游民"往往也就具有"后来"意义的"流氓"品质。王学泰著有七十万字的大作《游民文化与中国社会》，他所说的"游民"就是"原指"意义的"流氓"。王学泰著列专章分析游民皇帝朱元璋，其实，刘邦当代表资格更老。

作为极品流氓，刘邦具有流氓的许多典型性格特征：对所有世俗礼法的轻蔑；在权利与道义面前，永远选择权利；在利益与荣誉面前永远选择利益。"只有永远的利益，没有永远的朋友"，"包羞忍耻"，"翻手为云覆手为雨"。总之，为达到自己的政治目的，什么都可以忍，什么手段都可以使用。

我读楚汉故事，"不选边"。从感情上，我自有尊重项羽的理由，但是对于他的滥杀，深恶痛绝。我是俗人，自幼没有英雄气概，甚至连当英雄的愿望都不曾有过。我厌恶刘邦的为人，可是，一定要选，我还是要选刘邦。毕竟他还有个"约法三章"。

　　我憎恶所有的战乱年代。今天读刘再复的一篇博文，他写道："去年我回国时见到一个穿越战争风云而幸存下来的九十岁老乡亲，他告诉我：现在这种和平年月，捡最坏的一天去和战争年月里最好的一天比一比，还是我们现在最坏的一天比较好。"我年过九十的老母亲也说过类似的话。我庆幸自己活在和平年月。

2013 年 3 月 5 日

刘邦阵营里的"保密局长"
——读《史记·陈丞相世家》

纵观"二十四史"，实际只讲了两件事：一件是打江山，逐鹿中原，改朝换代；另一件是坐江山，天下一统，唯我独尊。

坐江山，只能是一家一户的事。"天无二日"，就算龙椅上坐的是个白痴，跪在下面的人也要向他高呼"吾皇圣明"。一般来说，他不死，就轮不上别人。北宋末年，徽宗和钦宗两个皇帝同时上朝，那是历史的特例。历史除了上演悲剧和喜剧，有时候也会插进一两出滑稽戏。

打江山则是一个政治集团才能完成的事。成功与否，固然要看有没有一个杰出的领导人，也就是"真命天子"，更要看由他组成的政治集团人才的配置是不是得当。就好像足球比赛，除了要有一流的教练，有马拉多纳、罗纳尔多这样的前锋，其他每一个位置也都必须要有恰当的人选。

从这样一个角度看，就会明白为什么楚汉相争，项羽会出局。霸王是以拳王泰森的架势，走进足球场想和刘邦单打独斗。看着所向无敌，结果注定是要输。

取得江山之后，刘邦总结自己的胜利原因说："夫运筹帷幄之中，决胜千里之外，吾不如子房。镇国家，抚百姓，给馈饷，不绝粮道，吾不如萧何。连百万之军，战必胜，攻必取，吾不如韩信。三者皆人杰，吾能用之，此吾所以取天下者也。项羽有一范增而不能用，此所以为我擒也。"

不过，就司马迁看来，组成刘邦"领导核心"的成员除萧何、张良、韩信外，还有曹参、陈平和周勃，所以萧、张、曹、陈、周都入"世家"。（韩信因谋反被杀，故而入"列传"。）

我读《陈丞相世家》，感到在楚汉相争的政治格局中，陈平是一个很神秘的人物，也是一个对刘邦夺取天下，以及后来灭诸吕、立文帝起过重大作用的人物。

《陈丞相世家》叙陈平行状甚详，重大事件有这样几件：

刘邦被项羽围困荥阳，接受陈平建议，交给陈平黄金四万斤，实施反间计。结果项羽集团互相猜疑，范曾告退，"归未至彭城，疽发背而死。""陈平乃夜出女子二千人荥阳城东门，楚因击之，陈平乃与汉王从城西门夜出去。遂入关，收散兵复东。"

韩信要求封"假齐王"，刘邦大怒，陈平劝阻刘邦，避免了刘邦集团的一次大分裂。

汉高祖六年，"有人上书告楚王韩信谋反"，刘邦听从陈平建议，"伪游云梦"，轻而易举擒获韩信。

汉高祖七年，刘邦北伐匈奴，被围平城，"七日不得食。高帝用陈平奇计，使单于阏氏，围以得开。高帝既出，其计秘，世莫得闻。"

平城解围最为诡异。公元前 200 年，为抵抗已经打到太原的匈奴，刘邦亲率三十万大军北伐，匈奴单于冒顿为诱敌深入，诈败北撤。刘邦不听刘敬的劝阻，自己率少量部队北进，在平城高登被冒顿三十万精兵包围。在被围七天，消息断绝，粮草将尽的情况下，靠陈平的计谋得以逃脱。陈平拿出怎样的一个奇计？司马迁很老实地承认"其计秘，世莫得闻。"颜师古认为"'莫得'而言，谓自免之计，其事丑恶，故不传。"现代史学家也认为，这无疑是一件不可告人的事。假使冒顿把刘邦杀死，然后挥师南下，则汉王朝就有可能灭亡，历史的发展将出现另一面貌。

刘邦一生打过无数次败仗，平城突围后却表现得格外慌乱和恼怒。他释放了被他臭骂为"齐虏"并关起来的刘敬，并且封侯，杀掉了劝他北进的十多个人。

平城突围之后，陈平被封为曲逆侯。"其后常以护军中尉从攻陈豨及黥布。凡六出奇计，辄益邑，凡六益封。奇计或颇秘，世莫能闻也。"

到现在我总算明白了，陈平对于汉高祖的意义，很像捷尔任斯基对于列宁，贝利亚对于斯大林，戴笠对于蒋介石。说白了，陈平就是汉朝初年一位杰出的保密局局长。

对这样的身份，陈平并不讳言，他自己说："我多阴谋，是道家之所禁。吾世即废，亦已矣，终不能复起，以吾多阴祸也。"

读《陈丞相世家》我知道了，所谓历史永远是雾里看花，无数的阴谋诡计，随着当事人的逝去永远地沉在了黑暗之中，永远都不会"解密"。

2011 年 7 月 10 日

关于汉朝高官与皇族的自杀风
——读《史记·绛侯周勃世家》

翻检汉朝史书，有一个印象：汉朝的高级官员或者王公贵族好像都不怕死，一旦出事，自杀的比例非常之高。这种现象不但与南北宋很不一样，就是任用酷吏滥杀官员的武则天时代和杀起人来毫无心理障碍的朱元璋时代也难于相比。例如《汉书·武帝纪》所载：

二年冬十月，御史大夫坐请毋奏事太皇太后，及郎中令王臧皆下狱，自杀。

秋，燕王定国有罪，自杀。

江都王建有罪，自杀。

前将军（李）广、后将军（赵）食其皆后期。广自杀，食其赎死。

五年春三月甲午，丞相李蔡有罪，自杀。

二年冬十一月，御史大夫张汤有罪，自杀。

三年春二月，御史大夫王卿有罪，自杀。

庚寅，太子亡，皇后自杀……胜之自杀……太子自杀于湖。

夏六月，御史大夫商丘成有罪，自杀。

上述所列九条多数未说明犯了什么罪，未必都是死罪。就算是死罪，按常理也会经逮捕、审判等手续，然后绑缚刑场或砍头，或绞杀。这些当事人似乎都不愿意等候这些程序，毫不犹豫就抹了脖子。

为什么？我读完《史记·绛侯周勃世家》似乎多少明白了一些。

周勃曾为汉王朝的建立立下过赫赫战功，不过，在汉王朝的第一代领导集团中，他的功绩和影响都还逊于萧何、韩信、张良和陈平。

周勃真正成为政治明星，是在刘邦死后。刘邦晚年病重：

吕后问曰："陛下百岁后，萧相国既死，谁令代之？"上曰："曹参可。"问其次，曰："王陵可，然少戆，陈平可以助之。陈平智有余，然难独任。周勃重厚少文，然安刘氏者必勃也，可令为太尉。"

刘邦确实不愧为大政治家，知人善任。可惜吕后没有听懂"安刘氏者必勃也"的真正含义。

吕后晚年，特别是在惠帝驾崩之后，基本上顺利地完成了汉朝江山由刘氏向吕氏的过渡。可是吕后刚死，周勃、陈平等立刻发动政变诛灭诸吕，迎代王（汉文帝）入朝。刘氏王朝顺利渡过这一次政治风浪，关键人物就是周勃。

然而，周勃毕竟是从无数次血腥的战场和政坛搏杀中冲出来的人，对于朝廷政治斗争的险恶深有体会。所以当有人对他说："君既诛诸吕，立代王，威震天下，而君受厚赏，处尊位，以宠，久之即祸及身矣。"他立刻辞去了丞相的职务。一年以后，陈平去世，周勃再次入相，可是不到一年，汉文帝就对周勃说：前些天，我让各诸侯王回自己的封地，可是还有人没动身，丞相您是不是带个头儿？周勃立刻再次辞相，回到自己的封地。

就这样，还是有人上书告周勃"欲反"，被抓进监狱。在监狱里，"重厚少文"的周勃吓得不知道该怎样对答。

勃以千金与狱吏，狱吏乃书牍背示之，曰"以公主为证"。公主者，孝文帝女也，勃太子胜之尚之，故狱吏教引为证。勃之益封受赐，尽以予薄昭。及系急，薄昭为言薄太后，太后亦以为无反事。

大意是：周勃向狱吏行贿"千金"，狱吏暗示他"让公主帮你作证"。公主是孝文帝的女儿，嫁给了周勃的儿子胜之。过去，周勃把自己得到的封地和赏赐都给了薄昭。在这紧要关头，薄昭出面找薄太后替周勃说情。（薄昭是汉文帝母亲薄太后的弟弟，也就是汉文帝的舅舅。）

太后训斥文帝：当年诛灭诸吕的时候，周勃脖子上挂着皇帝的玉玺，掌握着北军的兵权，那时候不反，现在窝在一个小县城里反而会反吗？文帝连忙说，我刚看了周勃在狱中的答词，正准备放人。

出了监狱，周勃惊魂未定地说："吾尝将百万军，然安知狱吏之贵乎！"

儿子周亚夫继承周勃的爵位完全是意外。正因为意外，这位将门虎子继承了他父亲的军事才干，却没有继承周勃政治嗅觉的敏锐和小心谨慎。

周亚夫军细柳，给汉文帝留下了极深的印象，所以临终时告诉自己的儿子景帝："即有缓急，周亚夫真可任将兵。"

景帝三年，吴楚反。周亚夫领兵平叛。临出征，周亚夫向皇帝提出请求："楚兵剽轻，难与争锋。愿以梁委之，绝其粮道，乃可制。"也就是说，让梁孝王正面阻击叛军。这个主意几乎就是致梁孝王（景帝的亲弟弟）的死活于不顾。景帝咬牙答应了。因为他知道，就是这样，政府军也没有必胜的把握。

周亚夫按照既定方针成功平叛。为了这个成功，当梁王求救，甚至圣旨要求他出兵都被他拒绝。他胜利了，和他的父亲一样，又一次帮助刘姓王朝度过了一次劫难。然而，他不知道，也为自己挖好了坟墓。

凯旋回朝，周亚夫升任"国防部部长"（太尉），五年后升任丞相。但是，梁孝王对他的诋毁从来没有停止，他却毫无知觉地一次又一次坚持自己的政见不惜顶撞皇帝。终于，景帝失去了耐心，下决心除掉他。

机会终于来了。周亚夫的儿子为他买了准备陪葬用的"甲楯五百"，因价钱和人发生争执，连累周亚夫入狱。周亚夫拒绝回答狱吏的审讯。景帝知道后破口大骂："我用不着你的口供！"

召诣廷尉。廷尉责曰："君侯欲反邪？"亚夫曰："臣所买器，乃葬器也，何谓反邪？"吏曰："君侯纵不反地上，即欲反地下耳。"

周亚夫绝食而死。

大体可以明白了，汉代高官和皇族一旦犯罪，大都立刻选择自杀，是来自对狱吏的恐惧。他们不愿意忍受狱吏的人格羞辱，他们以死来抗拒，保全最后的自尊。

那个时代的人，还是有一些"可杀不可辱"的贵族气的。

2011 年 7 月 19 日

冒险家和亡命徒
——读《史记·刺客列传》

最早读《史记》，是在草原上，1972年底。当时，我也惊讶于司马迁居然单独为刺客立传。今天看来，除了太史公的个人气质和爱好，我们还需要承认这样一个事实：中国的春秋战国时代，不仅是一个思想学术百花齐放的文化时代，也是一个战乱纷繁的"武化"时代。所谓"武化"，不但成就了一个个军事家和兵法家，也成就了许多剑走偏锋的冒险家和亡命徒。

从某种角度看，那也是一个恐怖主义风行的时代。

曹沫，可算得上是恐怖主义的祖师爷。

此人在《左传》中有事迹，不过名曹刿，由于他参与指挥的齐鲁长勺之战以弱胜强，更由于他公开宣称"肉食者鄙"被看作是"卑贱者最聪明"的发明人，所以《曹刿论战》在新中国成立后一直是初中语文传统教材。中国人不知道曹刿其人的恐怕不多。

有意思的是，今天家喻户晓的"曹刿论战"，当年并没有引起司马迁的特别关注，相关情节《史记》未取，太史公记述的却是《左传》只字未提的一次劫持事件。

在司马迁笔下，曹沫（曹刿）不是一个草根军事家，而是"以勇力事鲁庄公"的一介武夫。"为鲁将，与齐战，三败北。鲁庄公惧，乃献遂邑之地以和。"

齐桓公许与鲁会于柯而盟。桓公与庄公既盟於坛上，曹沫执匕首劫齐桓公，桓公左右莫敢动，而问曰："子将何欲？"曹沫曰："齐强鲁弱，而大国侵鲁亦甚矣。今鲁城坏即压齐境，君其图之。"桓公乃许尽归鲁之侵地。既已言，曹沫投其匕首，下坛，北面就群臣之位，颜色不变，辞令如故。桓公怒，欲倍其约。管仲曰："不可。夫贪小利以自快，弃信於诸侯，失天下之援，不如与之。"於是桓公乃遂割鲁侵地，曹沫三战所亡地尽复予鲁。

从文学上看，这段文字实在是精彩。曹沫选择的时机是"既盟於坛上"，这是这次外交活动的高潮，所有人的注意力——包括齐桓公的警卫们——都集中在"坛上"，没有人会关注三次打了败仗，并非外交主角的曹沫。武器选择的是"匕首"，便于隐蔽携带，一旦近身刺中，足可致命，所以齐桓公的左右"莫敢动"，明白唯一的办法是谈判，而谈判的第一步是请绑架者开出条件。曹沫回答：我们虽然是小国，你们是大国，但是你们也太欺负人了。现在齐国的边境已经延伸到了鲁国都城的城墙下面。你说这种局面该怎么办？曹沫的回答很高明。他强调，现在的局面是由你们逼出来的，解决的主动权在你们手里。价钱你们看着办，反正人质在自己手里，不合适我就撕票。此时的齐桓公只想保全性命，不敢讨价还价，立刻答应"尽归鲁之侵地"，这样的条件恐怕连曹沫都没想到，所以齐桓公话刚出口，他立刻丢掉匕首，下坛。齐桓公惊魂初定，当时的感觉是既羞愧又恼怒，最让他无法忍受的是绑架者的态度："北面就群臣之位，颜色不变，辞令如故"，既不怕死又不要脸，典型的亡命徒加无赖。

曹沫的劫持能够成功，原因有三：其一，自己不怕死，作为领军的将领，打了三次败仗，丢了大片国土，已经生不如死，真要死了，算是为国捐躯。齐桓公怕死。此所谓光脚的不怕穿鞋的。其二，国君几乎就等于国家，劫持国君，没有人敢拒绝谈判。其三，关键是当时虽已礼崩乐坏，还没彻底崩坏。贵族集团要脸，尚讲"信"，一旦失信，如管仲所说，损失会很大。

曹沫如果活在今天，命运会很不一样。当今世界，在外交场合绑架一国领导人，太难，本·拉登也没这个本事。就算劫持成功，相关国家很可能坚持"不向恐怖主义妥协"的原则，拒绝谈判，或借谈判拖延时间，采取武力解救。解救失败，就让人质当烈士，副总统等着接班早就不耐烦了。另外，就算当时答应了你的要求，过后绝不会放过你，还想"颜色不变，辞令如故"，做梦去吧。

所以，当今的恐怖主义者们，很少对政府采取劫持人质的恐怖手段，一旦劫持，往往就不打算和平解决。真正的劫持者往往是图财，如索马里海盗，你给钱，我放人。

曹沫的劫持在历史上是否曾发生过？很值得怀疑。这样的大事件，特别是与鲁国有关的大事件，《春秋》和《左传》一字未提。后代学者，包括杨伯峻都认为，这个故事是"战国之人所撰造"，属于当时的民间故事。司马迁取之入书，不但收入刺客列传，在年表、齐世家和鲁世家都作了记载，对"曹刿论战"反而舍去，属于"好奇之过"。这当然是有道理的，我想还有一个原因，时过境迁，司马迁生活的时代，劫持故事远比"论战"要流传得广，例如《战国策》里就多次提到这次或许并不存在的劫持。

说到《战国策》，于是就又想到另一篇被选入语文教材的"劫持事件"，《唐雎不辱使命》。这次的情节几乎和曹沫劫持齐桓公完全一样，劫持的对象是秦始皇，也更有戏剧性。不过，由于实在经不住推敲，"好奇"的司马迁也觉得太没有把握，没有选入《秦始皇本纪》。

另外，《史记》中那位令后世许多人景仰的蔺相如，也是一位"劫持者"。"完璧归赵"，劫持的是"和氏璧"，虽然璧本身就是赵国的；"渑池会"，劫持的是"秦王"，要求是"击缶"。我疑心，这两个故事也都是"战国之人所撰造"，属于古代的"武侠小说"。

《刺客列传》中的后四位，是真正的刺客。不是劫持，不是绑架，一开始就没打算谈判，什么都不要，只要命。

专制主义政治的命门是专制者。刺杀专制者，虽然改变不了专制政治，但是可以改换专制者，由此可以引发政局和政策的改变。

专诸刺王僚。

这是精彩绝伦的长篇历史故事中的一折。在这个故事里，有我们熟悉的许多历史人物：伍子胥、楚平王、申包胥、阖闾、夫差、勾践、西施、范蠡、文仲……专诸和吴王僚恰恰算不上是大角色。

这次谋刺杀，说不上有什么正义性，是一次典型的改换专制者，从而改变政治决策的恐怖行动，里面充满着利益的"交换"。

伍子胥逃到吴国，希望吴国出兵伐楚，是因为吴楚两国是世仇，公子光（即后来的阖闾）甚至和楚国有杀父之仇。而恰恰出面阻拦楚国发兵的就是公子光，因为他的第一目标是夺权，而不是复仇。伍子胥想复仇，只能帮助公子光除掉吴王僚，作为吴国发兵的交换。专诸和公子光同样是交换，条件是奉养老母，给儿子以富贵。公子光倒是说话算话。

伍子胥是一个很受尊重的历史人物，在古典诗文中，似乎是一个复仇之神的形象。按说叛逃后引敌国之兵灭掉自己的祖国，以后世的道德观念看，类似于吴三桂。这只能说，春秋时，民族国家的观念还没有形成；另外，老百姓对以家族血仇向暴君复仇，情感上还是接受的。孟子云："君之视臣如手足，则臣视君如腹心；君之视臣如犬马，则臣视君如国人；君之视臣如土芥，则臣视君如寇雠。"楚平王是视伍子胥一家"土芥"，最后被鞭尸是活该。

专诸刺王僚的故事显然出于《左传》，其中许多文字都相同，但也有取舍。刺杀过程，《刺客列传》的描述（《吴世家》相关内容基本一样）是：

四月丙子，光伏甲士於窟室中，而具酒请王僚。王僚使兵陈自宫至光之家，门户阶陛左右，皆王僚之亲戚也。夹立侍，皆持长铍。酒既酣，公子光详为足疾，入窟室中，使专诸置匕首鱼炙之腹中而进之。既至王前，专诸擘鱼，因以匕首刺王僚，王僚立死。左右亦杀专诸，王人扰乱。公子光出其伏甲以攻王僚之徒，尽灭之，遂自立为王，是为阖闾。

《左传》的记述是：

夏四月，光伏甲于堀室而享王。王使甲坐于道，及其门。门、阶、户、席，皆王亲也，夹之以铍。羞者献体改服于门外。执羞者坐行而入，执铍者夹承之，及体以相授也。光伪足疾，入于堀室。鱄设诸置剑于鱼中以进，抽剑刺王，铍交于胸，遂弑王。

《刺客列传》的记述显然更详细，也更生动。可是，司马迁删掉了"羞者献体改服于门外，执羞者坐行而入，执铍者夹承之，及体以相授也"一句，让我有些不解。

专诸以厨师的身份把鱼亲自端到客人面前，这大概是当时的规矩，属于"礼"，但王僚的防备是相当严密的。专诸在门外就被命令更换衣服，贴身私藏兵器的可能性为零。就这样，进门后还必须跪着前行，还有两个手执兵器的卫士左右"夹承"。专诸刺杀成功实在是奇迹。当然，兵器藏在鱼腹内，出人意料是计谋中的关键，更重要的是，专诸显然是一个冷静、凶狠、身手敏捷的人。

专诸具有职业杀手的素质，但他也还只是一个亡命徒。真正的职业杀手虽然冷血，敢于冒险，但是下手之前一定要选好退路，必死无疑的买卖，无论给多少钱也不会接。

豫让行刺赵襄子。

第一次读这个故事是上小学的时候，读的是连环画。当时对赵襄子很有好感，可是又对豫让暗杀失败感到惋惜。半个世纪后再读《史记》原文，感受依旧。这有些奇怪。

豫让不是职业杀手，甚至也算不上是亡命徒。他搞暗杀，没人指使，没人收买，与专诸，以及后来的聂政、荆轲都不同。

赵襄子指责豫让：你曾经是范氏和中行氏的门客，智伯灭了这两家，你为什么不替他们报仇，反而投靠智伯？现在智伯已死，你为什么一定要找我替他复仇？豫让回答："臣事范、中行氏，范、中行氏皆众人遇我，我故众人报之。至於智伯，国士遇我，我故国士报之。"背后的逻辑就是他曾说过的："士为知己者死，女为悦己者容。"

豫让奉行的是一种"江湖信义"，这种道德理念虽然不是建立在社会正义的基础上，也还是个人利益的"交换"，但是交换者遵守"市场法则"，遵守"市场信誉"。尊重"信"，使这种江湖道德与当时的贵族道德相同，所以赵襄子称豫让为"义人""贤人"，并最后满足了他"请君之衣而击之"的要求。所以豫让"死之日，赵国志士闻之，皆为涕泣"。

有意思的是，这个故事完全取自《战国策》，甚至文字表述都没有太大区别。大体上可以肯定，这也是一个"传说"，一个战国时的"武侠小说"，司马迁取其入史，恐怕是被自己的情绪绑架了。

写这个故事的时候，司马迁的内心激荡着怎样的情绪？读《报任安书》大体可以揣测。

司马迁是一个有大抱负的人，也是一个有侠义情怀的人。他与李陵"趣舍异路，未尝衔杯酒接殷勤之欢。然仆观其为人自奇士，事亲孝，与士信，临财廉，取予义，分别有让，恭俭下人。常思奋不顾身，以殉国家之急。其素所畜积也，仆以为有国士之风。"当李陵兵败投降时，不顾自己官卑职小，公然站出来替李陵辩解，误触逆鳞。

让司马迁倍感痛心的是，自己面临腐刑，然而"交游莫救，左右亲近不为一言"。他终于明白，所谓"侠义"，早已隐没在历史的烟尘里。

任安作为司马迁的好友，写信劝司马迁"慎于接物，推贤进士为务"，恰恰是"推贤进士"大大刺痛了司马迁。表面上司马迁说："如今朝廷虽乏人，奈何令刀锯之余荐天下豪俊哉！"内心的话语却是：我看不见这个世界还有值得自己推荐的所谓"豪俊"，我对这个世界的所谓"贤"，所谓"士"，已经彻底绝望了。

在《报任安书》里，令人惊异地出现了"士为知己者用，女为悦己者容"这样的话语，与豫让的道白仅有一字之差。是豫让的"信义"在司马迁心中引起了强烈的共鸣？还是司马迁把自己的情怀灌注进豫让的心灵？

豫让的复仇，"纠缠如毒蛇，执着如怨鬼"（鲁迅语），并具有与仇敌一起毁灭的决绝。司马迁似乎从豫让身上获得了勇气，不过他纠缠与执着的，是要完成寄托着两代人心血"欲以究天人之际，通古今之变，成一家之言"的《太史公书》。写书的过程，比豫让复仇更艰难，更悲壮。

前人多说，《史记》是忧愤之书，鲁迅更誉之为"无韵之离骚"。所谓"忧愤，"所谓"离骚"，都是说个人际遇对这部史书写作的深刻影响。张中行认为，《货殖列传》是司马迁最好的文字之一，不仅语言技巧好，而且有诗意，全篇激荡着"伤哉贫也"的感叹，与得罪汉武帝后没钱赎罪有关。我以为，《李将军列传》《刺客列传》《游侠列传》也都是司马迁寄寓着身世之感的好例证。

司马迁晚年的结局不得而知。我相信，在写完《史记》之后，他一定是自杀了。

司马迁的《史记》为后世纪传体确立了样式，其后二十三史基本是萧规曹随，变化不大。可是《刺客列传》却是绝唱。

2011 年 8 月 4 日

大道理和小算盘
——读《汉书·匡衡传》

匡衡出身农家，是经学大师，入仕后最后做到宰相一级的高官。不过，匡衡成为历史名人，不是因为有什么政绩，而是因为他是成语"凿壁偷光"的主人公：

> 匡衡勤学而无烛，邻居有烛而不逮，衡乃穿壁引其光，以书映光而读之。邑人大姓文不识，家富多书，衡乃与其佣作而不求直。主人怪，问衡，衡曰："愿得主人书遍读之。"主人感叹，资给以书，遂成大学。

不过这段记述来自笔记杂书《西京杂记》，其真实性值得怀疑。哪朝哪代，把人家的墙凿个洞都是犯法的事，就算是你辩解称是为了读书，也和孔乙己辩解"窃书，不是偷"一样，至少要挨打。

《汉书》的相关记述是：

> 匡衡字稚圭，东海承人也。父世农夫，至衡好学，家贫，庸作以供资用，尤精力过绝人。诸儒为之语曰："无说《诗》，匡鼎来；匡语《诗》，解人颐。"

看来匡衡不但自学成才，是《诗经》研究的专家，而且口才极好。如果活在今天，可以上百家讲坛，估计和于丹有一拼。

班固对匡衡的政绩几乎没有任何介绍。《匡衡传》的主要内容就是，朝廷遇到什么事情，匡衡会发表一番长篇大论，引经据典滔滔不绝。例如有一年发生了日食和地震，皇帝问政于匡衡，匡上疏大发议论，从古说到今，从天说到地，从皇帝说到草民，彻底把皇帝说晕了，给他升了官。

上疏全文太长，转引开头的一小段：

臣闻五帝不同礼，三王各异教，民俗殊务，所遇之时异也。陛下躬圣德，开太平之路，闵愚吏民触法抵禁，比年大赦，使百姓得改行自新，天下幸甚。臣窃见大赦之后，奸邪不为衰止，今日大赦，明日犯法，相随入狱，此殆导之未得其务也。盖保民者，"陈之以德义"，"示之以好恶"，观其失而制其宜，故动之而和，绥之而安。今天下俗贪财贱义，好声色，上侈靡，廉耻之节薄，淫辟之意纵，纲纪失序，疏者逾内，亲戚之恩薄，婚姻之党隆，苟合偷幸，以身设利。不改其原，虽岁赦之，刑犹难使错而不用也。

这一段议论的主要意思就是：皇上仁慈，每年都大赦，是想让犯罪的人改过自新，但是效果并不明显。现在社会风气不好，老百姓贪财好色，生活奢靡，没有廉耻之心。单靠大赦是不行的。后面他给皇帝开出的药方就是，通过儒家经典，对老百姓进行道德教育，最后"大化可成，礼让可兴也"。

在官场上很会讲大道理的匡衡，在官场之外却很会打小算盘，关乎个人利益，毫不含糊。晚年，在封地转换时，他利用官方地图的失误，钻空子，从已经划归别人的四百多顷土地上，"遣从史之僮，收取所还田租谷千余石入衡家"。结果被人告发。皇帝从宽处理，由丞相贬为庶人。

由匡衡我想到当今许多被揪出的贪官。当官时，每天讲大道理，背后贪污受贿毫不手软，小算盘打得"大珠小珠落玉盘"。一旦被抓，鼻涕眼泪地忏悔，说自己当初也是"苦孩子"，和匡衡一样。实在叫人恶心。

班固在《匡张孔马传》结尾对儒生从政表示了怀疑，发议论说了一段话，翻译成白话是：

从孝武帝重视儒学，以公孙弘为儒相之后，蔡义、韦贤、玄成、匡衡、张禹、翟方进、孔光、平当、马宫以及平当的儿子平晏，都是以大儒的身份担任宰相职务。穿戴着儒者服装，宣讲先王的言论，博学宽容，品行厚重，值得称赏，但是都为保全俸禄官位，而蒙受了阿谀奉承的讥讽。

传统文化核心的儒家文化，自有其历史存在的理由和应当继承的价值，可是我觉得其中的某些糟粕也值得注意：一是"伪"，说大话，说空话，甚至说假话；二是强烈的等级意识和官本位意识。从政治立场看，班固绝对属于儒家，可他也从现实中看到，身居高官的"大儒"，也并不都值得尊敬。匡衡就是个好例子。

2014 年 6 月 3 日

读司马迁《报任安书》

王国维在《宋元戏曲史序》中说:"凡一代有一代之文学:楚之骚,汉之赋,六代之骈语,唐之诗,宋之词,元之曲,皆所谓一代之文学,而后世莫能继焉者也。"此言一出,几成定论。但就某一时代的文学成就看,至少"汉之赋"就值得讨论。赋这一文体,两汉时很风行,辞赋作家的社会影响大,地位也比较高,如枚乘、司马相如、杨雄、张衡、贾谊等。可是到今天,那些当时名满天下的《七发》《子虚赋》《上林赋》《二京赋》等"大赋"基本只剩下了文学史研究的价值,还有谁会读?

据我看,两汉文学成就的排序应该是:散文、诗歌(《古诗十九首》和《乐府诗》)、赋。

散文代表作品是,一是史传文学:《史记》和《汉书》。司马迁一个人就足以支撑起一个文学时代,如屈原于楚;二是抒情散文,主要是书信。佳作虽不止三篇,但可以断言,最好的恰恰是与司马迁有关的三篇:《报任安书》(司马迁)、《答苏武书》(李陵)和《报孙会宗书》(杨恽)。最近,读完《汉书》和《后汉书》后,重读这三封书信,很是感慨。

司马迁的《报任安书》实在太有名了。"书"当"书法"讲，王羲之的《兰亭序》是天下第一行书，怀素《自叙帖》被称为天下第一草书；如当"书信"讲，天下第一书则非《报任安书》莫属。只要认识几个字，总会知道"人固有一死，或重于泰山，或轻于鸿毛"这句话。只要算是个读书人，总会熟悉下面一段文字：

> 盖文王拘而演《周易》；仲尼厄而作《春秋》；屈原放逐，乃赋《离骚》；左丘失明，厥有《国语》；孙子膑脚，《兵法》修列；不韦迁蜀，世传《吕览》；韩非囚秦，《说难》、《孤愤》；《诗》三百篇，大抵圣贤发愤之所为作也。

大意相同的话也出现在《史记·太史公自序》中。

我读这篇书信首先想的是：司马迁为什么要写这封书信？其次是：司马迁在这样一封长信里都说了些什么？

司马迁此信很明确是对任安来信的回复："曩者辱赐书，教以慎于接物，推贤进士为务，意气勤勤恳恳。"有论者认为任安是获罪后在狱中写信给司马迁，希望老朋友"推贤进士"，利用可以接近汉武帝的身份搭救自己，这是令人惊讶的误读。如果那样，司马迁这封信的全部内容都失去了诚恳。况且，任安卷进的是太子"谋反"的大案，根本没有松动的可能，为李陵说了几句好话就受腐刑的司马迁替自己求情，那不是成心想拉着他一块儿去死？

任安的信显然是写在司马迁受腐刑之后，他自己获罪之前。班固《汉书·司马迁传》："迁既被刑之后，为中书令，尊宠任职。故人益州刺史任安与迁书，责以古贤臣之义。"说得很清楚。

司马迁获罪后，由太史令升任中书令，后一职务一般由宦者担任，但地位高于太史令，且接触皇帝的机会也比较多。任安对司马迁的痛苦自然不会茫然无知，但是他看到司马迁"升官"后，表现出的精神状态是孤独、冷漠、严峻，甚至是消沉，他希望司马迁不要理会"俗人之言"，振作起来，"慎于接物，推贤进士为务"。任安也是一番好意，所以司马迁说他"意气勤勤恳恳"。

然而，任安虽是老朋友，但并不真正了解司马迁——对于司马迁这样的伟大人物，任何时代都注定是孤独的，罕有知音。司马迁知道，对任安的好意不是三言两语可以解释清楚的，就是说了，任安也未必理解，所以"阙然久不报"。现在任安入狱等候处决，自己又要随皇帝到雍地祭天，很可能没有再见面的机会，"是仆终已不得舒愤懑以晓左右，则长逝者魂魄私恨无穷"。这就是司马迁写这封信的原因。

这封信的内容是什么？清人包世臣说此信"二千年无有通者"显然是夸张了。有论者认为"包世臣从这篇文章中看到了通篇主旨在于'史公之身乃《史记》之身，非史公所得自私；史公可为少卿死，而《史记》必不能为少卿废'，这确实是抓住了要领。"其实也不准确。

我以为《报任安书》主要写了这四方面的内容：

一是写信的缘由。全信都是对任安的误解及"好意"，以及"俗人之言"的回答；二是自己当下的生存状态；三是这种生存状态的来由，也就是自己获罪的经过；四是自己敢于承担这种奇耻大辱的生存状态的缘由。

如果用一句话来概括：这封信写的是司马迁对自己生命意义和价值的认识，是一篇关于"生命"的宣言。

如今朝廷虽乏人，奈何令刀锯之余，荐天下之豪隽哉！仆赖先人绪业，得待罪辇毂下，二十余年矣。所以自惟：上之，不能纳忠效信，有奇策材力之誉，自结明主；次之，又不能拾遗补阙，招贤进能，显岩穴之士；外之，不能备行伍，攻城野战，有斩将搴旗之功；下之，不能积日累劳，取尊官厚禄，以为宗族交游光宠。四者无一遂，苟合取容，无所短长之效，可见于此矣。乡者，仆亦尝厕下大夫之列，陪外廷末议。不以此时引维纲，尽思虑，今已亏形为扫除之隶，在阘茸之中，乃欲仰首伸眉，论列是非，不亦轻朝廷、羞当世之士邪？嗟乎！嗟乎！如仆尚何言哉！尚何言哉！

这就是司马迁受刑后的生存状态的说明：刑余之人，如果"推贤进士"，是"轻朝廷、羞当世之士"，而且自取羞辱。

对于自己获罪的原因，则是一篇激愤的控诉。司马迁说，自己与李陵并无私交，替他说话是因为认为他有"国士之风"，血战沙场，"转斗千里，矢尽道穷，救兵不至，士卒死伤如积。"李陵兵败后，汉武帝情绪不佳，恰好征询司马迁的意见，他为了宽慰皇帝，说李陵投降出于万般无奈，相信他将来一定会找机会回报朝廷。没想到被误解为攻击皇亲贰师将军李广利。（"救兵不至"，在汉武帝看来是有所指的。具有讽刺意味的是，李广利最后的结局是兵败投降匈奴。）"未能尽明，明主不深晓，以为仆沮贰师，而为李陵游说，遂下于理。拳拳之忠，终不能自列。因为诬上，卒从吏议。"至此，司马迁与朝廷实际已经恩断义绝。"明主不深晓"——"不深晓"，何以称"明"？获刑后，"家贫，货赂不足以自赎，交游莫救，左右亲近不为一言。"这让司马迁对社会也绝望了。后人认为司马迁的这一遭遇与他在《史记》中写《游侠列传》和《货殖列传》有关，有道理。

司马迁当时面临两个选择：

第一就是自杀。我读《史记》《汉书》和《后汉书》，可以看到，两汉时，官员获罪后自杀的比例是相当高的。并不因为是"畏罪"，也不是因为吃不了蹲班房的苦，而是不愿意丧失自己的自尊。司马迁描述自己在狱中是"独与法吏为伍""交手足，受木索，暴肌肤，受榜棰，幽于圜墙之中。当此之时，见狱吏则头抢地，视徒隶则心惕息。"汉时，春秋战国的贵族精神尚存余脉，许多人把尊严看得比生命更重要。

第二个选择就是活着，接受比死亡更可怕、更羞辱的腐刑。（"行莫丑于辱先，诟莫大于宫刑。"）

司马迁选择了活着。因为他承担着一个史学家族的伟大使命，因为他为一项伟大的事业对自己伟大的父亲做出过庄严的承诺：

太史公（注：司马谈）执迁手而泣曰："余先周室之太史也。自上世尝显功名於虞夏，典天官事。后世中衰，绝於予乎？汝复为太史，则续吾祖矣。今天子接千岁之统，封泰山，而余不得从行，是命也夫，命也夫！余死，汝必为太史；为太史，无忘吾所欲论著矣。且夫孝始於事亲，中於事君，终於立身。扬名於后世，以显父母，此孝之大者。夫天下称颂周公，言其能论歌文武之德，宣周邵之风，达太王王季之思虑，爰及公刘，以尊后稷也。幽厉之后，王道缺，礼乐衰，孔子修旧起废，论诗书，作春秋，学者至今则之。自获麟以来四百有余岁，而诸侯相兼，史记放绝。今汉兴，海内一统，明主贤君忠臣死义之士，余为太史而弗论载，废天下之史文，余甚惧焉，汝其念哉！"迁俯首流涕曰："小子不敏，请悉论先人所次旧闻，弗敢阙。"

（《史记·太史公自序》）

司马迁自信自己有能力完成这个承诺；他为这个承诺博览群书，游历天下，调查考核史实，已经做了充足和艰苦的准备。

司马谈"且夫孝始于事亲，中于事君，终于立身。扬名于后世，以显父母，此孝之大者"这段话很值得注意。后人言："不孝有三无后为大"，"忠孝不能两全"，而司马谈则认为，最大的孝，既不是"事亲"，也不是"忠君"，而是"立身"。完成一项伟大的事业，"扬名于后世，以显父母"。这一嘱托无疑让司马迁无法选择死亡。

感谢司马迁的选择。当他挺直腰杆，走向蚕室时，上天一定听到了这个伟大男人沉重的脚步声，大地为之颤抖。英国人说，他们宁可丢掉所有的殖民地，也不愿意失去莎士比亚；中国人能想象我们失去《史记》吗？

"究天人之际，通古今之变，成一家之言。"《史记》终于完成。这个过程的艰苦和繁杂难以想象。

司马迁不后悔自己的选择。但事业的成功并没有消除他受刑的屈辱：

且负下未易居，下流多谤议。仆以口语遇遭此祸，重为乡党所笑，以污辱先人，亦何面目复上父母之丘墓乎？虽累百世，垢弥甚耳！是以肠一日而九回，居则忽忽若有所亡，出则不知其所往。每念斯耻，汗未尝不发背沾衣也！

结论是：

要之，死日然后是非乃定。

司马迁相信历史会对他选择的"是非"做出判断。

《古文观止》编者评价《报任安书》："此书反复曲折，首尾相续，叙事明白，豪气逼人。其感慨啸歌，大有燕赵烈士之风。忧愁幽思，则又直与《离骚》对垒。文情至此极矣。"在我读过关于此文的评介中，最佳。

《报任安书》是一封私信，又是写给一位死刑犯，居然流传了下来，实在是奇迹。我想唯一的解释就是司马迁希望他能流传后世。但这件事也给后世读者留下许多想象空间。

东汉人卫宏说："司马迁作《景帝本纪》，极言其短及武帝过，武帝怒而削去之。后坐举李陵，陵降匈奴，故下蚕室，有怨言，下狱死。"不可信。首先时间顺序就错了。司马迁写《史记》在"下蚕室"之后；替李陵说话，也是在李陵兵败投降之后。《中国文学史新编》（章培恒、骆玉明主编）认为卫宏之说"总应有所本"也是猜测。

从《报任安书》中看，司马迁为防止《史记》失传，至少准备了两份稿本，一份"藏之名山"，也就是存放在国家图书馆里；另一份"传之其人，通邑大都"，也就是托付给了靠得住、且有能力的人。（关于"藏之名山"，且遵司马贞《史记索引》解释。）

班固说："迁既死后，其书稍出。宣帝时，迁外孙平通侯杨恽祖述其书，遂宣布焉。"还是比较可靠的。司马迁担任中书令，已经离开太史令职务，不再承担修史的任务，写《史记》属于个人行为；《史记》是"私史"，不是官史。汉武帝读到《史记》的可能几乎为零。不要说他读《景帝本纪》，更不要说他读到《报任安书》，单是《高祖本纪》就足以让刻薄嫉恨的刘彻灭了司马迁的族，彻底销毁《史记》。《史记》是汉宣帝时开始部分面世的，因为贵为平通侯的司马迁外孙杨恽的努力，这部伟大的著作才得以比较完整的面貌出现在读者面前。至于为什么有十篇佚失，如《红楼梦》丢失后四十回一样，详情无法确考。

我总以为，在完成《史记》之后，在写了《报任安书》"舒愤懑以晓左右"之后，司马迁很可能自杀了。很难想象他还会继续忍受"是以肠一日而九回，居则忽忽若有所亡，出则不知其所往。每念斯耻，汗未尝不发背沾衣也"的苟活的生存状态。

2014 年 8 月 15 日

读李陵《答苏武书》

1979 年读《古文观止》，我第一次读到《答苏武书》和《报孙会宗书》。"文革"前上高中时，我课外读的古代散文是人教社版的《古代散文选》（上、中册，下册"文革"后补出），这个选本不但没有这两篇，连《报任安书》都没选。现在想来，两汉散文不选这三篇书信，就像选唐诗不选李白、杜甫一样不可思议。不能不说，到今天，最好的古代散文选本，还是清人的《古文观止》，选文有眼光，点评也很精到。

《答苏武书》《史记》《汉书》均不载，最早见章明太子的《文选》，所以真实作者存疑。唐代刘知几在《史通》中最早质疑："李陵集有与苏武书，词采壮丽，章句流靡。观其文体，不类西汉人，殆后来所为，假称陵作。"到了北宋，苏轼则说："及陵与苏武书，词句儇浅，正齐梁间小儿所拟所，绝非西汉文。"刘、苏都是大家，观点影响深远，伪作一说几成定论。其实，以文字风格论定真伪是靠不住的。《中国文学史新编》（章培恒、骆玉明主编）有比较论述，说明与此书风格相近的文章在西汉并不少见。"所以，在出现确切证据以前，我们仍把此篇看作为李陵的作品。"

　　说实话，苏轼读此文的感受让我有些意外。我想，第一，苏轼在北宋边患紧张的背景下，很难接受和原谅李陵的投降行为；第二，苏轼的美学倾向看似"豪放"，但实际回避感情的决绝和激烈。从审美习惯上，他排斥李陵那种悲痛欲绝、心肺撕裂的情感表达。

　　小子不才，本无权对此千古疑案置喙，但本着"言论自由"的原则，也有自己的感受：说实话，我不太相信此信的作者是李陵。不是因为《史记》不载，李陵回信苏武的时间在汉武帝死后，司马迁已经不在世；就算在世，他也不会收其入史，《报任安书》就不存《史记》中。也不是因为《汉书》不载，此信痛斥汉朝廷薄恩寡德，替自己的投降作辩解（虽然这一辩解很有打动人处），班固如果读了，不能不有所顾忌，未必有收入《汉书》的胆量。我也不是因为赞成刘知几、苏轼"文体不类西汉人"的判断。

　　我的感觉是：第一，此文在风格、结构上太像《报任安书》了，虽难说模仿，受其影响是显而易见的。（钱钟书在《管锥编》中就指出《答李陵书》"实效法此篇（《报任安书》）而作"）第二，此文"词采壮丽"，是文章大家手笔，很难想象是出自赳赳武夫李陵之手。自然，这都是感觉。

　　此信结构与《报任安书》几乎完全一样。

　　一是先说明写信的缘由：

　　勤宣令德，策名清时，荣问休畅，幸甚幸甚。远托异国，昔人所悲，望风怀想，能不依依？昔者不遗，远辱还答，慰诲勤勤，有逾骨肉，陵虽不敏，能不慨然？

二是接着谈自己当下的生存状态:

自从初降，以至今日，身之穷困，独坐愁苦。终日无睹，但见异类。韦鞲毳幕，以御风雨；膻肉酪浆，以充饥渴。举目言笑，谁与为欢？胡地玄冰，边土惨裂，但闻悲风萧条之声。凉秋九月，塞外草衰。夜不能寐，侧耳远听，胡笳互动，牧马悲鸣，吟啸成群，边声四起。晨坐听之，不觉泪下。嗟乎子卿，陵独何心，能不悲哉！

三是这种生存状态的来由，也就是自己战败投降的经过。

昔先帝授陵步卒五千，出征绝域。五将失道，陵独遇战，而裹万里之粮，帅徒步之师；出天汉之外，入强胡之域；以五千之众，对十万之军；策疲乏之兵，当新羁之马。然犹斩将搴旗，追奔逐北，灭迹扫尘，斩其枭帅，使三军之士，视死如归。陵也不才，希当大任，意谓此时，功难堪矣。匈奴既败，举国兴师。更练精兵，强逾十万。单于临阵，亲自合围。客主之形，既不相如；步马之势，又甚悬绝。疲兵再战，一以当千，然犹扶乘创，决命争首。死伤积野，余不满百，而皆扶病，不任干戈，然陵振臂一呼，创病皆起，举刃指虏，胡马奔走。兵尽矢穷，人无尺铁，犹复徒首奋呼，争为先登。当此时也，天地为陵震怒，战士为陵饮血。

这是李陵对自己血战沙场经历的描述，惊心动魄。可是只要对比，就可以看出，它基本上是司马迁《报任安书》中一段文字的"改写"或"扩写"。

四是自己投敌的目的，和投降匈奴后苟且偷生的缘由:

然陵不死，有所为也，故欲如前书之言，报恩于国主耳，诚以虚死不如立节，灭名不如报德也。昔范蠡不殉会稽之耻，曹沫不死三败之辱，卒复勾践之仇，报鲁国之羞，区区之心，窃慕此耳。

这几句其实就是对司马迁"身虽陷败彼，彼观其意，且欲得其当而报汉"的详细说明。

正如司马迁为宽慰汉武帝，反遭腐刑一样；李陵欲有所为"报恩于国主"换来的是"夷灭三族"。

司马迁忍辱偷生，因为担负着家族的使命；李陵忍辱偷生，是因为"陵虽孤恩，汉亦负德"，"每一念至，忽然忘生。陵不难刺心以自明，刎颈以见志，顾国家于我已矣，杀身无益，适足增羞，故每攘臂忍辱，辄复苟活"。李陵在匈奴的生存状态就是：活着，要忍受耻辱的无休止的折磨；死去，要背负家族不幸的羞辱。只能苟活。这种内心矛盾的极端痛苦和纠结，正是这篇书信的最动人之处。

《答苏武书》是一篇"变节者"为自己辩解的书信，为什么还会流传后世，而且成为散文名篇？

对于李陵投降匈奴，后人几乎无人为他解脱，甚至直到今天。内心同情李陵，也说"惋惜"，但认为他的投降行为"不可原谅"。正如李陵信中所说："怨陵以不死"。

"汉李陵策名上将，出讨匈奴，窃谓不死於王事非忠，生降於戎虏非勇，弃前功非智，召后祸非孝，四者无一可，而遂亡其宗。"（白居易《汉将李陵论》）

"苏武不死，适见其忠；李陵不死，适成为叛。""宁为杨业死，毋为李陵生。"（蔡东藩《宋史演义》）

"李陵之降也，罪较著而不可掩。……为将而降，降而为之效死以战，虽欲浣涤其污，而已缁之素，不可复白，大节丧，则余无可浣也。"（王夫之《读通鉴论·卷三·武帝》）

倒是《古文观止》的编著者，完全回避了对李陵的指责，就文论文："文情感愤壮烈、几欲动风雨而泣鬼神。除子卿自己，更无人可以代作。苏子瞻谓'齐梁小儿为之'，未免大言欺人。"虽然肯定此文非伪作可商榷，艺术感受是准确的。

可是我们要问：在战争中，军人战败，有没有投降的权利？军人在战场上，是不是只有胜利和死亡两种选择？这种道德标准背后的逻辑，究竟是民族利益的崇高，还是专制主义的冷酷？更何况，汉王朝对匈奴的战争，如摆脱中国汉族正统观的束缚，其实不过是两个民族政权之间的战争，很难说谁一定就是正义的。

不过，在全球化的今天，中国知识界也开始有人作新的思考。

张中行的《读〈汉书·苏武传〉》主旨是通过苏武的遭遇，批判封建忠君思想。不过在文中他摘引了李陵《答苏武书》中的一段：

足下又云："汉与功臣不薄。"子为汉臣，安得不云尔乎？昔萧樊囚絷，韩彭菹醢，晁错受戮，周魏见辜。其余佐命立功之士，贾谊亚夫之徒，皆信命世之才，抱将相之具，而受小人之谗，并受祸败之辱，卒使怀才受谤，能不得展。彼二子之遐举，谁不为之痛心哉？陵先将军，功略盖天地，义勇冠三军，徒失贵臣之意，到身绝域之表。此功臣义士所以负戟而长叹者也。何谓不薄哉？

张中行评说："这些怨愤的话，且不管出自谁之口，事实俱在，不把刀俎式的迫害说成施恩，总可以使处于水深火热中的臣下，尤其小民，略吐不平之气。"

李零《汉奸发生学》：

李陵由降而叛亦属"逼叛"。如果只从"叛"字着眼，你只能说李陵是"汉奸"。但是如果能体谅他的"叛"出于"逼"，你还不如说他背后的那只手，即由用人唯亲的汉武帝，指挥无能的李广利，老奸巨猾的路博德，善为谣言的公孙敖，以及墙倒众人推，"随而媒孽其短"的满朝大臣，他们汇成的那股力，才是真正的"汉奸"。

最为"离经叛道"的是张承志的《杭盖怀李陵》：

我厌恶霍去病、卫青之类军人。我更厌恶苏武；他和孔老二一样使人压抑。在我的北方史观中，真正使我感动的人是李陵。

……

人在不测中遭逢这种前途，并不是不可能的。尤其是当他无家可归，朝廷执行不义的时候，叛变也许是悲壮的正道。

世界毕竟变了。

2014 年 8 月 18 日

读杨恽《报孙会宗书》

从《汉书·司马迁传》看，司马迁虽受腐刑，但并未绝后，只是子孙声名不显，没有一位是在史书上留下痕迹的人物。不过女儿却给他生下一个继承了司马氏文学基因的外孙：杨恽。杨恽不是文学家，挤进古代文学史，仅仅是因为写过一封书信：《报孙会宗书》。

从今天看，杨恽是一个典型的官二代。父亲杨敞受霍光赏识，最后做到丞相的位置，被封安平侯。在霍光废昌邑王，拥立宣帝的宫廷政变中，杨敞是霍光的支持者。杨敞死后，虽然爵位被长子杨忠继承，杨恽也还是沾光"补常侍骑"。其后，在诛灭霍氏谋反中，杨恽立了大功，被封平通侯，升为中郎将。可以说，杨敞、杨恽父子对宣帝是"有恩"的。

杨恽是个极有个性的人。从正面说，有行政才干，轻财好义，廉洁无私。从反面说，高傲，刻薄，心胸狭窄。"伐其行治，又性刻害，好发人阴伏，同位有忤己者，必欲害之，以其能高人。由是多怨于朝廷。"（《汉书·杨恽传》，译文：常夸耀自己的德行和办事能力，又生性刻薄，喜欢揭发别人的隐私，同事中有违逆自己的，必定想法加害他，仗恃自己有才能高傲凌人。因此在朝中得罪了许多人。）

在官场混，能力、政绩、德行，远不如人脉与关系重要。决定一个官员前途和命运的，往往是整体素质中的短板。杨恽性格偏激，四面树敌，无疑使自己在朝廷陷于孤立，出事只是时间早晚而已。"与太仆戴长乐相失，卒以是败"。

戴长乐是宣宗继位前结交的朋友，继位后得到提拔。对于宣帝来说，杨恽是功臣，戴长乐却是亲信，从私人感情上，与戴更亲近。戴这种人是最得罪不起的，杨恽偏偏就得罪了。

一次，戴长乐"言语失当"，被人写信告了黑状，皇帝命令廷尉（刑部官员）审理。戴长乐怀疑告状人是受了杨恽的教唆。戴的怀疑未必有证据，但却有缘由。毕竟杨恽"好发人隐伏"，嫉妒心强，而且与自己有矛盾。其实，从史传看，杨恽高傲、刻薄，但是并不阴险。于是戴长乐上书也揭发杨恽的"言语失当"。大嘴杨恽这一类材料实在不少，被揭发的未必全有，也未必没有夸大之处，但是肯定并非全是捏造，一上纲上线，就都属于"反动言论"：可以解释为讽刺当今皇上是"桀纣"，是昏君，甚至不会活太长久，实在"悖逆绝理"。显然，戴长乐这次是决心要整死杨恽。

杨恽被调查。廷尉于定国显然对杨恽也没好感，上奏皇帝：杨恽不但不服罪，而且还私下拉拢亲戚等人，为自己做伪证。"大逆不道，请逮捕治"。可见杨恽人缘之差。然而，宣帝却下旨把杨恽和戴长乐都免为庶人，没有治罪。估计宣帝也明白，杨恽就是管不住自己的嘴，并无谋反之意，而且杨恽是功臣之后，自己又立过大功。如果只处罚杨恽，不处罚亲信戴长乐，大臣们难免有看法。宣帝的处罚应该说是相当宽松的，因为事发后，杨恽也知道戴长乐揭发自己的都是"死罪"，让亲戚作伪证，更是罪上加罪，甚至会导致灭族。

杨恽并不领情，因为自己是"宰相子，少显朝廷，一朝以暗昧语言见废，内怀不服"，干脆破罐子破摔，"家居治产业，起室宅，以财自娱"。他的好朋友安定太守孙会宗写信劝他："为言大臣废退，当阖门惶惧，为可怜之意，不当治产业，通宾客，有称誉。"孙会宗显然是一番好意，所代表的也应该是当时官员们普遍的看法。然而，杨恽同样不领情，言辞愤激地为自己辩解，甚至挖苦孙会宗，于是有了散文名篇《报孙会宗书》。

杨恽一开始说，自己本没有当官的资格，不过沾先人的光，进入官场，"遭遇时变，以获爵位"。表面看很谦卑，实际是在强调杨家父子两代拥立宣帝、平息叛乱的大功。对于自己获罪的原因，则解释为"非其任"，也就是不会当官。杨恽认为，孙会宗对自己的指责，是随俗人之见，不了解自己。

杨恽回忆自己家族显赫时的盛况，说自己"怀禄贪势，不能自退，遂遭变故，横被口语，身幽北阙，妻子满狱。当此之时，自以夷灭不足以塞责，岂意得全首领，复奉先人之丘墓乎？伏惟圣主之恩不可胜量"。表面看是悔恨和对皇上的感激，其实却全是讥讽，为自己喊冤。杨恽说，自己决心当一个农夫，带领老婆孩子努力耕耘，该交税交税，没想到就是这样还有人看着不顺眼：

> 夫人情所不能止者，圣人弗禁。故君父至尊亲，送其终也，有时而既。臣之得罪，已三年矣。田家作苦。岁时伏腊，烹羊炰羔，斗酒自劳。家本秦也，能为秦声。妇赵女也，雅善鼓瑟。奴婢歌者数人，酒后耳热，仰天抚缶而呼乌乌。其诗曰："田彼南山，芜秽不治。种一顷豆，落而为萁。人生行乐耳，须富贵何时！"是日也，奋袖低昂，顿足起舞；诚淫荒无度，不知其不可也。恽幸有余禄，方籴贱贩贵，逐什一之利。此贾竖之事，污辱之处，恽亲行之。下流之人，众毁所归，不寒而栗。虽雅知恽者，犹随风而靡，尚何称誉之有？董生不云乎："明明求仁义，常恐不能化民者，卿大夫之意也。明明求财利，常恐困乏者，庶人之事也。"故道不同，不相为谋，今子尚安得以卿大夫之制而责仆哉！

这一段话杨恽主要讲自己当庶民的生活，种地、喝酒、做买卖。就算是"荒淫无度"，对我这样一个老百姓有什么不可以？请不要拿"卿大夫"的标准指责我。更要命的是，杨恽说，老百姓的这些"人情"需求，就是圣人也不限制。就算是亲爹死了，守孝也有个期限。到现在我获罪已经三年了——言下之意，我还有必要"阖门惶惧，为可怜之意"装孙子吗？有完没完？

在书信的结尾处，杨恽对孙会宗说：

> 夫西河魏土，文侯所兴，有段干木、田子方之遗风，漂然皆有节概，知去就之分。顷者足下离旧土，临安定，安定山谷之间，昆戎旧壤，子弟贪鄙，岂习俗之移人哉？于今乃睹子之志矣！方当盛

汉之隆，愿勉旃，毋多谈。

也就是说，老孙你是西河人，西河风气好，那里的人很有气节，懂道理。安定风气不好，是不是你当了安定太守，受当地风俗影响，变得这么世俗了？我现在总算了解你了。现在你正赶上好时候，努力当你的官吧，别再和我啰嗦了。实际就是宣布和孙会宗绝交。这段话说的实在是太刻薄了。

变成老百姓的杨恽没有任何悔罪的表现，还大张旗鼓地过自己"荒淫无度"的小日子，肯定让他的许多宿敌不舒服。杨恽又还是管不住自己的嘴，和侄子议论朝政，说当今皇上不值得为他卖力，没想到隔墙有耳。

不久，发生日食。过去，日食出现，或者皇帝从自身找原因，或者检讨宰相是否失职。这一次，却有人上书告已经是庶民的杨恽，说他"骄奢不悔过，日食之咎，此人所致。"杨恽被抄家，抄出了他给孙会宗的信。读完信，宣宗"恶之"。杨恽被以"大逆不道"罪腰斩，老婆孩子发配酒泉。连累侄子被贬为庶人，几个朋友，包括那个倒霉的孙会宗丢了官。

如果从今天的眼光看，杨恽是冤枉的。没有贪污，没有渎职，没有谋反。丢了官，当老百姓，就算日子过得很滋润，也不犯法。给孙会宗写信发牢骚，信中也没有"反动言论"，何况还是私人信件。所以《古文观止》的编著者说："宣宗处恽，不以戴长乐所告事，而以报会宗一书，异哉帝之失刑也。"所谓"失刑"，就是戴长乐揭发出的罪大，书信中发牢骚罪小。确实，如果是在明清两朝，戴长乐所揭发的有一条坐实，杨恽都会被灭族，根本不会让他当农夫，更不会有发牢骚的机会。

宣帝为什么对杨恽的信"恶之"？我想，首先是对杨恽宽大处理后的不领情"恶"。"坦白从宽，抗拒从严"，你抗拒，我从宽，还要发牢骚，是可忍孰不可忍！最让宣帝"恶"的很可能是"君父至尊亲，送其终也，有时而既。臣之得罪，已三年矣。"这句话，在杨恽看来，皇帝最多不过是和老爹一个位置，这是对皇权至上理念的公然质疑和挑战。

我感兴趣的是：杨恽为什么会质疑"皇权至上"？单从性格解释显然是肤浅的，或许放在中国思想史和政治史的坐标上考察，会有一些新的启发。

春秋战国，礼崩乐坏，天子、诸侯之下，平民、奴隶之上，出现了一个数量不小的"士"阶层。士没有分封，也不需或不屑靠体力劳动谋生，靠知识、智慧、政治或军事能力获取社会地位。士依附于诸侯，但却有择主而事的权利。当时，"忠君"至少不是普遍的社会意识。苏秦、张仪之类的纵横家就不必说。商鞅是卫国人，跑到秦国去做事。廉颇是赵国人，晚年不受重用，先是跑到魏国，后来又到楚国，没人说他是叛国者。就是孔子也周游列国，希望找到一个能让他实现自己政治理想的君主，甚至还有过到海外的念头。作为儒家创始人，孔子强调"仁"和"礼"，并不特别强调"忠"。李零说："春秋战国，君臣关系可以解除，父子关系、父母关系不能解除，孔子绝不讲移忠作孝。后人只知事君为忠，忠孝不两全，宁肯舍孝，孔子不这么讲。"孟子有"民为贵，社稷次之，君为轻"，"君之视臣如手足，则臣视君如腹心；君之视臣如犬马，则臣视君如国人；君之视臣如土芥，则臣视君如寇仇"的民本思想，也是与他作为"士"的独立身份有关。

最为典型的是伍子胥的故事。楚平王以伍奢为人质，想把他的两个儿子招来一网打尽。这明显是个陷阱，长子"伍尚欲往"，次子伍员（子胥）则主张曰："奔他国，借力以雪父之耻。"伍尚说："我知往终不能全父命。然恨父召我以求生而不往，后不能雪耻，终为天下笑耳。"弟兄俩的分歧在于如何实现"孝"，对于报杀父之仇没有分歧；所谓"忠"，不在他们考虑之列。对于伍子胥的复仇，司马迁予以激情的赞颂：

向令伍子胥从奢俱死，何异蝼蚁。弃小义，雪大耻，名垂於后世，悲夫！方子胥窘於江上，道乞食，志岂尝须臾忘郢邪？故隐忍就功名，非烈丈夫孰能致此哉？

说司马迁从伍子胥身上汲取了精神力量，应该是有些道理的。

秦始皇建立皇权一统的郡县制，"士"择主而事的基础消失，"忠君"成为主流社会意识。但是，"士"的传统意识不可能立刻彻底消亡。司马迁写《史记》被后人称为"谤书"，论者往往强调他不幸遭遇的影响；我以为更主要的是，司马迁在精神上还多少保留了作为"士"独立判断和表达的意识。《报任安书》表达的对"明主"不明的怨愤，《答李陵书》"陵虽孤恩，汉亦负德"表露的君与臣对等意识，都说明他们身上还保留有秦之前的"士气"。（"士为知己者死，女为悦己者容。"）至于《报孙会宗书》中，杨恽更是流露出君臣关系可以解除的意识：我已经是老百姓了，下海经商了，你为何还拿体制内的规则要求我？

后人早就看出《报孙会宗书》与《报任安书》的关系。《古文观止》编者说："恽，太史公外孙，其报会宗书，宛然外祖答任安书风致。"钱钟书在《管锥编》中说得更明白：

此书（按：《报任安书》）情文相生，兼纡徐卓荦之妙，后人口沫手胝，遂多仿构。李陵《重报苏武书》、刘知几《史通·杂说》下以来论定为赝托者，实效法迁此篇而作。杨恽《报孙会宗书》亦师其意。恽于迁为外孙，如何无忌之似舅矣。泻瓶有受，传灯不绝。

确实，"泻瓶有受，传灯不绝"。不过自从杨恽被腰斩之后，广陵散绝。中国再也没有出现过《报任安书》《答苏武书》《报孙会宗书》这样敢于对专制皇权表达出"愤激"情绪的文字了。中国再没有了"士"，文人入仕，身份只能是臣子，或者奴才。就是被冤屈至杀头、灭族，也要磕头，感谢"皇恩浩荡"，说自己"罪该万死"。他们已经没了"腰"。

2014 年 8 月 25 日

要命的一声叹息

——读《后汉书·蔡邕传》

感叹完司马迁、李陵、杨恽三人的命运之后，又想起他们之后另外三人的命运。前三人是因为质疑皇权至高无上的地位为我所关注，后三位则是因为我觉得他们很可能是投胎过早，走错了时空：蔡邕、孔融和祢衡。

说到蔡邕，人们熟悉的首先是书法家，代表作为《熹平石经》，现在国家图书馆藏有小片残碑，属镇馆之宝。其次就是他有个更出名的女儿——才华出众、命运多舛的蔡文姬。其实，《后汉书》本传说蔡邕"好辞章、数术、天文，妙操音律"，也就是说，他是书法家、文学家、数学家、天文学家、音乐家，还是经学家和历史学家。这样"百科全书式"的人物，不仅在汉代是唯一的，就是在整个中国历史上，也很罕见。（张衡、嵇康和苏轼也多才，但似乎也没有蔡邕涉猎的文化和学术领域广阔。）

可惜，蔡邕没有投生在某一个"文艺复兴"的时代和国度，而是生在政治黑暗、乱象频发的东汉末年。

蔡邕不是个热心仕途、没有道德操守的人。何况，他的六世祖曾拒绝王莽的册封，携家眷"逃入深山"；父亲因"处俗孤党，不协于时"死后"谥曰贞定公"。（"谥法曰：清白守节曰贞，纯行不差曰定。"）蔡家是有重节操的传统的。

桓帝时，掌权的太监们听说蔡邕善鼓琴，于是让皇帝通过陈留太守征召，他很不情愿，但也不敢违抗。走到偃师，装病跑了回去，隐居起来。

然而，蔡邕毕竟是儒门弟子，骨子里还是希望入仕，能在政治上有所作为。"建宁三年，辟司徒桥玄府，玄甚敬待之。出补河平长。召拜郎中，校书东观。"应该说到此时，蔡邕找到了一个最适合他的平台。也就是在这段时间，他整理四书，书写"熹平石经"。石经主要功用是向社会公布经国家勘定的儒家经典权威版本，至于书法艺术，则是副产品。"及碑始立，其观视及摹写者，车乘日千余辆，填塞街陌。"多数人大概都是来欣赏书法的，这恐怕是朝廷和蔡邕都没想到。

后来，蔡邕"迁议郎"，走出书斋，开始议政，其悲剧命运的大幕由此拉开。

《后汉书》本传载蔡邕关于停止"三互法"的奏章，"宜所施行七事"封事，以及"妖异数见，人相惊扰"的廷对，要么皇帝不理，要么得罪了一大堆人，"皆侧目思报"。

终于，他被宦党陷害，判死罪。蔡邕的答辩书言辞激烈，理直气壮，也不乏激愤之情，隐约可见司马迁、杨恽的身影，两汉文人都还是有些风骨的。如鲁迅所说，蔡邕"并非单单的老学究，也是

一个有血性的人。"[《"题未定"草（六至九）》]

蔡邕知道自己被陷害是因为"妖异数见，人相惊扰"的廷对，他说当时皇帝质询他，是"引蛇出洞"：

今年七月，召诣金商门，问以灾异，赍诏申旨，诱臣使言。臣实愚赣，唯识忠尽，出命忘躯，不顾后害，遂讥刺公卿，内及宠臣。实欲以上对圣问，救消灾异，规为陛下建康宁之计。

他直接指责桓帝不辨是非：

陛下不念忠臣直言，宜加掩蔽，诽谤卒至，便用疑怪。尽心之吏，岂得容哉？诏书每下，百官各上封事，欲以改政思谴，除凶致吉，而言者不蒙延纳之福，旋被陷破之祸。今皆杜口结舌，以臣为戒，谁敢为陛下尽忠孝乎？

最后表达了面对死亡义无反顾的决心：

臣年四十有六，孤特一身，得托名忠臣，死有余荣，恐陛下于此不复闻至言矣。……死期垂至，冒昧自陈。愿身当辜戮，丐质不并坐，则身死之日，更生之年也。惟陛下加餐，为万姓自爱。（注："丐质不并坐"，是说请求不要连累一起被诬陷的叔父蔡质被判刑。）

皇帝读完这封奏章，心里明白蔡邕是冤屈的，正好有人替他求情，于是"有诏减死一等，与家属髡钳徙朔方，不得以赦令除"。仇家不歇心，派刺客半路行刺，刺客都不愿意干。仇家又行贿主事的人，主事者反而向蔡邕通风报信，让他小心。再黑暗的年代，也还有良知的人，不然，这个世界也太令人绝望了。

到了朔方的蔡邕，书生脾气还是不改。估计他对政治已经绝望，唯一挂念的就是与卢植、韩说等人合作的《后汉记》尚未完稿。于是上疏说明，希望能给他写书的条件。此时的皇帝大约气也消了，不顾当初"不得以赦令除"的诏令，大赦时，让蔡邕搭了便车，放回老家去。临走，五原太守王智设酒宴践行。大约是喝高了，王智要求蔡邕和自己一起跳舞，蔡邕没搭理他。"智者，中常侍王甫弟也，素贵骄，惭于宾客，诟邕曰：'徒敢轻我！'邕拂衣而去。"于是王智陷害蔡邕，上报朝廷说，蔡对被流放心怀不满，还诽谤朝廷。蔡邕知道这次麻烦大了，上书辩解也没用，赶紧跑路，逃到江浙一带躲了起来，一躲就是十二年。

中平六年，灵帝崩，董卓当政。董卓听说蔡邕的大名，派人征召，蔡邕以身体不好拒绝。董卓大怒，说："我能灭他的族！蔡邕就是躺着，也赶快给我滚来！"蔡邕知道秀才遇到兵了，连忙赶赴洛阳。董卓实在不是什么好人，但他对蔡邕是真心敬重。他不断给蔡邕升官甚至封侯。难得的是，董卓并不是仅把蔡邕当作清客，摆设，除了"每集宴，辄令邕鼓琴赞事"，对蔡邕的许多建议，如他反对董卓称"尚父"，批评董卓车驾"逾制"，也还能采纳。这也让蔡邕产生幻想：希望能利用自己和董卓的关系做一些有益的事情。但是不久他就对董卓的专横和残暴感到失望，准备逃跑。可是族弟告诉他："君状异恒人，每行观者盈集。以此自匿，不亦难乎？"蔡邕只好作罢。蔡邕是长得太漂亮，还是太丑或者太古怪，史书没有说。一出门能"观者盈集"，可见是非常特别的。蔡邕只能等着，迎接末日的到来。

及卓被诛，邕在司徒王允坐，殊不意言之而叹，有动于色。允勃然叱之曰："董卓国之大贼，几倾汉室。君为王臣，所宜同忿，而怀其私遇，以忘大节！今天诛有罪，而反相伤痛，岂不共为逆哉？"即收付廷尉治罪。

蔡邕吓坏了，连忙道歉，表示愿意接受"琼刑"（脸上刺字）和"刖足"（砍掉双脚），留一条活命，完成《后汉记》。许多士大夫也替他说话，太尉马日磾直接见王允说："伯喈旷世逸才，多识汉事，当续成后史，为一代大典。且忠孝素著，而所坐无名，诛之无乃失人望乎？"王允的回答是：

昔武帝不杀司马迁，使作谤书，流于后世。方今国祚中衰，神器不固，不可令佞臣执笔在幼主左右。既无益圣德，复使吾党蒙其讪议。

蔡邕死在狱中。他被杀的原因，只是一声叹息！

2014 年 9 月 1 日

彷徨在雕笼里的鹦鹉
——读《后汉书·祢衡传》

拜小说《三国演义》和戏曲《击鼓骂曹》所赐，祢衡成为一个知名度极高，不朽的历史人物。祢衡可以说是一骂成名，甚至是一脱成名。作为艺术形象，祢衡的不朽不难理解。对于"宁让我负天下人，不让天下人负我"的千古奸雄，不但敢骂，还敢戏弄，实在是替窝窝囊囊活着的草民们出了一口鸟气。

然而，小说和戏曲不是历史，不能作为评价一个历史人物的凭据。虽然，小说、戏曲所表现祢衡的生活经历与史料记载基本一样，但毕竟有选择、有夸张、有想象、有渲染。更重要的是，小说里和舞台上祢衡的英雄形象，是以涂成大白脸的曹操为反衬完成的。如客观评价曹操，祢衡的"英雄行为"就会贬值，就会被质疑。

在《后汉书》中，祢衡在《文苑列传》，与二十多人挤在一起，比蔡邕的地位相差很远。范晔把祢衡入"文苑"是对的，祢衡非官非吏，是"处士"，虽以骂和裸出名，但不能以这两样人史。

《后汉书》说，祢衡"少有才辩，而尚气刚傲，好矫时慢物"，很准确。祢衡并不是个甘于寂寞的人，建安初，他到当时的政治中心许昌寻找机会，"阴怀一刺"（怀里悄悄揣着一张名片），可是找不到他看得上眼的人物，名片上的字迹都快磨没了。最后，总算遇到孔融和杨修，交了朋友。祢衡、孔融、杨修三人共同的优点是以为自己聪明，共同的缺点是不知道自己并不聪明。三人被杀都很冤。可是，身在虎穴，就算躲不开，也没必要去捋虎须。他们想进官场，又不打算遵守官场的游戏规则与潜规则，客观上属于找死。其实，哪朝哪代都有大老虎、小老虎，就三人的情况看，并非没有躲开老虎，至少不去摸老虎屁股的机会，本来是可以"苟全性命于乱世"的。

孔融对祢衡佩服得五体投地，其实也是拙于知人。他向皇帝推荐祢衡，不吝赞美之词，说祢衡"淑质贞亮，英才卓砾。初涉艺文，升堂睹奥。目所一见，辄诵于口；耳所瞥闻，不忘于心。性与道合，思若有神。弘羊潜计，安世默识，以衡准之，诚不足怪。忠果正直，志怀霜雪。见善若惊，疾恶若仇。"认为朝廷如用祢衡"必有可观"。其实我估计祢衡让孔融震惊的，很可能是此人非凡的记忆力，杰出的口才和迅捷的反应能力。孔融不知道，这三样并非从政的必要条件，而从政的基本素质祢衡却并不具备。祢衡几乎骂遍天下士人，莫非这些人全都是恶人？一个时时处处都在树敌的人，如何在官场立足？

"击鼓骂曹"是小说情节。在史书中，击鼓时，祢衡是"先解衵衣，次释余服，裸身而立，徐取岑牟、单绞而着之，毕，复参挝而去，颜色不怍。"曹操笑曰："本欲辱衡，衡反辱孤。"祢衡是以自辱的方式辱人，所以曹操会"笑"。曹操知道，如果"怒"，就掉进了祢衡的圈套，强化了"辱"的效果。曹操是真聪明。

祢衡瞧不起曹操，可以理解。但孔融传话后，他到曹操营门"以杖捶地大骂"，则实在是不近情理，其实是把朋友送进了坑里。至于众人送行，"以不起"羞辱他，祢衡"坐而大号。众问其故，衡曰：'坐者为冢，卧者为尸。尸冢之间，能不悲乎！'"看似聪明，其实得罪了所有的人，有志从政者肯定不会这么做。

就史书记载看，曹操实在没有对不起祢衡的地方。他说："祢衡竖子，孤杀之犹雀鼠耳。顾此人素有虚名，远近将谓孤不能容之。"都是实话。曹操不是心慈手软的人，但是作为政治家，他很懂得权衡利弊。祢衡对自己毫无威胁，杀了只能落下自己不容人的恶名。曹操从政治家的眼光评价祢衡是"素有虚名"，也是准确的。至于把祢衡送到刘表处，很难说是借刀杀人，因为刘表并不是一个狭隘残忍的人。

无论如何，祢衡是一个智商和情商很不相称，性格极端，甚至有些病态的人。

易中天说：

祢衡之死，第一，是他自己有不检点的地方；第二，是刘表借刀杀人；第三，归根结底是社会黑暗。因为祢衡再怎么说，他没有死罪。一个江厦太守，就因为人家骂了自己就把人家随随便便杀了，这是什么社会？这是专制社会、黑暗社会、没有人权的社会，还不经审判，也没有找律师来辩护。所以归根结底，祢衡死于不讲人权和不讲法制。但是我们可以肯定，即便是在讲人权、讲法制的时代，这个人也不讨人喜欢。他说话从来不给对方留面子，也从来不给自己留余地，他硬是要把对方和自己都逼到墙角上去，这是何苦呢？所以我的结论是，祢衡不该死，也不值得学习，更不能当作英雄来歌颂。

我基本同意。可是，易中天的解释无法解释："不值得学习，更不能当作英雄来歌颂"的祢衡，为什么会成为受人尊重的历史人物，活在小说里，活在戏曲舞台上？甚至"汉处士祢衡墓"现在还坐落在武汉龟山上，还有人凭吊？幸亏有《鹦鹉赋》。

《后汉书》：

> 射（注：黄祖的儿子黄射，与祢衡关系很好）时大会宾客，人有献鹦鹉者，射举卮于衡曰："愿先生赋之，以娱嘉宾。"衡揽笔而作，文无加点，辞采甚丽。

其创作过程有传奇性，后世王勃写《滕王阁序》与之相似。其实，也都未必就没有夸张。

《鹦鹉赋》写一只来自西域的"性辩慧而能言兮，才聪明以识机"的鹦鹉。这只鹦鹉行止高雅："故其嬉游高峻，栖跱幽深。飞不妄集，翔必择林。"容貌美丽："绀趾丹觜，绿衣翠衿。"因为"羡芳声之远畅，伟灵表之可嘉"，被人捕捉送到远方。有论者分析说：

> 鹦鹉是被远道送来的，并非出于它的自愿；而他（祢衡）也是被送到荆州、江夏来的，同样不是出于自愿。虽然在与黄祖发生冲突而被杀以前，黄祖父子都待他不错，但就他的个性而言，那也不过是"闭以雕笼，翦其翅羽"而已。所以赋中所写的鹦鹉的痛苦，也正是他自己的痛苦的隐喻。"顺笼槛以俯仰，窥户牖以踟蹰。想

昆山之高岳，思邓林之扶疏。顾六翮之残毁，虽奋迅其焉如？心怀归而弗果，徒怨毒于一隅"，则是在身不由己的情况下的对自由的空间的渴望，以及由于愿望不能实现而产生的痛苦。

（章培恒、骆玉明主编《中国文学史新著》）

所言大体不错，但尚觉浅。所谓"雕笼"，是祢衡自愿进入的。从史料看，在刘表和黄祖处，祢衡并没有失去自由，他也没有表现出要离开的愿望。当初到许昌"阴怀一刺"，是主动想进入"雕笼"的。

祢衡的悲剧在于，在精神上他是分裂的：一方面，他竭尽全力想摆脱儒家"温良恭俭让"的"礼"的约束，追求个性自由和人格尊严；另一方面，却无法摆脱儒家"入世"在官场建功立业，实现生命价值的人生观念。其实，这也是孔融、杨修等人共同面对的尴尬：明知是"雕笼"，却又没有义无反顾飞出去的勇气和决心。陶渊明就彻底解决了这个尴尬：

少无适俗韵，性本爱丘山。误落尘网中，一去三十年。羁鸟恋旧林，池鱼思故渊。开荒南野际，守拙归园田。

归去来兮！田园将芜胡不归？既自以心为形役，奚惆怅而独悲！悟已往之不谏，知来者之可追。

陶渊明在大自然和田园生活中找到了生命的栖息地，也就彻底摆脱了困居"雕笼"之苦。

祢衡的出现，是以东汉末年儒家经学独霸天下的局面被打破为背景。由这一背景，产生了"文的自觉和人的觉醒"的魏晋时代。这一时代最杰出的代表人物有三曹父子、王弼、阮籍、嵇康、陶潜等。其实祢衡、孔融、杨修也是个中人。曹操对祢衡的"裸"报之"笑"，未必没有欣赏的意味。

从史传看，祢衡并不是一个无法和人相处的人，与孔融、杨修交好。到刘表处，得到刘表的尊敬。到黄祖处，也受到信任，与黄祖的儿子甚至非常亲密。从《鹦鹉赋》看，祢衡很清楚"顺从以远害，不违迕以丧生"的道理。也知道自己的毛病："岂言语以阶乱，将不密以致危？"也有顾忌家属命运的思考："匪余年之足惜，愍众雏之无知。"然而，内心的高傲，特别是对于自尊的极度敏感，往往会冲破自己的约束而爆发。

祢衡的发作往往是在大众场合，有些"人来疯"，因为，在这样的场合，达官显贵们的傲慢很容易对"处士"祢衡的自尊带来伤害。

祢衡是个专碰石头的鸡蛋。鸡蛋碎了，石头也会被"污面"，曹操、刘表都懂得这个道理。黄祖也懂，"祖亦悔之，乃厚加棺殓"，可惜晚了。后世人知道黄祖其人，仅仅是因为他杀了祢衡。

在鸡蛋和石头之间，多数人在感情上会站在鸡蛋一边。后世人未必会学习祢衡的生活方式，但祢衡敢于向权贵挑战，"头颅一掷"的勇气还是会在他们心里激起一丝诗意的波澜。祢衡已经成了一种精神的极端化的符号。

祢衡英魂不散，不过我真不知道他能不能等到适合他重新投胎的时代。

2014 年 9 月 8 日

走错了时空的人
——读《后汉书·孔融传》

曹操杀孔融，是三国时的一个大事件。

首先，孔融是孔子的二十代孙，圣人的直系后裔。汉武帝"罢黜百家，独尊儒术"，孔融在没有谋反之类大罪的情况下被灭门，可见，儒家的社会地位已经式微。汉王朝在军事、政治和精神上，都丧失了控制力，灭亡只是时日。其次，孔融是闻名天下的君子，是"士"阶层的精神领袖。曹操杀他，是在舆论界和知识界立威，为自己大权专断，以及儿子登上皇帝宝座扫平道路。

孔融是祢衡的好朋友。祢衡裸体羞辱曹操，跑到大营门口"以杖捶地大骂"，曹操都能忍受，顾忌祢衡的"虚名"，担心杀了他舆论对自己不利。孔融的名望比祢衡大得多，曹操为什么却要杀他？

我想，因为孔融对曹操的伤害要比祢衡大得多，而且，对曹操有着切实性的威胁。在曹操看来，必须杀。

孔融在汉末士人中是领袖级和标志性的人物，几乎是个完人。出身高贵自不必说（说到孔子，称"吾祖"），博学、聪慧、口才机辩甚佳。更难得的是"宽容少忌，好士，喜诱益后进"。"闻人之善，若出诸己，言有可采，必演而成之，面告其短，而退称所长，荐达贤士，多所奖进，知而未言，以为己过，故海内英俊皆信服之。"这样一个人，他的政治立场和态度是有相当的影响力的。显然，在江山板荡、群雄逐鹿的东汉末年，董卓、曹操、袁绍、袁术这些心怀异志的豪雄，都会对他拉拢和利用。

然而，匡扶汉室，是孔融的底线，这不仅关乎他对独尊儒术的汉王室的情感，也是儒家核心政治理念所系。可惜，孔融本质上是个书生，"负有高气，志在靖难，而才疏意广，迄无成功。"在政治、军事上，他根本不是任何一路诸侯的对手，更别说曹操。

董卓重用他，"会董卓废立，融每因对答，辄有匡正之言。以忤卓旨，转为议郎"。当时黄巾之乱北海最盛，于是董卓派孔融担任"北海相"，明摆着让他去送死。孔融到北海，"收合士民，起兵讲武，驰檄飞翰，引谋州郡"，想有所作为，结果被黄巾张饶打败。"收散兵保朱虚县"，"置城邑，立学校，表显儒术，荐举贤良"，又被黄巾包围，刘备出兵帮忙，才解了围。

建安元年，为袁谭所攻，自春至夏，战士所余裁数百人，流矢雨集，戈矛内接。融隐几读书，谈笑自若。城夜陷，乃奔东山，妻、子为谭所虏。

孔融和祢衡一样瞧不起曹操。虽不至于裸身和"以杖捶地大骂"，但也不放过任何讥讽嘲弄曹操的机会。特别让曹操无法忍受的是，孔融往往是以占领了道德、智慧、学识高地的态势发飙，于冷嘲热讽中宣示对曹操的蔑视和不屑。

曹操打败二袁，"袁氏妇子多见侵略"，曹丕更是强占袁熙的妻子甄氏。孔融写信给曹操说"武王伐纣，以妲己赐周公"。曹操见面后问他故事出何经典，他对曰："以今度之，想当然耳。"这简直就是朝人脸上吐唾沫。

曹操出兵征讨乌桓，孔融认为没必要，嘲笑说："大将军远征，萧条海外。昔肃慎不贡楛矢，丁零盗苏武牛羊，可并案也。"几乎就是说曹操在军政大事的决策上目光短浅，愚钝如儿戏。

"时，年饥兵兴，操表制酒禁，融频书争之，多侮谩之辞。"曹操在特殊时期禁酒，是临时性的决策，无可厚非。（写过"对酒当歌，人生几何"的曹操不会永远禁酒。）孔融不同意，完全可以理性地进行争论，但是他的两封书信却极尽嘲讽之能事。前一封，引经据典说明"酒之为德久矣"，明摆着是嘲弄曹操没学问、没见识。第二封，则干脆讥讽曹操逻辑颠倒思维混乱。可以想见，这种嬉皮笑脸的轻薄态度所蕴含的蔑视，一定强化了曹操心中的杀机。

孔融最著名的著作是《论盛孝章书》。作为散文名篇，文学史家多有赞誉。其实要考虑到孔融与曹操的关系以及当时的政局，孔融这封信措辞则未必合适。

孔融写这封信是请求曹操帮忙救助自己的好朋友盛孝章。信的第一段是：

岁月不居，时节如流。五十之年，忽焉已至。公为始满，融又过二。海内知识，零落殆尽，惟会稽盛孝章尚存。其人困于孙氏，妻孥湮没，单孑独立，孤危愁苦。若使忧能伤人，此子不得复永年矣！

吴小如先生分析说：

开头一节只叙家常。从字面看，由光阴的流逝说到彼此的年龄，又由年纪说到朋友，再从朋友中抽出一个盛孝章来。然后说到孝章遭遇的不幸。似闲闲引入，却无一泛泛之笔。……文章的作法似疏而实不疏，笔简而涵义不简，这正是汉魏时代的文章从不着意的笔墨体现其着意的地方。

（吴小如《读孔融〈论盛孝章书〉》）

说实话，这样的分析是由文字到文字，实在泛泛。无意对吴先生不敬，但我确实想起李泽厚对大学文史哲三系的评价：哲学失之于空，史学失之于窄，文学失之于浅。

孔融本是求人，求的又是挟天子以令诸侯的曹操。一上来则完全是以老朋友的身份叙家常，甚至说到自己比曹操年长两岁，以老大哥自居，试想曹操读后是什么感觉？

第二段，孔融讲朋友之道，说如果不救盛孝章，那么"吾祖"（孔子）也就没有必要谈"益者三友，损者三友"的话了。孔融不经意间强调了自己圣人后裔的身份，客观上是向曹操施加道德压力，其实是不适宜的。唯第三段，从召集人才的角度谈拯救盛孝章对曹操的好处，还是得体。

曹操应允了孔融的请求，征盛孝章为骑都尉，但是命令未至，盛孝章已被孙权杀害。但这封信的"严正刚毅之气"在曹操心中引起的不快，恐怕是难以消除了。

不知轻重的孔融又提出来，在京城的一千里范围内不能封侯的建议。（"尝奏宜准古王畿之制，千里寰内，不以封建诸侯。"）而此时曹操已经封了武平侯，孔融可谓直接向他的权威挑战了。

曹操担心，孔融的议论越传越广，会成为自己实现政治大业的障碍。但是也还顾忌孔融的名声，只能忍着，等待机会。（"操疑其所论建渐广，益惮之。然以融名重天下，外相容忍，而潜怨正议，虑鲠大业。"）

终于有人猜透了曹操的心事：

操既积嫌忌，而郗虑复构成其罪，遂令丞相军谋祭酒路粹枉状奏融曰：

少府孔融，昔在北海，见王室不静，而招合徒众，欲规不轨，云"我大圣之后，而见灭于宋，有天下者，何必卯金刀"。及与孙权使语，谤讪朝廷。又融为九列，不遵朝仪，秃巾微行，唐突宫掖。又前与白衣祢衡跌宕放言，云"父之于子，当有何亲？论其本意，实为情欲发耳。子之于母，亦复奚为？譬如寄物缶中，出则离矣"。既而与衡更相赞扬。衡谓融曰："仲尼不死。"融答曰："颜回复生。"大逆不道，宜极重诛。

这确实是一封阴险恶毒的"枉状"，然而"书奏，下狱弃市。时年五十六。妻、子皆被诛"。曹操杀孔融，是为他的政治大业扫除障碍，是经过深思熟虑、利弊权衡的，与王允杀蔡邕，黄祖杀祢衡不同，所以也不会后悔。后人认为曹操此事"失策"，是书生之见。

孔融这样几乎是完人的君子，适合于投生到那个时代呢？我真想不出来。看来，他的灵魂也还要和祢衡一起在荒野游荡。

2014 年 9 月 19 日

闲话狄仁杰

前些日子，几家电视台都在播放电视剧《神探狄仁杰》，偶尔也看两眼。

狄仁杰在中国历史上算不上什么名人。我读过的几部现代人写的通史和唐史，要么对他一字未提，要么一笔带过。狄仁杰虽曾官居宰辅，可是历史上像他这样的人成百上千。他没有创造过属于自己的时代，像霍光、张居正那样；也不属于政治改革家，像商鞅、王安石那样；他也没有在文化上有所建树，像曹操、司马光那样。论政绩，就是在唐朝，他也比不上姚崇、宋璟；他又不是李林甫、魏忠贤那样的大奸大恶。总之，他算不是任何一类封建高官的代表人物。

有了电视剧，狄仁杰大概也就妇孺皆知了。不过，大家知道的是一个中国唐朝的福尔摩斯，一个武则天时代的包公。

最近翻看狄仁杰新旧唐书的本传，读完心里明白：这是一个了不起的人物，一个值得后世人记住的人物。

狄仁杰是一个有胆略、有见识、有正义感、有爱心的人。

高宗时，狄仁杰任大理寺丞，武卫大将军权善才，不小心误伐了昭陵（唐太宗墓）墓园里的一棵柏树。案子交到狄仁杰手上，狄仁杰判处权善才撤职。

高宗令即诛之，仁杰又奏罪不当死。帝作色曰："善才斫陵上树，是使我不孝，必须杀之。"

左右大臣都劝狄仁杰照旨意办事，不要再说话，狄仁杰却当面驳斥高宗，滔滔不绝地讲了一番大道理：

臣闻逆龙鳞，忤人主，自古以为难，臣愚以为不然。居桀、纣时则难，尧、舜时则易。臣今幸逢尧、舜，不惧比干之诛。昔汉文时有盗高庙玉环，张释之廷诤，罪止弃市。魏文将徙其人，辛毗引裾而谏，亦见纳用。且明主可以理夺，忠臣不可以威惧。今陛下不纳臣言，瞑目之后，羞见释之、辛毗于地下。陛下作法，悬之象魏，徒流死罪，俱有等差。岂有犯非极刑，即令赐死？法既无常，则万姓何所措其手足？陛下必欲变法，请从今日为始。古人云："假使盗长陵一抔土，陛下何以加之？"今陛下以昭陵一株柏杀一将军，千载之后，谓陛下为何主？此臣所以不敢奉制杀善才，陷陛下于不道。

这番话引经据典，言语慷慨，实在是痛快淋漓。高宗不是暴君，终于免了权善才的死罪。

狄仁杰任豫州刺史时，越王赵贞谋反兵败，"支党余二千人皆论死。"狄仁杰上密疏：

臣欲有所陈，似为逆人申理；不言，且累陛下钦恤意。表成复毁，自不能定。然此皆非本恶，诖误至此。

上这样的奏折，公然为"反贼"开脱，是要冒极大的风险的。狄仁杰也很犹豫，"表成复毁，自不能定"，然而还是冒死上疏。一次挽救两千多人的性命。史载：

有诏悉谪戍边。囚出宁州，父老迎劳曰："狄使君活汝耶！"因相与哭碑（百姓为狄仁杰立的功德碑）下。因斋三日乃去。

这样的记述应该是可信的。

当时，是宰相张光辅领兵三十万讨伐越王。官军到了河南，仗着立了军功，军纪败坏，滥杀无辜，同时向地方政府勒索钱粮。狄仁杰不但拒绝索要，而且当面斥责张光辅："乱河南的是越王，你带领三十万人来平叛，军纪败坏，使当地百姓生灵涂炭，这是死了一个越王，又来了一百个越王！官军来的时候，城里的百姓上万人归顺，自己用绳子缒下城来，城下四面都踩出了路。你为什么要放纵想邀功的军士屠杀这些已经投降的人？如果我有尚方宝剑，立刻砍了你的头，就是犯了死罪我也愿意！"

真大丈夫也！

狄仁杰生活的并不是一个政治清明的时代。唐高宗不是暴君，但也不是明君；武则天任用酷吏，屠杀大臣毫不手软。狄仁杰一生宦海沉浮，多数时间是在刀尖上跳舞。武承嗣屡次要求武则天杀掉狄仁杰，未获准。狄仁杰既要坚持自己的原则，又想恢复李氏政权，不仅要有胆识，还要有超人的政治智慧。

武则天时，狄仁杰被来俊臣陷害入狱。当时规定，第一次审问就认罪，可以免受酷刑。狄仁杰立刻认罪。当时正是暑天，狄仁杰要求把自己的棉衣送回家去，撤掉棉絮。狄仁杰的儿子在棉衣里发现书信，面见武则天申诉。武则天找来俊臣过问。来俊臣说："狄仁杰在狱中，照旧穿着冠服，并未受刑，他承认自己谋反，怎么会有冤屈呢？"武则天要求把人带来，果然没有看见受刑的痕迹，便问："没有用刑，你为什么承认谋反？"狄仁杰说："当时如果不承认，我早就没命了，更不要说来见陛下。"凭借着机智，狄仁杰不仅躲过这一劫，同时使同案的几名官员一起出狱。

武则天晚年，准备让自己的侄子继位，征求大臣们的意见，所有的人都不敢反对，只有狄仁杰提出异议。他说："我看李唐的气数未尽。陛下还记得吗，匈奴犯边的时候，陛下派梁王武三思招募勇士，一个多月，前来报名的不到一千人；换成庐陵王（后来继位的中宗），不到一天，就招募了五万人。陛下要选择继承人，非庐陵王莫属。"

"后怒，罢议。"不过，武则天不是昏君，她明白狄仁杰说的是实话，更明白人心向背意味着什么。

后来狄仁杰干脆对武则天说："姑姑与侄子，母亲与儿子，哪个更亲？陛下立庐陵王，作为皇太后千秋万岁，可以在宗庙里得到祭祀。立武三思，将来宗庙里会供奉姑母吗？"

这样的话，对武则天来说，无异于雷鸣闪电。

狄仁杰死后，"则天为之举哀，废朝三日，赠文昌右相，谥曰文惠。""中宗即位，追赠司空。睿宗又封梁国公。"

狄仁杰没有看到大周王朝的终结，可是他生前举贤荐能，他所举荐的张柬之、桓彦范、敬晖、姚崇等人，辅佐中宗继位，并协助李隆基灭韦氏，除诸武，铲除太平公主。这些"宫廷政变"的意义并不在于为一家一姓夺得天下，而是顺应民意，没有引起大的社会动荡，而把大唐王朝推向了开元盛世。对于历史，狄仁杰是功臣。

狄仁杰生前并不以破案闻名，列传记载只有一句"仪凤中为大理丞，周岁断滞狱一万七千人，无冤诉者。"与审案有关。狄仁杰变成"神探"，是因为小说《狄公案》，小说的作者是 20 世纪一个纯种的荷兰人高罗佩。高罗佩生前共写过 17 种狄仁杰破案的小说，在西方，狄仁杰几乎是与福尔摩斯齐名的神奇人物。令人敬佩的是，小说情节是虚构的，背景和典章制度等都符合唐代历史，并不是纯粹的"戏说"。

2009 年 2 月 26 日

嗅到历史的血腥气
——读《明史·列女传》

国家图书馆大礼堂下面，有一家专卖人文类减价书的书店，也就是两间教室大小，店员仅三四人，每隔一段时间，我去一次。每次去，都小有收获。元旦前几天再去，购得中华书局的简体横排本《三国志》和《明史》，两书相加仅一百二十元。

据史学家们说，《明史》是"二十四史"中较好的一种，虽说还比不上前四史。所以打算翻一翻。

买回来翻看目录。此书三百三十二卷，分为本纪、志、表、列传四部分，体例与《汉书》同，篇幅则相当于《史记》加《汉书》。列传里专有三卷是《列女传》，收录了近三百名贞、节、烈、孝妇女的传记。"列女"有两解，一同"烈女"；二是指"众多的女子"。《明史》大概是取后一义，兼顾第一义。"烈"必须要立刻死掉，贞、节、孝，则尚可活命。柳如是、李香君、陈圆圆之流是明代很有名的女子，因为不属贞节烈孝，所以都没有"列"在其中。

我突然想起鲁迅在"五四"时期批判封建节烈观时说的一段话：

所以各府各县志书类的末尾，也总有几卷"烈女"。一行一人，或是一行两人，赵钱孙李，可是从来无人翻读。就是一生崇拜节烈的道德大家，若问他贵县志书里烈女门的前十名是谁？也怕不能说出。其实他是生前死后，竟与社会漠不相关。

（《坟·我之节烈观》）

我想这是真的，就算进了官修正史，也未必会引起后世读者的阅读兴趣。我想多数读《明史》的人，都会把这三卷忽略掉，史学家们也不会拿来作学术论文的材料。

今天我读《明史》，打算反其道而行之，先从这三卷《列女传》读起。

二百多人的传记，不到半天就读完了。虽不是"一行一人，或是一行两人"，长的也不过几百字，短的只有几十字。读后感：惨不忍睹。不夸张地说，已经过去了四五百年，还是能嗅到历史的血腥气。这样的文字，确确实实是"横七竖八写满了两个大字'吃人'"（鲁迅语）。

这些妇女绝大多数都没有留下自己的名字。被记述为"×氏""××妻""×烈妇"等等。按"事迹"来分，大体可分为三类。

一类是"孝"。按说，孝敬父母、公婆，就是今天也值得赞颂，可是在明代，要做一个能入史的孝女，实在不容易，要"孝"得极苦、极难才行，比如要吮疮、割肉等等。有一女子的婆婆得病，医生说要以人肝入药方可治好。这个女子居然立刻割开自己的肚子，揪下一块肝脏来。婆婆的病"痊愈"，媳妇是死是活，没说。

第二类是"节"。就是丈夫死后，不管多难，也不再嫁。甚至虽有婚约，并未过门，也要"守"下去。守的越没道理、时间越长、越难、越坚决、越值得赞颂。

　　陈襄妻倪氏。襄为鄞诸生，早卒。妇年三十，无子，家贫，力女红养姑。有慕其姿者，遣媒白姑。妇煎沸汤自渍其面，左目爆出，又以煤烟涂伤处，遂成狞恶状。媒过之，惊走，不敢复以聘告。历二十年，姑寿七十余卒，妇哀恸不食死。

　　这就让人有些想不通了。有人想娶她，非逼非抢，不过是派媒人来，你不愿意，严词拒绝就是了，她立刻毁容、自残，搞成"狞恶状"。何苦来？婆婆七十岁故去，已是高寿，自己却要绝食自杀。不过，非如此，难以入史。

　　第三类是"烈"。有两种情况，一是遇到兵匪，为保持"贞节"，自杀。这在二百多人中占很大比重。所谓"兵匪"大多是李自成和张献忠之类的"贼"。史家立意还不是斥责"贼"，而是歌颂死者的"烈"。还有不少则是太平岁月，丈夫死了，不管是否已经结婚，是否见过面，是否真有感情，执意要死，父母、公婆拦都拦不住。死法多数是"自缢"，也有很惨的，更值得赞扬：

　　李氏，何璇妻。璇客死，李有殊色。遂以簪入耳中，手自拳之至没，复拔出，血溅如注。姑觉，呼家人救，则已死矣。

　　这场景实在恐怖。

　　还有一些，实在不知道该说什么。

　　成氏，无锡人，定陶教谕缯女，登封训导尤辅妻也。辅游学靖江，成从焉。江水夜溢，家人仓卒升屋，成整衣欲上，问："尔等衣邪？"众谢不暇。成曰："安有男女裸，而尚可俱生？我独留死耳。"众号哭请，不应。厥明，水退，坐死榻上。

陈谏妻李氏，番禺人。谏，嘉靖十一年进士。为太平推官，两月卒，其弟扶榇归。李曰："我少嫠也，岂可与叔万里同归哉！"遂不食死。

这就完全是不把自己的生命当回事，只能说中"饿死事小，失节事大"的毒也太深了。我以为，儒家思想发展到理学阶段，从某种角度讲，实在是离邪教不远了。在我看来，所谓邪教，就是不把人当人，不把命当命。

汉代刘向写《列女传》，不过是"取行事可为鉴戒"，并不主张"节烈"之类。《史记》《汉书》和《三国志》都没有《列女传》，正史设《列女传》始于范晔的《后汉书》，不过如《明史》所说，"亦采才行高秀者，非独贵节烈也。"所收固然有投江寻父尸的曹娥，但主要是有才华和品德高尚的女子。例如班昭和蔡文姬。蔡文姬再嫁，并不影响她入传。至于所记述的乐羊子妻的事迹，今天看来也还是值得尊敬的。

《明史》的作者也注意到了，明代是个多"列女"的朝代，并认为与统治者的提倡、褒奖有关。"明兴，著为规条，巡方督学岁上其事。大者赐祠祀，次亦树坊表"，明代"列女""著于实录及郡邑志者，不下万余人"，这一万多人里"节烈为多"。呜呼！

记得有学者说，明代以后，中国人活得实在不像人，我深有同感。

2009 年 1 月 6 日

"害己害人的昏迷和强暴"

鲁迅《我之节烈观》主要批判封建的妇女节烈观，而在古代，"节烈"也包括有男性。重读此文，我想起明末清初王世祯的《池北偶谈》中记载的一件事。

李自成打进北京，崇祯自缢，明王朝灭亡。无锡有一位做过左庶子（太子宫中侍从官）的进士马世奇，决定两位侍妾一起殉节。自杀之前，写信给自己的一位好友，做过县令的成德商量。信中说："吾辈舍一死无别法。我不为其难，谁为其难？天与我以成仁取义，故无憾也。勉之。"成德回信说："慷慨杖节易，从容就义难。吾辈将为其难乎？抑为其易乎？"又一信中说："弟志在为其难，惧变起仓促，我辈无以自明，故复以二义相商也。"

当此时，这两个人想的不是为自己忠于的明王朝做些什么有实际意义的事，哪怕是挣扎一下，或者为保全家人的安全想想办法，而是"舍一死无他法"。至于死的目的，就是要彰显自己的"名节"。他们认为，如果反抗，"慷慨杖节"，就算被杀，也显得太容易；同时，慌乱之中，万一死得不明不白，就无法表明自己是主动"殉国"，有风险。在完全没有人逼迫、没有危险的情况下自杀，对于一般人是很困难的，恰恰最能表现自己的"名节"。这正如鲁迅所说："死得愈惨愈苦，他便烈得愈好"。于是两人约定选择"从容就义"。

这两个人自己"就义"还不算，还拉上自己的家人。成德动员自己的母亲和妹妹，最终全家四口都自杀。马世奇得到消息后。认为成德"一门四口俱死，我一室三人（加两个侍妾）庶可相匹。"于是先逼侍妾自杀，自己再"就义"。

明清鼎革之际，明王朝的官员和士林名流的人生选择，大体有这样几种情况：投降或最终合作，如洪承畴、吴三桂、钱谦益、侯方域等。反抗后殉国，如史可法、陈子龙、张煌言等。归隐不合作，如傅山、顾炎武、朱耷等。马世奇和成德属于刚入品的小官，也没有什么特别的政治作为和文化影响，两人的死活去留无关大局，并没有多少人关注。此二人却认为"天与我以成仁取义"的好机会，想靠死来彰显名节，青史留名。当时的人是怎样看待他们的选择，我们不得而知。在今天，就算因《池北偶谈》这样的笔记留下了他们的"行状"，我们看了，除了叹息其"愚"之外，实在调动不起多少敬重。

比较起来，成德愚而狠。母亲和妹妹，都是自己的亲骨肉，为了博得一个"满门忠烈"的虚名，拉着一起下地狱，骂他是禽兽心肠也不过分。鲁迅说礼教"吃人"，实在是看得透彻。马世奇则愚而伪。拉两个侍妾陪死，既可充数，到了阴间还有小老婆伺候。对自己的儿女，则留下遗书，嘱告"忠孝是吾家风，好守之"，并不劝他们"就义"。不知到了阴间两人相见，会不会争论谁更"烈"一些，成德会不会有上当的感觉?

鲁迅说:

我们追悼了过去的人，还要发愿：要自己和别人，都纯洁聪明勇猛向上。要除去虚伪的脸谱。要除去世上害己害人的昏迷和强暴。

(《我之节烈观》)

马世奇和成德以身相殉的"节烈"，就是没有存在价值的"害己害人的昏迷和强暴。"

2006 年 8 月 29 日

"富士山"及其他

网上购回几种"剑桥中国史",翻了翻,感觉时代靠前的几种,如秦汉,隋唐,没有太大意思,而《剑桥中国晚清史》就好得多。细细一想,也不奇怪,古代史,外国史学家依据的,也还是我们老祖宗留下来的那些"经史子集"。到了近代,国门大开,中国人睁眼看世界,外国人也睁眼看中国,就算是写中国史,国外学者不仅要看中国人是怎样记述的,也要看外国人是怎样记述的,更何况,事关中外交往和冲突,各说各的,写出来,和我们官方史学家写的,出入就很大了。至少,会提供许多我这样的读者从未接触过的史料。

《剑桥中国晚清史》(下卷)第六章是"日本与中国的辛亥革命",有一节是"在日本的中国留学生",其中有些材料很有意思。

书中写道,甲午战争之后,清政府开始重视向日本派遣留学生,人数渐多,也给日本社会提供了不少商机。除住宿和语言培训外,还"出现了专为中国留学生开设的印刷所、食品店和当铺"。甚至——

理发师不厌其烦地使他们的辫子在一定程度上符合现代化样

式，结果凑合成一种向后梳得直而高的发式，称为富士山式。

这让我立刻回忆起鲁迅在《藤野先生》中的描述：

上野的樱花烂漫的时节，望去确也像绯红的轻云，但花下也缺不了成群结队的"清国留学生"的速成班，头顶上盘着大辫子，顶得学生制帽的顶上高高耸起，形成一座富士山。也有解散辫子，盘得平的，除下帽来，油光可鉴，宛如小姑娘的发髻一般，还要将脖子扭几扭，实在标致极了。

看来清国留学生到了日本，如何处理头上的辫子是个大难题。拖在脑后吧，被日本人讥笑为"豚尾"；剪掉吧，政府不同意，而且回国以后会有许多麻烦，并不是所有的人都能下得了决心。只好盘起来，结果就成了"富士山"。

关于中国留学生在日本生活的情况，除《藤野先生》外，我还读过周作人、郭沫若、郁达夫、茅盾、夏衍等人的文字，有回忆录、散文，也有小说，总觉得他们还是回避着一些东西。自然，这些人在当时的留学生里，应该还是素质比较高的，他们的经历，不足以概括整体留学生的情形。例如，"在日本的中国留学生"就写道，1896 年，第一批中国留学生 13 名到日本，不到几个星期，就有 4 名离学，最后只有 7 人完成了学业。后来，人数多了，更加良莠不齐，毕业人数"大大低于驻留在日本的人数。"这其中恐怕就有不少如鲁迅所写，白天"成群结队"逛公园，晚上"学跳舞"。当时有个名称，叫"游学生"。

中国留学生初到日本遇到很多困难，如语言不通，饮食不习惯，风俗不同，以及日本人的歧视等等，都是可以想象的。但是，他们本身有某些被本日本人看不起的恶习，恐怕也是事实。

留学生可能会收到告诫他们在日本社会应怎样接人待物的指导性传单。交通是靠左行走，不大声呼叫，不无所事事地在街上停留，吐痰入盂，到盥洗室和大厅的拖鞋要分开使用，要尊重妇女，在拥挤的街车中向老幼妇女让座，注意珍贵物品，保持衣着整洁，不问他人年龄，不贪吃不易消化的日本米饭。

一百年过去了，国人的许多毛病还没有改，真让人感叹。

关于中国留学生在日本遭受的歧视和羞辱，这本书也有很真切的描写：

辛德秋水指出："在对华战争时，日本人的爱国主义空前极端地发展起来了。他们藐视中国人，骂中国人软弱无能，还痛恨中国人。而且这些不只是用言辞来表达；从白发老人直到幼童都对着四亿人满怀着血腥的敌意。"留学生就这样深受嘲弄和蔑视。街上的顽童集中嘲弄他们的发辫，并且跟在他们后面叫喊"清国佬"。

读这样记述，我也就明白了郁达夫小说《沉沦》中蕴含的伤痛。这样的史料，我们的历史教科书为什么不采用？

我觉得，了解了这些，就知道，要想不被人欺负，让人高看一眼，除了经济发展，军事强大，各方面都应该有所长进。

2010 年 10 月 26 日